Dea
I'
and
tou
Con
to
I
Fe
If
so,
sh

translation of The Benefactor.

I am grateful for all your work and loyalty — helping to make my books known to Chinese readers.

Very cordially,
Susan Sontag

上海出版资金项目
Shanghai Publishing Funds

SUSAN SONTAG

苏珊·桑塔格全集

# 心 问

## 桑塔格短篇小说集

**Debriefing** Collected Stories

〔美〕苏珊·桑塔格 著 徐天池 申慧辉 宋佥 王予霞 周颖 译

上海译文出版社

# 迎风飞扬的自由精神

## ——苏珊·桑塔格及其短篇小说

申慧辉

苏珊·桑塔格（Susan Sontag，1933.1.16—2004.12.28）是第二次世界大战之后成长起来的美国作家兼评论家。她以独到而敏锐的观察，别开生面的视角，以及真诚而警世的思想，成为二十世纪末美国文坛上的风云人物。其人生经历既特殊又典型，几乎可以代表她那一代美国知识精英的心路历程。

桑塔格生于纽约市、逝于纽约市，身处全球文化风云激荡的中心之一，却始终充满热情地去了解外面的世界。她是一个早熟的爱书人，三岁开始读书，熟知并热爱欧洲文化。十六岁起，她先后在加州大学伯克利分校（1948—1949）、芝加哥大学（1951）、哈佛大学（1954—1957），以及牛津大学的圣安妮学院（1957）学习文学和哲学。1950年，她与一位社会学教授结婚，育有一子，后于1958年离婚，从此没再结婚。1953年起，桑塔格开始在大学里任教，包括康涅狄格大学（1953—1954），纽约市的市立大学和莎拉·劳伦斯学院（1959—

1960），哥伦比亚大学（1960—1964），拉特格斯大学（1964—1965），教授英文、哲学、宗教以及创作。此外，她还当过杂志的主编和电影导演。当然，她的主要头衔是小说家、评论家和随笔作家。

桑塔格在美国文学界成名较早。她三十岁那年，小说《恩主》（1963）问世。三年以后，桑塔格出版了文集《反对阐释》。这两部作品在美国引起了广泛的关注和争议，为桑塔格日后的创作生涯奠定了基调。此后，她始终在文学创作和文学批评两个相关范畴里齐头并进，并且互相影响，互相促进，最终将她成就为一个风格独特的作家。桑塔格的主要作品包括：小说《死亡匣子》（1967）、《火山恋人》（1992）、《在美国》（2000），文集《激进意志的风格》（1969）、《论摄影》（1977）、《作为隐喻的疾病》（1977）、《土星照命》（1980）、《艾滋病及其隐喻》（1989）、《重点所在》（2001）、《关于他人的痛苦》（2003），短篇集《我，及其他》[①]（1978），电影剧本《给食人者的二重奏》（1969）和《卡尔兄弟》（1971），以及短篇《我们现在的生活方式》（1991），舞台剧剧本《床上的爱丽丝》（1993）等。此外，《苏珊·桑塔格读本》在1992年问世。1995年，密西西比大学出版社还出版了《苏珊·桑塔格谈话录》。迄今为止，她的十七部作品已经翻译成三十余种文字。

在桑塔格的一生里，她始终是一个引起争议的作家。也许是她的思想有时过于偏激，例如她早期的反智主义姿态和对形

① 桑塔格唯一的短篇小说集《我，及其他》在2017年增补篇目后更名为《心问：桑塔格短篇小说集》。——中文版编者注

式主义的过度偏爱；也许是她的表达有时过于直率，例如对“9 · 11”的评论，对美国军方的虐囚行径以及对古巴、以色列等国政治时事的批评，等等。她的坦率虽然表现了她的敏锐和真诚，但也使她在赢得广泛赞誉的同时，受到批评甚至否定。当然，就连这个特点，也和她所生活的那个时代颇为合拍：二战后的美国不是一向都那样富有活力，充满生机，同时又矛盾迭出，冲突四起吗？不论是学生运动、女权运动，还是民权运动、反战运动，都在推动着美国社会，可同时又在质疑它，否定它，并重新塑造着它。社会的现实充满了悖论，这个时代的产儿，它的代表人物桑塔格，自然也具有同样的特点。幸运的是，这个充满变化的时代对思想活跃的桑塔格颇为青睐，给予她颇多的肯定与褒奖。桑塔格是世界笔会美国中心的会员，并且担任过一届主席（1987—1989）。她也是美国艺术科学院和美国艺术和科学研究院的成员。她还曾获得过多项荣誉和奖项，包括国家级的文学大奖，如国家学院和美国研究院文学奖（1976）、全国评论界书奖（1978）、国家图书奖（2000），以及法国（1984）和意大利（1992）等他国颁发的文学奖。

从青年时代起，桑塔格就一直思想上活跃而敏感，艺术上兴趣广泛；渴望改变世界的愿望又使她崇尚先锋艺术的实验新观念。她曾经被评论界称作“青年批评家中难得的大胆而有独创的一个”[①]，而她在文学、戏剧、电影、摄影和政治方面的

① 参见《20 世纪重要作家》，凯瑟琳 · 威尔森编，盖尔出版社，底特律/伦敦，1999 年，第二版，第五卷，第 2635—2637 页。

文字，又使她成为在艺术、哲学、文学、政治以及道德等多个层面上，“分析现代文化的”、既有“严肃追求”又有“无穷智慧”的作家[①]。不过，与此同时，桑塔格又被说成是名不副实的，因为有人认为她的文笔“复杂”、“冷酷”，甚至“她的思想的质量与她在美国文人中的声望不成正比”[②]。还有的评论家不屑于她对欧洲文化的景仰姿态，等等。这些批评，不论褒贬，都从不同的角度反映了桑塔格的特点和影响，有助于我们去接近和理解桑塔格。

的确，从桑塔格形式多样、内容广泛的各种文体中，总能看到相互矛盾和冲突的观念，例如思想与感情，良知与感性，以及道德与美感。对于桑塔格，这些观念是不可割裂的相互对照物，一个是另一个的理解途径。正是这样的艺术姿态，将桑塔格造就成不拘一格的作家。她既写评论，也写小说；既写当代，也写历史；既关注流行文化，又酷爱古典文艺；既评论色情与摄影，也探讨沉默的美学甚至法西斯主义美学。她热情张扬艺术的“愉悦”作用，也坚信艺术的“影响和改变”能力。在桑塔格那里，可以看到一个活跃的思想，一个自由的灵魂，一个孜孜不倦研究艺术和人性的探索者，一个不断重新发现世界和自我的精神游侠。难怪，赞赏者称她“充满热情”，“始终探索”，而她则将自己定位为一个“痴迷的审美者”和“着魔的道德家”。

---

① 参见《20世纪重要作家》，凯瑟琳·威尔森编，盖尔出版社，底特律/伦敦，1999年，第二版，第五卷，第2635—2637页。

② 同上。

我国出版的第一部桑塔格的中文文学作品，就是她的短篇小说集，其中收入了她的8个短篇，包括作者本人建议纳入的近作。从这些作品中，读者可以品味到二战之后成长起来的那些美国知识精英的心路历程，知识女性的经历，以及当代美国都市人的生活方式。在当代美国文坛上，桑塔格是一位有着特殊地位和影响的作家。她具有女性的细腻观察力，良好的学术训练和敏锐的生活感悟力。她善于捕捉生活中的意象并能归纳其象征意义，同时又有着独到的文字表现能力。然而这一切都还不是构成桑塔格独特文风的关键。应当说，真正造就了她的当代艺术家地位的，是她在先锋实验的创作表面下，骨子里对现实的关注和对人性的关怀。正是这种特质使她能够把握住时代的脉搏，诊断出社会的问题，揭示当代美国人的精神征候，并且用艺术的而且通常是先锋艺术的手法，去真实而深刻地表述她对生活的感知。

多年前在哈佛读书时，我就开始喜欢上桑塔格。1991年回到《世界文学》工作，却没能实现介绍她的愿望。有意思的是，十数年之后，桑塔格不仅在我国得到全面译介，而且读者甚众。如今再次阅读和翻译她的作品，发现她的确是我国都市人时下颇需要，也颇适合阅读的一个作家。桑塔格所关注的事物，她在作品中展现的生活场景和人生片段，竟都是当今中国的都市人所必须面对却又时常迷惑困顿的。都市人在道德及价值观上的混乱与迷惘，他们的理想和追求与迅疾发展的现代文明间的一致和冲突，他们的努力和热情在现实中所遭遇的否定和挫败，似乎都可以在桑塔格的文字当中找到表现，甚至会让人恍然大悟般意识到，原来我们正在经历的这一切，并不是前所未有的新问题，它们早已经在别的地方发生过并被记载下了。在这方面，桑塔格比《西雅图不眠夜》的编剧、幽默的爱芙闰[①]更广阔，包含的内容更丰富，也更深刻；而在观念的激进与手法的先锋上，桑塔格又不逊于著名的才女作家玛格利特·阿特伍德，同时又比她更可读，更有普遍性。桑塔格的深刻和敏感，加上她的机智和流畅，使她的思想得以越过学术的边界而更为广泛地传播，并终于穿越时间和空间，以中文翻译的形式和我国的读者见面，并且迅速地赢得了一批热诚的读者。

短篇集《我，及其他》是桑塔格的著名创作之一，收入的短篇代表了她的几个重要主题，并且互相关照，可以串在一起阅读。《朝圣》可被视作了解桑塔格那代人成长经历的入门之作。故事中的女主人公和她所经历的故事，不仅同作家本人的经历相似，同时也代表了整个战后一代美国人的成长。战后的美国，因为吸纳了大批的欧洲知识分子移民，大大刺激了文化和艺术领域的繁荣。小说中的两个中学生，已经从传统的学校教材中解放出来，尽管仍有新旧思想的冲突，但新思想的生命力和影响力已是不容置疑地强大了。那些年轻人，那些未来的知识精英们，早已不满足只从本土文化中汲取营养，他们已经在向往并有能力去接受更为丰富的欧洲文化。文化的启蒙也不仅仅局限于读书一种形式，大批移民艺术家丰富了战后美国的文化生活，使青年一代能够直接受到优秀音乐的熏陶，使他们

① 诺拉·爱芙闰（Nora Ephron），美国女作家、编剧、导演，有电影作品多部。著名的散文集《疯狂沙拉》被视为70年代女权运动的经典之一。

在教育上大大地优越于他们的父辈。而当时盛行的英才教育思想，更是坚定了他们的信念：在战后民主平等的新世界里，他们能够冲出平凡的家庭背景，凭了个人的天分和努力，成为不平凡的人。视野的开阔和良好的文化启蒙，正是桑塔格这一代美国知识精英们得以形成的条件。美国能够在二战之后从经济、政治以及文化上迅猛崛起，是与当时的新式自由教育分不开的。

如果《朝圣》可被看作战后美国知识分子的成长故事，《美国魂》则可以被视为关于这代人成人之后的经历。不过，也许应该把《美国魂》当作寓言故事来读，因为这不仅会使阅读本身较为轻松，也会使它不那么伤感。在表面的嘲讽下，《美国魂》充斥着精神上的困惑与茫然，甚至质疑与痛苦。就如故事中反复出现的字眼“他们在召唤她，也在禁止她”所着意强调的，那些由美国各色名人所代表的种种价值观念，尽管充满了生命力乃至精神感召力，却也同样的含意不明、混乱不清，让人不知该如何识别判断，该何去何从。每当女主角需要解决问题摆脱困境时，她就会听到伟人的指点，可却又因指点不明而一错再错，以至于到了临死之际，竟又期望能够一切回归到过去，回归到她用了一生去否定和摆脱的传统。事实上，社会革命和道德革命给她带来的不仅仅是精神的解放，还有更多的精神困惑和无所适从。在令人兴奋的自由状况下，她（们）会作出革命的，违反本性的事，并下意识地同现存的社会秩序及道德规范对抗。这种对叛逆的渴望以及同时对秩序的需要，既构成了女主人公与社会和自我的冲突，也折射出那一代人的矛盾心理和精神困境。

故事中的人物聚在一起时，谈论的是共产主义、自由恋爱、种族融合等当时的时髦话题，故事又同时对那些肤浅地理解这些事物的现象，作出既理解又感慨的叙述。例如，当女主人公和一个黑人发生性关系时，她说服自己这是为了去接近和了解黑人，是为了“民族的意志，民族的目标，还有民族的存在”，因为白人和黑人之间这种共存又矛盾的状况，正是“美国的困境”。“美国的困境”这个词，令我想起美国著名的风俗画家诺曼·洛克威尔的一幅名画《我们生存的问题》(1964)。画中有四个戴着臂章的高大白人男警察在行进，他们中间，走着一位身着白色连衣裙、手拿书本上学去的黑人小女孩儿。了解了美国的这一现实及其对崇尚民主平等的战后那代白人知识分子的影响，就可以理解故事中这看似荒唐的细节，实际上充满了痛苦和迷惘，而女主人公所经历的一切，并不是那么地荒诞不经，而是一代美国女性的真实写照。

另一篇小说《宝贝》，则在心理的层次上，更为具体而深刻地反映了美国社会中价值观的混乱，及其对教育下一代造成的直接后果。《宝贝》是一篇心理问题小说。它的形式独特而简单，仅仅是病人对医生的叙述。医生的声音从未真正出现过，通篇只是病人在讲话。偶尔病人会重复一句医生的问话，使读者意识到，这篇独白的第一听众应当是心理医生而不是读者本人，从而拉开阅读的距离，进入分析的角色。桑塔格是以充满理解和同情的笔触讲述这件伤心事的。乍看上去，夫妇二人轮流去看医生，似乎是一个自然而简单的安排。然而随着情节的展开，读者渐渐明白，那真实的原因是，每每说到伤心事，原想一吐为快的夫妇俩均感到苦不堪言，正所谓欲罢不能，欲言又止，时而言辞闪烁，矛盾暗生，时而心慌意乱，无所适从。夫妇二人的叙述便因此常常在时间上是混乱的，逻辑上是不清楚的，甚至是自相矛盾的。两人轮流去看医生，另一个人似乎才可以得空稍稍松一口气。正是由于这样的人物与这样的情节，拼贴式的叙述方式才十分贴切，恰到好处。整个故事仿佛是一幅没有画框的拼贴画，画面上零乱地贴满了一张张写满伤心事的纸，每页纸上除去注明了“星期一”，“星期二”的字眼，再没有其他提供给读者的背景信息。

事实上，那位医生早已了解病人的症结所在。但是他耐心地面对病人夫妇，倾听他们的言不由衷，他们的躲闪回避和延宕，因为他对隐藏在叙述下面的痛苦早有冷静而清醒的准备。那对夫妇所讲述的，不仅是他们个人的经历，例如他们那貌合神离的婚姻，沾沾自喜下的困惑和痛苦，以及他们那个宝贝在精神和身体上的各种问题，而且还包括了所有这一切所象征的美国城市中产阶级的精神困境，他们富裕却又乏味的生活状态，以及由于错误的价值观念所导致的教育子女的惨痛失败，甚至还有对美国现实的深刻反省和批评。就连故事中的宝贝所患的“扁桃体增生”，也是一种看似普通但十分复杂的疾病。这种自身免疫系统方面的疾病会引起免疫系统的识别混乱，使自身免疫系统将好细胞误认作坏细胞并将其消灭，遂引出严重后果。读过《作为隐喻的疾病》的读者，自然可以理解这个象征的意义。从某种意义上说，《宝贝》是一支美国现代文明的哀歌。

《宝贝》的创作形式尽管是独特的，但它仍然是小说。《我们现在的生活方式》在形式上则更特别，它既可以拿来当故事读，还可以搬上舞台演出。可是在这个舞台剧里，人物虽然不少，角色却都无名。五个无名无姓的“声音”，依情节需要来再现这个或那个人的言语，一切都是间接的，被重复的。想象一下五个“声音”坐在台上，你一言我一语地复述着朋友之间关于一个艾滋病人的谈话，这本身就是对想象力的刺激。

《我们现在的生活方式》的篇名呼应十九世纪英国小说家特洛罗普的同名百章长篇小说。故事中，生病的主角不曾出场，也不曾提到他的姓名，全篇由他的一些朋友的谈话（间接引语）组成。涉及的人物（其中不少是言说者）共二十六人，他们的名字的头一个字母正好从A排到Z。也许作者借此暗示他们代表着英文的二十六个字母，从而组成了所有的语言和世界。从这些友人的交谈中，读者得以了解到病人的情况。他大概三十多岁，有一份体面的工作和可观的收入，生活富裕而时髦。他住在曼哈顿的时尚地区，一栋曾经是旧商用房的顶楼，宽敞的家中还有不少的艺术收藏品。他是单身汉，而且是时髦的双性恋者。他的朋友们肯花时间反复地谈论他，是因为他患上了令所有人恐惧的疾病——艾滋病。朋友们对他的关心是真诚的，但也是有私心的。因为人人都知道，他们不是普通的朋友，他们是相信性滥交的那一代人，他们的关系早已经因了这曾经时髦的举止而被联系在了一起。一个人生了艾滋病，便在所有朋友当中引起连锁反应。他们为朋友难过，也为自己担心，不知道这条看不见的联系什么时候会在自己身上显现。整个故事就是在这样的气氛中展开的。随着剧情的发展，读者得以越来越多地了解和熟悉他们，发现他们是一群可爱的人。他们单纯，热情，直爽，富有同情心。他们也有知识，有教养，有体面的职业。他们互相关心，互相帮助，同时也会互相嫉妒，争风吃醋。这群不再那么年轻的都市人，在可怕的艾滋病面前显得是那么地困惑而无助。他们当中，不论男女，都会时不时地热泪盈眶，因为他们都在受到艾滋病的威胁，而在这种疾病面前，他们都变得极为被动，无能为力。

和《宝贝》一样，《我们现在的生活方式》也是用一种疾病来象征当代人的生活状况。不过，艾滋病的象征性似乎更清楚、更直接。而且，耐人寻味的是，尽管他们强调坦然面对生活，却自始至终没有点出“艾滋病”这个词，仿佛这是一个不可言说的禁忌。作者以感性的方式讲述这个故事，使它充满了感性的气氛、感性的言语、感性的记忆和感性的判断，因为几乎所有的人物都是在重复别人讲过的话，已然经过了一道感性的过滤。

苏珊·桑塔格早年明确反对阐释。她认为，一切文学艺术，都是作用于感官的（sensuous），它们本身已经陷入意识的陷阱，因此是不宜解释的。正是这个观念推动了桑塔格去创造性地从事创作，并形成多样化的写作风格。不过，桑塔格到了晚年又曾由衷地说，小说是“心灵的教育”；并对《纽约时报书评》的采访者讲：“我当然需要读者，而且我希望我的作品能够流传下去，希望它们值得流传下去。” 此刻她已经认识到，值得流传的作品少而又少，而它们都必得经受阐释的考验。

所幸的是，桑塔格的作品具有这种价值，我们今天才有可能读到她的作品中译，得以有可能从桑塔格的文字里，去体会在这个八面来风的大时代，在道德、良知、知识与艺术不断失声，甚至遭到否定的现实当中，桑塔格对艺术的执著和热爱、对真的探索和追问，是多么地可贵。她的文学经历和创作成就，才成为我们借鉴的材料。的确，桑塔格有时候可能是偏激的，甚至有谬误，但那就像迎风飞扬的自由精神之旗会在阳光下形成阴影一样，是她的成就之组成，是她那丰富人生的一部分；而对于她的读者，则是同样具有借鉴价值的。

2009 年 6 月 16 日

改于白桦林小屋

# 目 录

# 前　言

短篇小说对于苏珊·桑塔格而言并不是一种习以为常的创作形式。她只有在心中涌起某种无法用其他方式满足的表达需求时，才会转而采用这一文体。在本书收录的这 11 篇短篇中，每一篇都是一场寻求智慧的激烈战斗——在经历了某种打击之后的总结报告会（debriefing）。读完这些短篇后——尤其是最为私密的那几篇，读者就能够理解个中原委了。最伟大的短篇小说家安东·契诃夫曾经谈到过他自己的“自传恐惧症”，对此桑塔格也深有同感。在诸如《中国旅行计划》、《心问》、《没有向导的旅行》等名篇中，她巧妙地克服了自己天生的内敛与沉默。这些短篇所移开的心头重石——父亲的死；朋友的自杀；绝症的阴影——使得它们迥异于她那些创作数量更大、创作频率更高的散文。虽说后者永远会更加出名，但这些短篇却是近距离了解桑塔格的不二法门。她曾经对一位采访者说过，虽说客厅很适合散文，但短篇小说却必须在卧室中写。这一外层与内层密室的差别似乎是理解本书内容的一个绝好途径。这些短篇是最为贴近她内心的作品。

一些评论家说，桑塔格的短篇小说倒不如叫“私人散文”更合适。这种说法不得要领。桑塔格将散文看作是理解她的思想，打定主意的竞技场。对比之下，她的短篇却是源于另一种需求：保持悬而未决的状态，紧抓住矛盾不放，同时却又让这团乱麻结出果实。“我会欣然同意保持沉默，”她在《中国旅行计划》中写道。“不过，哎，那样我就未必能知晓了解什么……可以证明我的无知。” 她的语言有时近乎格言体，譬如在《宝贝》或《美国魂》中；有时哀婉悲鸣，譬如在《没有向导的旅行》与《我们现在的生活方式》中，还有在《中国旅行计划》中；但自始至终都简洁、清新、凝练。“我是西西弗斯，”她在《心问》中写道。“我紧紧托住我的石头……没有什么能把我从这块石头上扯开。” 渴望一种在散文中无法达到的不确定性，桑塔格时不时地就会求助于另一种文体——具有无限柔韧性与可塑性的短篇小说，它所要求的仅仅是锲而不舍的坚持，而无需在任何事情上打定主意。

本书收录的作品采自《党派评论》、《时尚芭莎》、《美国评论》、《花花公子》与《纽约客》。这是首次将它们以全文结集成册。我猜想，新一代的读者——他们比前辈们更少纠结于体裁问题——会发现这些作品一丁点也不过时。一如既往，桑塔格总是领先于时代一步。

（宋　佥　译）

# 朝　圣

围绕着我和他会见的一切都蒙有一层让人羞愧难当的色彩。

一九四七年十二月，我十四岁。我的心里充满了对现实生活的热烈的憧憬，不耐烦地等待着它的到来。在服满了漫长的童年的刑期之后，我将会被释放出来，踏上现实生活的旅途。

结束几乎就在眼前。我已进入少年时代，我要在十五岁念完高中，然后，再然后……一切都会揭晓。与此同时，我在等待，在计算着时间（还是十四岁）。我们家不久前从亚利桑那州南部的沙漠地区搬到了加利福尼亚南部的海岸边。这是一个新环境，有新的消遣的机会，我对此表示欢迎。一九四五年，我那到处漂泊的寡妇母亲再次结婚，嫁给了一个英俊的陆军航空队的王牌飞行员。他的胸前挂满了勋章，身体里还留有炮弹的碎片，被送到这沙漠地区来住一年的医院（他在一九四四年六月六日盟军在诺曼底登陆五天后被击落），在这里他把她击落了。第二年，我们这个重组的家庭的一家人——母亲，继父，小妹妹，小狗，从过去的日子里留下来的名义上领取工资的爱尔兰保姆，加上总是和大家格格不入的我——搬出了我们在图森[①]市郊的一条泥路边的灰泥粉刷的平房（桑塔格上尉就是在这里加入我们家的），搬进了圣费尔南多谷的一座小房子里。小房子有舒适的百叶窗，周围是蔷薇花丛篱笆，门口还有三棵白桦树。在这里，为了重现家庭生活和我那难以让人信服的剩余的童年，我通常假装安静地坐着。我的继父虽然已经退役但仍然精力充沛，每到周末，他常常把牛里脊肉和涂了黄油的玉米用锡箔紧紧地包好，让我们在天井里烤来吃。我吃呀，吃呀，看着我郁郁寡欢，瘦骨伶仃的母亲拨弄着盘子里的食物，我怎么能不吃呢？继父的精力充沛得可怕，而母亲的神情却冷漠得吓人。他们没法开始玩家庭了——太晚了！我跑到了一边，虽然我看上去还是那长着一张婴儿脸，发育过度，正在大嚼着第四个玉米穗的女儿，其实我已经走了。童年就只剩下这么一点点了。直至战争结束（这是战争时期的惯用语，它第一次给了我一种示范，可以为了有利于更美好的将来而以居高临下的方式看待目前），直至战争结束，你都可以显得喜欢他们的娱乐活动，避免冲突，狼吞虎咽地吃东西。其实我是害怕冲突，我也实在是饿坏了。

我觉得自己就像是生活在贫民区的人。我的任务就是躲开那些胡说八道的傻话（我觉得我都快被傻话淹没了）——同学和老师所说的快活的空话，还有在家里听到的庸俗不堪的废话。每周一次的戏剧表演全是陈腐不堪的插科打诨，那些甜甜

① 图森（Tucson），美国亚利桑那州南部城市。

蜜蜜的上榜流行歌曲，棒球比赛和职业拳击赛的歇斯底里的解说，收音机的喧闹声在每天晚上和星期六、星期天的大部分时间里在客厅里回荡，那简直是一种无休止的折磨。我磨牙，我绞头发，我咬指甲，我很有礼貌。城市郊区孩子的童年里充满了各种新的，部落式的乐趣，这些乐趣对孩子是很大的诱惑，它们很快就吞噬了我的妹妹。虽然我抵御住了这种诱惑，但我也不是一个不合群的人，因为我认为我自己的面容是亲切友好的。（我是一个地地道道的女孩子。）我弄不清别的人怎么看我，因为在我看来，别的人都令人惊异地什么也没看见，也没有一点儿好奇心。而我却什么东西都想学。这是我和我至今所遇到的每一个人的令人气恼的差异。我确信在别的地方一定有许多和我一样的人，我也从来没有想过有什么人能够阻止我。

我没有觉得郁闷或恼怒，并不是因为我认为抱怨毫无用处，而是因为我的性格的一面是不满，那在我的整个童年时代都让我感到的不满，而与此相对的另外一面则是快活。我不能将这种快活分给别人，因此它在稳步地越积越多，自从这次搬家以后我常常在快到夜里的时候感到一阵阵的欣喜。在这之前我们搬过八次家，不管我们是住在独立的房子里还是住在公寓里，我从来都没有过自己的房间。而现在，我有了，而且还不是在我的要求下才有的。我有了自己的门，我可以在被送进房间并关灯以后打着手电筒读几个小时的书，不是藏在被子里读，而是在被子外面读。

我从很小的时候起就酷爱读书（读书是在他们的生活里插进一把刀），什么乱七八糟的书都读：童话，连环画（我收藏有许多连环画），康普顿百科全书，波布希双胞胎和其他斯特拉特梅尔丛书，关于天文学、化学和中国的书，科学家的传记，全套的理查德·哈利伯顿游记，还有相当数量的维多利亚时代的经典作品。四十年代中期的一天我在图森市中区的一家卖文具和贺卡的商店闲逛，在商店的后面部分，我就像一下子跌进了一口装满书籍的深井，在这里发现了许多现代文库版的书籍。这里有各种流行书刊，在每本书的封底有我的第一份书单。我只好买来读（小的九十五美分一本，大的一美元二十五美分一本），每本书都像木匠的尺子一般，让我展开了自己的想象力。在到达洛杉矶后的一个月之内，我找到了一家真正的书店，这是我沉醉于书店的一生中所遇到的第一家：好莱坞大道上的“匹克威克”书店。我每隔几天就要在放学以后到那里去，站着看遍那些世界文学作品。有钱的时候就买，胆大的时候就偷。每次偷了书，我都要责骂自己好几个星期，害怕将会因此受到惩罚而带来屈辱。但我只有那么一点点零花钱，我又能怎么办呢？奇怪的是我从未想过到图书馆去读书，我一定要得到那些书，看到它们整整齐齐一排排地摆在我那小小的房间的一面墙前。它们是我的守护神，我的宇宙飞船。

下午是我寻宝的时间，我从不喜欢在放学后直接回家。在图森，除了到那家文具店去之外，最让我感到兴奋的延迟回家的活动是沿着通向唐克佛得山麓的古西班牙小路行走，一路上我可以仔细观察那些刺人最厉害的树形仙人掌和仙人果，在地上搜索箭头和蛇，捡一些漂亮的石头装在衣兜里，想象自己迷路了或是唯一的幸存者，希望自己是印第安人，或是那孤独的漫游者。在加利福尼亚，漫游的场地不同，我也就成了一名和从前不同的孤独的漫游者。在大多数的日子里，放学以后我便从辛德勒大街乘电车急匆匆地赶到不远的市区。离好莱坞大道和高地大街相交的十字路口不远就是我的小小的目的地：一两层高的“匹克威克”书店；一家唱片商店，店主允许我每周在听音间里度过几个小时，狂听他们的唱片；一处国际书报摊，我在那里拼命地浏览各种报刊：《党派评论》，《肯尼亚评论》，《西瓦尼评论》，《政治》，《重音》，《虎眼》，《地平线》等等；那里还有一间门面，一天下午我无意中跟着两个人走进了那开着的门，我觉得那两个人很漂亮，我从来没有遇到过这么漂亮的人。我以为我走进的是一家健身房，结果却是雷斯特·霍顿和贝拉·勒维茨基舞蹈团的排练室。啊，黄金般的年代！它不但是，而且我也知道它是。很快，我就在进行各种尝试了。我在自己的房间里写模仿的小说，记真正的日记；制作词语单来扩大我的词汇量，这些词语单上写着各种各样的词语；播放着唱片扮指挥；每天晚上读书读到眼睛疼。

我也很快就有朋友了，令我惊讶的是，我的朋友并不比我大多少。我可以向我的朋友诉说那些让我入神让我狂喜的事情。我不指望他们读了和我一样多的书，只要他们愿意读我借给他们的书就够了。他们都擅长音乐，而我在这方面完全是个新手，这是多么快乐的一件事呀！我希望有人教我音乐，可要实现这一愿望甚至比要实现我和人分享快活的愿望还要难。就是这个愿望使我结交了最早的朋友：两个四年级的学生。作为一名二年级学生，我一进入这所新学校就投向了她们。她们的音乐修养比我高得多。她俩不但各自精通一种乐器，艾琳吹长笛，梅尔弹钢琴，而且都是在这里土生土长的，受到过深刻的音乐艺术的熏陶。加利福尼亚南部有许多各国逃亡来的艺术家，他们受雇于大电影制片厂的全配置的交响乐团。晚上，他们在方圆百里范围内为小群的听众们演奏卡农曲和当代室内乐的保留曲目。艾琳和梅尔也在听众之中，她们的音乐品位因此得以提高。此外，由于二十世纪四十年代的洛杉矶在高雅音乐方面有自己独特的见解，她俩的音乐鉴赏标准简直到了难以理喻的苛求的程度。这里有室内乐，也有别的一切形式的音乐（歌剧在音乐上的档次太低，不值一提）。

每个朋友都是最好的朋友——我不知道还有什么别的情况。我的两位音乐老师次年秋季进入了加利福尼亚大学洛杉矶分校。除了她俩外，我还有一个朋友，是我二年级的男同学。他是我在中学的最后两年里的浪漫伙伴，而且和我一起进入了我在十三岁时就选择好了的大学——芝加哥大学。彼得是个难民，没有父亲（他是匈牙利和法国人的混血儿）。他的身世比我还坎坷。他的父亲被盖世太保逮捕了，他和母亲从巴黎逃出来到了法国南部，从那里经里斯本在一九四一年到了纽约。在康涅狄格州的一所寄宿学校过了一段时间之后，他在这里和单身的亨尼娅重聚了。亨尼娅长着一头红色的头发，皮肤晒得黝黑（我认为她看上去很年轻，虽然她没有我的母亲漂亮）。我们的友谊是在学校的自助食堂里开始的，我们各自夸耀自己光荣牺牲的父亲，述说他们的一些趣闻轶事。我和彼得争论关于社会主义和亨利·华莱士①的问题。“月桂影院”是我俩发现的上映外国影片的电影院，我和他手牵着手在那里看了许多电影：《开放城市》，《田园交响曲》，《天堂里的孩子》，《面包师的妻子》，《短暂相遇》，《美女与野兽》等等。我们在峡谷和格里菲斯公园里骑自行车，拥抱着在草丛里打滚。我记得，彼得最爱的是他的母亲，我，和他的比赛用自行车。他长着一头黑发，神经质，又瘦又高。我是家里最小的孩子，但我总是班上最高的女生。不仅如此，我也比班上大多数男生高。虽然对奥运会之类的问题我总有自己与众不同的独立见解，但在身高方面我却可悲地坚持着传统的观念。男朋友不但应该是最好的朋友，而且还应该比自己个子高，而符合这个标准的只有彼得。

我的另外一个最好的朋友是梅里尔。他和我一样在上二年级，只不过是在另一所中学。他也和我一起上了芝加哥大学。他金发碧眼，性情孤傲，身体结实。他具有各种各样的“帅”的特征，是个“靓仔”，“帅哥”。但是，我有一双善于识别独往独来者的慧眼（在各种伪装之下），我一眼就看出他也是一个很聪明的人。真的聪明，因此也就不合群。他的嗓音低沉甜美，脸上常常挂着羞怯的微笑。他的一双眼睛有时会微笑，而嘴巴却不动。梅里尔是我的朋友中唯一的我喜爱得不得了的一个。我喜欢看他。我想和他融为一体，或是他和我融为一体。但是，我必须尊重那不可逾越的障碍：他比我矮几英寸。除此之外，我想不出还有什么其他的障碍。他有点不够坦率，精于

① 亨利·华莱士（Henry Agard Wallace，1888—1965），美国副总统（1941—1945）。

算计（从字面意思上来理解也是如此，他说话的时候嘴里常常挂着数字）。对有时候让我深受感动的事，他却显得有点儿无动于衷。他很讲实际，在我激动的时候，他却能保持冷静，这些都让我印象深刻。他家里有母亲，亲生父亲，弟弟（是个数学神童），甚至还有爷爷奶奶，但我说不清他对自己那看似幸福的家庭的真实想法是怎么样的。梅里尔不喜欢谈感情，而我却急切地想表达我的感情，喜欢把感情从我自己身上转而集中到某种我敬慕或愤恨的事情上面去。

我们前后相爱。首先是音乐——他学过几年钢琴（他的弟弟拉小提琴。虽然几年前，我曾求母亲让我学的是钢琴，不，应该是几年前我才停止求母亲让我学的是钢琴，但这同样让我嫉妒得要死）。他领我去免费听音乐会（夏天在“好莱坞盆地”音乐厅），我则让他成了星期一室内乐系列演出“房顶之夜”的常客。以前艾琳和梅尔带我到那里去过。我俩都在收藏唱片，我们的收藏品几乎是相同的（都是 78 转的，幸好我们不知道就在这一年后密纹唱片就问世了）。我们也一起到“高地唱片商店”的凉爽、黑暗的听音间去听唱片。有时候，他到我家里来，即使我的父母在家，有时候我也到他家里去。他的母亲是个守旧但很好客的女人，我记得她的名字叫起来有点儿让人觉得难为情：霍妮[①]。

我们的私密空间是在车里。梅里尔有真正的驾驶执照，而我只有一本“初级”执照，那时候在加利福尼亚十四岁至十六

① 霍妮，英文 Honey 意思是“蜂蜜”，常用来称呼孩子或情人，可译作“宝贝儿”或“心肝”。

岁的人可以拥有这种执照，但只能开自己父母的车。我们自己都没有车，只能开父母的车，因此我俩的执照的区别实际上毫无意义。夜里在马尔荷兰大道的边缘，我们坐在他父母的蓝色雪佛兰或我父母的绿色庞蒂亚克里，下面一片绿色的闪烁的灯光就像是无边无际的机场。我们的周围停了许多车，一对对情人在他们的车里做爱，而我们也在我们的车里追求着自己的欢乐。我们各自用不准确的高音唱出一些旋律然后互相提问："OK，听，这是什么？"我们互相考试对方记住了多少克歇尔编号单[①]，牢记住了那长长的六百二十六部作品的号码和名称；我们争论布施[②]四重奏团和布达佩斯四重奏团的优劣（我是一个令人难以忍受的布达佩斯派）；我们讨论购买吉泽金[③]演奏的德彪西[④]作品的唱片是否合乎道德标准，因为我听艾琳和梅尔说过他过去和纳粹党的关系；我们竭力说服自己，让我们自己相信我们是喜欢上个星期一在"房顶之夜"音乐会上听到的约翰·凯奇[⑤]在事先准备的钢琴上演奏的作品的；我们还谈论斯特拉文斯基[⑥]还能活多少年。

最后这个问题我们反复讨论过。对约翰·凯奇奏出的刺耳

① 路德维希·冯·克歇尔（Ludwig von Kochel，1800—1877）是奥地利科学家，他对莫扎特的音乐作品怀有浓厚的兴趣，给每部作品编了号，称为"克歇尔编号"，莫扎特的作品现在广泛采用这种编号。

② 布施（Adolf Busch，1891—1952），德国出生的小提琴家、作曲家。1919年成立四重奏团，灌录了许多著名的唱片。

③ 吉泽金（Walter Gieseking，1895—1956），德国钢琴家。

④ 德彪西（Claude Achille Debussy，1862—1918），法国作曲家，印象派音乐奠基人之一。

⑤ 约翰·凯奇（John Cage，1912—1992），美国作曲家、钢琴家。

⑥ 斯特拉文斯基（Igor Stravinsky，1882—1971），俄裔美籍作曲家。

杂音，我们抱的是恭敬的态度，我们知道我们是在欣赏丑陋音乐。我们虔诚地听托赫[①]、克热内克[②]、欣德米特[③]、韦伯恩[④]、勋伯格[⑤]的作品（我们的胃口极好，消化力也极强），但我们诚心喜爱的是斯特拉文斯基的音乐作品。由于斯特拉文斯基显得特别苍老（我们有两次星期一在威尔谢·艾贝尔音乐厅的小礼堂里见过他，当时因戈夫·达尔在那里指挥演出他的作品），我们对他的寿命十分担心，这甚至让我们产生了替我们的偶像去死的疯狂念头。我们常常讨论的问题是：我们做出这牺牲的条件是什么？斯特拉文斯基要活多久才值得我们现在当场就死？

二十年？显然。但我们认为，这太容易，而且也太好了，我们难以指望。我们觉得斯特拉文斯基是个古朴的人，给他二十年的寿命，这对在一九四七年时年仅十四岁的我和十六岁的梅里尔来说简直是一个难以想象的巨大数字（I.S.[⑥]活得比这还长，真可爱）。坚持用我们的生命为斯特拉文斯基换来多活二十年似乎没能表达出我们的热情。

十五年？当然。

十年？你可以断言。

五年？我们开始动摇了。但不同意似乎就不够尊重，不够

---

① 托赫（Ernst Toch，1887—1964），奥地利裔美国作曲家。

② 克热内克（Ernst Krenek，1900—1991），奥地利裔美国作曲家。

③ 欣德米特（Paul Hindemith，1895—1963），德国作曲家、指挥家、中提琴家。

④ 韦伯恩（Anton Webern，1883—1945），奥地利作曲家、指挥。

⑤ 勋伯格（Arnold Schoenberg，1874—1951），奥地利裔美国作曲家、指挥家。

⑥ “I.S.”即斯特拉文斯基姓名的首字母缩写。

热爱。和让世界再有五年的时间来欣赏斯特拉文斯基创作的作品相比，我和梅里尔的生命——不光是我俩作为加利福尼亚高中的学生的微不足道的生命，也包括我们认为还在等待着我们的充满成就的生命——又算得了什么呢？五年？可以。

四年？我叹了口气。梅里尔，咱们继续吧。

三年？只为了额外的三年就去死？

通常我们定在四年，最少四年。对，为了斯特拉文斯基能多活四年，我俩之一愿意在当时当地立刻去死。

读书，听音乐，这是进入忘我状态的胜利。几乎我所敬慕的一切都是死去的人（或很老的人）或别的地方的人特别是欧洲人制作的，这在我看来是不可避免的。

我的偶像越积越多。在音乐方面有斯特拉文斯基，而在文学方面则有托马斯·曼[①]。

一九四七年十一月十一日，我在我的阿拉丁的洞穴[②]“匹克威克”书店里买到了一本《魔山》，在从书架上取书的时候，我看到了在扉页上用斜体字书写的日期——我当时正在练习写斜体字。

我当天晚上就开始读这本书，开头几晚读的时候我简直连气都喘不过来，因为这本书和我喜欢读的别的书不一样，这是

① 托马斯·曼（Thomas Mann，1875—1955），德国小说家，代表作有长篇小说《布登勃洛克一家》、《魔山》等。获1929年诺贝尔文学奖。

② 阿拉丁的洞穴（Aladin's cave）喻指藏有巨大财富之处。阿拉丁是阿拉伯神话《一千零一夜》里寻获神灯并以此召唤神怪按其吩咐行事的少年。

一本让人脱胎换骨的书，是发现和认识的源泉。欧洲的一切都进入了我的脑子里，只是我开始对它感到痛心。肺结核是一种不甚光彩的病（我母亲这么说的），我想象不出我的生父是什么样子，多年以前他就是在外国患这种病去世的。但自从我们搬到图森以后，我们发现这种病在这里似乎很普通，人们认为肺结核是情感与精神兴趣的缩影！患了肺结核的病人群体就像山一样高，他们是这沙漠中人们常去的小镇的写照，一种拔高了的写照。这里风光如画，气候感强，有三十多家医院和疗养院。我的母亲为了一个患气喘病的孩子而搬到了这里，这个孩子就是我。在山上，性格就是想法，想法就是热情，就像我通常的感觉一样。但那些想法本身在轮流着拉长我和包藏我。有塞腾布里尼的人道主义冲动，但也有纳夫塔的忧郁和嘲讽。汉斯·卡斯托普是托马斯·曼的这部小说里的主人公。他是个孤儿，是我毫无防护的心目中的英雄。我有这样的想法并不是因为他是个孤儿，也不是由于我自己想象的忠贞。作者用一种居高临下的态度把他描写成一个头脑简单，过分诚恳，容易调教，普普通通的人（以真实的标准来看，我认为自己就是这样一个人）。虽然这样的描写冲淡了那种柔情，但我还是喜爱那柔情。如果汉斯·卡斯托普和古迪·图修[①]一样（这是我的母亲曾经加在我身上的骇人听闻的罪名），那会是什么样的结果呢？这是他与别人不一样的地方。我承认他虔诚的禀性；他如影随形的孤独，有礼貌地和别人生活在一起；在他排满繁重的

① 古迪·图修（Goody Two-Shoes）是英国作家奥利佛·戈德史密斯（Oliver Goldsmith）的儿童故事中的女主人公的名字。

日常事务的生活中（监护人认为这样对你大有好处），也有一些自由的、热情的谈话，这些都简直和我当时的生活日程一模一样。

在整整一个月的时间里，这本书都在我的房间里，我几乎是一口气把它读完的。我本来想细嚼慢咽地读这本书，但兴奋和激动使我不能这样做。在读到 334 到 343 页，汉斯·卡斯托普和克拉芙蒂娅·乔查特谈爱情的时候，我还是放慢了速度。他们说的是法语，我没有学过法语，但我不愿意跳过这一段，于是我买来一本法英词典，一个字一个字地查阅他们的对话。读完了这本书后，我实在舍不得放下，就以读这本书应该用的速度，每天晚上朗读一章，又从头到尾把它重读了一遍。

下一步就是把这本书借给朋友读，这样才能感觉另外的人在这本书里找到的乐趣，和另外的人一起来喜爱它，谈论它。我在十二月初把《魔山》借给了梅里尔。凡是我要他读的书，他是不会耽搁的。结果他也很喜欢这本书，这真是太好了。

读了这本书后，梅里尔说道："我们为什么不去看看他呢？"就是在这个时候，我的喜悦变成了羞愧。

我当然知道他住在这儿。在二十世纪四十年代来到加利福尼亚南部的各色名人多得令人吃惊。我和我的朋友们知道的名人不但有斯特拉文斯基和勋伯格，而且还有托马斯·曼，布莱希特[1]（我不久前刚在贝弗里山剧院看了查尔斯·洛顿主演的

---

① 布莱希特（Bertolt Brecht，1898—1956），德国戏剧家，诗人，写有论著《戏剧小工具篇》，剧作《胆大妈妈和她的孩子们》、《伽利略》等。

《伽利略》)，衣修午德[1]，赫胥黎[2]。但是，就像我不可能和英格丽·褒曼[3]或加里·库柏[4]谈话一样，我和这些大作家中的任何一位有所接触都是难以想象的，虽然他们都住在这附近。事实上，和那些文学家接触比和明星谈话更不可能。明星们会走出他们的豪华汽车来到弧光灯照耀下的好莱坞大道的人行道上，面对巨浪般包围住他们但被警察用拒马木桩隔开的影迷们为他们的影片的首映做宣传。我在新闻纪录片里看到过这样的情形。而文学界的圣人们则几乎是隐姓埋名地从欧洲来到了这里，生活在柠檬树，海滨旅馆的侍者，包豪斯[5]建筑和奇妙的汉堡包的中间。我敢肯定地说，不会有什么人会像影迷们一样千方百计地去打扰他们的隐居生活。当然，托马斯·曼和别的流亡者们不一样，他也是一位公众人物。在二十世纪三十年代末和四十年代初，想要受到和托马斯·曼在美国所受到的同样的官方礼遇比要成为世界最著名的作家的可能性还要小。他是白宫的客人，在国会图书馆发表演说时副总统亲自为他作介绍。数年之中他不知疲倦地巡回演讲，宣讲希特勒统治下的德国的绝对邪恶和民主国家即将到来的胜利。他在罗斯福总统

---

① 衣修午德（Christopher Isherwood，1904—1986），美籍英国作家，因写过有关20世纪30年代柏林的小说《诺里斯先生换乘火车》、《再见吧，柏林》等而闻名，曾与W·H·奥登合写日记《战地行》，记载1938年周游中国的见闻。

② 赫胥黎（Aldous Huxley，1894—1963），美籍英国作家，写有诗歌、小说、剧本、文艺评论等，所写小说被称为“概念小说”，代表作为寓言体讽刺小说《美丽新世界》、《旋律的配合》等。

③ 英格丽·褒曼（Ingrid Bergman，1915—1982），好莱坞影星。

④ 加里·库柏（Gary Cooper，1901—1961），好莱坞影星。

⑤ 包豪斯（Bauhaus），近代德国建筑师沃尔特·格罗皮尔斯（Walter Gropius）创办的建筑学院。

领导下的思想正统的美国简直具有圣人的地位。移居美国并没有降低他作为一名代表人物的品位或才华。如果存在一个好德国，那么就要到美国去寻找（这是美国好的证明），而他就是这个德国的化身；如果存在一名伟大的作家（不是美国概念的作家），那就是他。

在我读《魔山》读得云里雾里的时候，我根本没有想到他也在这里。要说那时我住在加利福尼亚南部，托马斯·曼也住在加利福尼亚南部，这两个“住”字和“在”字的意思都是不一样的。他在的地方，我都不在。欧洲，或童年之外的世界，那严肃意义上的世界。不，甚至连那也不是。对我来说，他就是书，不是一本书，而是许多书。我当时正在读《三十年短篇小说集》。我九岁的时候——我认为那时确实是我的童年时代——我在读《悲惨世界》时伤心愁闷了好几个月（当时正读到芳汀被迫出卖头发那一章，这个情节使我成了一个有意识的社会主义者）。对我来说，虽然托马斯·曼没有死，但他又和维克多·雨果[①]一样是死了的。

我为什么要想和他见面呢？我有他的书。

我不想和他见面。梅里尔在我家，那是一个星期天，我的父母都出去了，我俩在他们的房间里，躺在他们的白色缎子床罩上。虽然我再三恳求反对，但他还是带来了一本电话号码

① 维克多·雨果（Victor Hugo，1802—1885），法国作家，法国浪漫主义文学运动领袖，主要作品有小说《巴黎圣母院》、《悲惨世界》，诗歌《惩罚集》等。上句里的芳汀是《悲惨世界》里的人物。

簿，在“M”条下查找起来。

“瞧，他在电话号码簿上。”

“我不想看！”

“瞧！”他看了我一眼说道。我在惊恐中看到：太平岩圣雷默路 1550 号。

“这太荒唐。走吧，别打！”我叫嚷着跳下床。我不相信梅里尔在做的事，但他确实在做。“我要打电话。”电话就在母亲这边的床头柜上。

“梅里尔，别打！”

他拿起了话筒。我冲出屋子，跑出经常都没上锁的前门，穿过草坪，跳到停在人行道那边的庞蒂亚克的旁边。车钥匙没有拔出来（你能把车钥匙放在别的什么地方呢？）。我站在街中间，用双手按住耳朵，好像在那里我也能听到梅里尔在打那令人伤心、不可想象的电话似的。

我真是个胆小鬼，我平生第一次或许是最后一次这样想。我使劲呼吸了好一会儿，竭力恢复自制力，然后才放下双手，慢慢往回走。

前门开着，一眼可以看到小小的客厅。客厅里装饰着一些早期美国式的家具，我母亲在收集这种家具。房子里一片寂静。我穿过客厅来到饭厅，然后转弯走过我的房间和我父母的卫生间旁的短厅进了我父母的房间。

电话听筒已放回了原位，梅里尔坐在床边向着我笑。

“听我说，这没什么好笑的，”我说：“我以为你真的要打电话呢。”

他挥了挥手说：“我打了。”

“打了什么？”

“我打了。”他还在笑。

“打电话？”

“他下周星期天下午四点等我们去喝茶。”

“你没有真的打电话！”

“为什么没有呢？”他说，“这挺好啊。”

“你跟他说话了？”我快要哭出来了：“你怎么能这样做呢？”

“没有，”他说：“是他妻子接的电话。”

我看过一幅托马斯·曼和他的家人一起拍的照片，脑子里浮现出了卡西娅·曼的形象。她也在这里吗？只要梅里尔没有直接和托马斯·曼说话，也许事情还不算太糟糕。

“你说了些什么？”

“我说我们是两个高中生，我们读了托马斯·曼的书，想见见他。”

这比我想象的更糟糕，但我是怎么想象的呢？“真是太——太蠢了！”

“这怎么是蠢呢？听起来挺好的。”

“噢，梅里尔……”我连再表示反对也不行了：“她说了些什么呢？”

“她说：‘等一下，我叫我的女儿来，’”梅里尔骄傲地继续说道：“她女儿来了，我又说了一遍——”

“慢点，”我打断他的话说道：“他的妻子离开了电话，你等了一会儿，然后听到另外一个人的声音……”

“对，另一个女人的声音，她们说话都带外国口音。她说：‘这是曼小姐，你想做什么？’”

“她是这样说的？听起来她好像有点生气。”

“不，不，她的声音听起来不像是在生气。也许她说的是‘我是曼小姐，’我记不清了。但说老实话，她的声音听起来不像是在生气。接着她说道：‘你想做什么？’不，等等，她说的是‘你想要做的是什么？’”

“然后呢？”

“然后我就说……你知道我说了什么。我说我们是两个高中生，我们读了托马斯·曼的书，想见见他——”

“但是我不想见他！”我哭着说。

“她说，”他固执地说下去：“‘等一下，我问问我父亲。’也许她说的是‘等等，我问问我父亲。’她走开的时间不长……她回到电话边说道——这是她的原话——‘我父亲下周星期天下午四点等你们来喝茶。’”

“然后呢？”

“然后她问我知不知道她们家的地址。”

“然后呢？”

“就这些了，哦……她说再见。”

我考虑了一下这个结局，然后再一次说道：“噢，梅里尔，你怎么能这样做呢？”

“我对你说过我会的。”

我在忐忑不安中度过了一个星期。我将被迫去见托马斯·

曼，这似乎是一件极为不妥的事情，而他要浪费时间来会见我则是一件显得十分荒唐的事情。

当然，我可以拒绝去，但我又怕如果我不去，这位被我错当成爱丽儿[①]的鲁莽的卡利班[②]会独自一人去拜访那位魔术师。不管梅里尔平时对我怎样尊重，在崇拜托马斯·曼这件事情上，他自认为和我是平等的。我不能让梅里尔未经仔细思考便去打扰我心中的圣人。如果我和他一起去，起码我可以限制此行可能造成的损害，岔开梅里尔可能会说出的幼稚无知的话。我有一种印象（这是我这段回忆中的最令我感动的地方），托马斯·曼可能会被梅里尔或者我的愚蠢所伤害……愚蠢是经常会伤害人的。因为我尊崇托马斯·曼，所以保护他不受伤害就是我义不容辞的责任。

在这个星期中我和梅里尔在放学后碰过两次头。我不再责备他，也不那么生气了，我只是越来越觉得难受。我落入了陷阱。因为我不得不去，所以我需要感觉和他接近，让这成为一件我们共同的事情，这样我们就不会丢脸了。

星期天到了。梅里尔驾着雪佛兰来接我。下午一点整，他驾车到了我家门外的人行道边（关于我们应邀到太平岩去喝茶的事，我没有告诉母亲或别的什么人），两点钟时我们已行驶在宽阔空旷的圣雷默路上，在车上我们可以看到远处的太平洋和圣卡塔利娜岛。我们把车停在了距离1550号房子大约两百英尺（从房子那里看不见）的地方。

---

① 爱丽儿（Ariel），莎士比亚戏剧《暴风雨》中的精灵。

② 卡利班（Caliban），莎士比亚戏剧《暴风雨》中丑陋凶残的奴仆。

我们事前已商量好了怎么开头。我先开口，谈谈《魔山》，然后由梅里尔提问题，问托马斯·曼目前在写什么。接下来怎么办我们还得商量，我们安排了现在的两个钟头的时间来演练。但练了一会儿后，由于我们想不出他会怎样回答我们的问题，我们便练不下去了。受人崇拜的文学圣人会说些什么？我们实在想象不出来。

于是我们比较《死神与少女》[①]的两种录音版本的优劣，然后话题又转向梅里尔喜欢的施纳贝尔[②]演奏的《钢琴曲》，我觉得这个话题真是聪明绝顶。梅里尔似乎一点儿也不着急，好像他觉得我们完全有权去打扰托马斯·曼似的。他认为我们很有趣：两个早熟的孩子，两个二流的神童（我们明白，我们俩都不是真正的神童，真正的神童是少年梅纽因[③]那样的人。我俩只是爱好和敬慕方面的神童，而不是成就方面的神童），因此托马斯·曼很可能会觉得我们很有趣。但我不那么想，我只是认为我们……有潜力。用真正的标准来衡量，我们简直就不存在。

太阳火辣辣地挂在空中，大街上一个人也没有，两个钟头里只有几辆汽车开过。三点五十五分时，梅里尔松开了刹车，我们静悄悄地滑行下山，在1550号门前停下了。我们钻出汽车，伸了伸懒腰，发出一些假装出来的呻吟声以互相鼓励，然

---

① 《死神与少女》（Death and the Maiden），奥地利作曲家舒伯特作于1817年的一首歌曲。

② 施纳贝尔（Artur Schnabel，1882—1951），奥地利钢琴家、作曲家。

③ 梅纽因（Yehudi Menuhin，1916—1999），美国小提琴家和指挥家，1924年8岁时即在旧金山举行首次公开独奏音乐会。

后尽可能轻轻地关上车门，走上门前小道，按响了门铃。好悦耳的铃声，噢。

开门的是一个很老的女人，她满头的白发在脑后盘成一个圆圆的发髻。看到我们她似乎一点儿也不惊讶。她请我们进去，让我们在光线很暗的进门通道里等一等——通道的右边有一个客厅——然后沿着一条长廊走了进去不见了。

“卡西娅·曼，”我小声说道。

“不知道我们会不会见到埃莉卡，”梅里尔也小声对我说道。

房子里一片寂静。她回来了。“请跟我来，我的丈夫在他的书房里会见你们。”

我们跟着她，几乎走到了狭窄幽暗的通道的尽头，一直到了楼梯前面。那里的左边有一道门，她打开了这道门，我们跟着她走进去，又向左转，才算真正进入了托马斯·曼的书房。

我打量着这个房间。房间好像很大，透过一扇大窗户可以看到外面的景物。这时我才意识到他就坐在一张硕大华丽的黑桌子后面。卡西娅·曼为我们做了介绍。这就是那两个学生，她对他说道。在向我们介绍的时候，她称呼他托马斯·曼博士。他向我们点了点头，说了几句欢迎的话。他穿着一套米色西服，打着领结，就像在《三十年散文集》的卷首照片里的他一样。他和一本正经地坐着拍的照片一模一样，这是第一件让我感到吃惊的事情。这种相似令人不可思议，简直是奇迹。现在回想起来，这并不是因为那是我第一次见到一个通过照片已经对他的模样有了很深的印象的人的缘故。我还没见过照相时不做出放松的样子的人。他和照片相似，这好像是做出来的，就像他正在摆好姿势准备拍照一样。但是，那张全身照并没有让我想象到他的身体很弱，也没有让我看出他嘴唇上的胡须很稀疏。他的皮肤很白，但双手却是斑驳的颜色，手背上青筋突出，眼镜后面的一双琥珀色的眼睛很小。他笔直地坐着，显得很老很老。事实上他那时已经七十二岁了。

我听到我们背后的门关上了。托马斯·曼示意我们坐在桌子前面的两把硬背椅子上。他点燃一支香烟，身体后仰靠在了椅背上。

我们的谈话就这样开始了。

他谈话时不用人提示。我记得他的态度很严肃，说话带外国口音，话也说得很慢。我还从来没有听到过有谁说话这么慢。

我说我非常喜欢《魔山》。

他说那是一本欧洲味很浓的书，书中描写的是发生在欧洲文明中心的冲突。

我说我明白这一点。

梅里尔问他近来在写些什么。

“我最近刚完成了一部根据尼采[①]的生活经历写出的小说，”他一字一顿地说，“不过我的主人公不是一位哲学家，而

---

① 尼采（Friedrich Wilhelm Nietzsche，1844—1900），德国哲学家、诗人，唯意志论的主要代表，创立“权力意志说”和“超人哲学”，主要著作有《悲剧的诞生》、《权力意志》等。

是一位作曲家。”

“我知道音乐对您有多重要，”我大胆地说道，希望这样可以让谈话更好地进行下去。

“德国灵魂的高度和深度都反映在音乐里，”他说。

“瓦格纳[①]，”我说。说这话时我暗暗担心这会招来麻烦，因为虽然我读过托马斯·曼写的关于瓦格纳的文章，但我从来没有听过瓦格纳的歌剧。

“是的，”他一边说，一边从桌子上拿起一本打开的书，掂了掂，把它合上（用大拇指插在打开的地方），放回桌上，又把它打开。“你看，我现在正在查阅欧内斯特·纽曼[②]的瓦格纳传的第四卷，这是一部写得极好的传记。”我伸长脖子，好让书的标题和作者的名字能直接撞击我的眼球。我在“匹克威克”书店曾看到过纽曼写的传记。

“但是我书中的作曲家所作的音乐和瓦格纳不同。他的音乐与勋伯格的十二音体系或十二音音列相关。”

梅里尔说我俩都对勋伯格很有兴趣，但他没有做出回应。看到梅里尔脸上的茫然的神色，我睁大双眼表示对他的鼓励。

“您的小说很快就会面世吗？”梅里尔问道。

“我的忠实的翻译正在忙着呢，”他说。

“H·T·劳-波特，”我低声说道。这是我第一次说出这个有着难懂的缩写和显眼的短横的迷人的名字。

---

① 瓦格纳（Wilhelm Wagner，1813—1883），德国作曲家，毕生致力于歌剧的改革与创新，作品有歌剧《漂泊的荷兰人》，《纽伦堡名歌手》等。

② 欧内斯特·纽曼（Ernest Newman，1868—1959），英国音乐评论家、作家。研究瓦格纳的权威，著有四卷本瓦格纳传。

“对翻译者来说，这也许是一本最难的书，”他说：“我想，劳-波特夫人恐怕还从来没有碰到过这么难译的书。”

“噢，”我应道，我并不是想象出了H·T·劳-波特是什么样子，而是对这个名字的主人是女性感到有点儿意外。

“要求有深厚的德语功底，而且还要有机灵劲儿，因为我书中的一些人物使用方言对话。还有魔鬼——对，魔鬼是我书中的一个人物——说的是十六世纪时的德语。”托马斯·曼很慢很慢地说着，还抿着嘴笑了笑：“恐怕这对我的美国朋友来说没有什么意义。”

我很想说点什么让他放心的话，但没敢说出来。

我在心里想，他说话这么慢，是因为这就是他说话的方式呢？还是因为他是在用外语说话呢？还是因为他觉得自己必须说这么慢，否则（因为我们是美国人，我们是孩子）我们就听不懂他说的是什么呢？

“我认为这是我所写的最大胆的一本书，”他对我们点点头说：“我最狂放的一本书。”

“我们盼望读到这本书，”我嘴里这么说，心里却仍在盼着他跟我们谈谈《魔山》。

“但它也是我老年时代的书，”停顿了很久之后，他又继续说道：“是我的《帕希发尔》①，当然，也是我的《浮士德》②。”

---

① 帕希发尔（Parsifal），亚瑟王传奇中寻找圣杯的英雄人物。瓦格纳根据这个传奇故事作有歌剧《帕希发尔》。

② 浮士德（Faust），德国中世纪传说中的一名术士，为获得青春、知识和魔力，将灵魂出卖给魔鬼。德国作家歌德作有诗剧《浮士德》，瓦格纳作有歌曲《歌德的浮士德中的歌曲七首》（7 Songs from Goethe's Faust）。

一时他显得有点儿心不在焉，好像在回忆什么事情。他又点燃了一支香烟，身体在椅子上稍微侧了一点。接着他把香烟放进了一个烟灰缸里，用食指揉了揉唇上的胡须。我记得他的唇须（我不知道还有谁有唇须）看上去就像是戴在嘴巴上的一顶小小的帽子。我不知道他的这个动作是不是意味着谈话到此结束。

但是，不，他又继续说话了。我记得他说到了“德国的命运”……“恶魔”和“深渊”……“浮士德和魔鬼讨价还价”。他好几次提到希特勒（他谈到过瓦格纳和希特勒的问题吗？我想没有。）我们尽力向他表明他对我们说的话没有白说。

我对他充满敬畏，他就在我的面前，这使得我在开始的时候只看到了他而看不到别的东西。现在我开始多看到一些东西了，例如，他那显得有点凌乱的桌子上的东西：钢笔，墨水台，书籍，纸张，还有一套装在银框里的小照片，但我只能看到照片框的背面。墙上挂着许多照片，但我只认出了一幅罗斯福总统和另外一个人的合影，我记得另外那个人好像穿着军装。此外便是书，书，书，几个从地板到天花板的大书架上面全都堆满了各种各样的书。和托马斯·曼在同一间屋子里，这真是一个令人激动，令人惊异的伟大事件。但是，我也感到了我所看到的第一个私人图书馆对我的诱惑。

梅里尔继续和他谈着，竭力显示自己对关于浮士德的传说故事并非一无所知，与此同时，我却在悄悄地打量这个图书馆，并尽量不让我目光的游离得那么明显。和我所预料的一样，几乎所有的书都是德文的，许多都是皮革精装的成套书籍。令我感到困惑的是，大多数书的标题我都看不懂（我不知道有哥特花体字）。很少的几本美国书看上去都是不久前才出版的，这些书都有鲜艳的蜡光纸护封，一眼就能辨认出来。

现在他谈起了歌德……

就像我们真的演练过要说些什么似的，我和梅里尔找到了一种恰当的、无拘无束的提问节奏，只要托马斯·曼的缓慢的话语一停，我俩便提出新的问题，同时也表达出我们对他所说的一切的赞赏与感激。梅里尔表现得很好，正是我喜欢的那个梅里尔：镇静，迷人，一点儿也不蠢。我还担心他在托马斯·曼面前会丢脸从而让我也丢脸，我为这种想法感到惭愧。梅里尔的表现棒极了，而我的表现则很一般。让我感到意外的倒是听懂托马斯·曼的话一点儿也不难。

如果他说话像一本书，我一点儿也不会在意。我希望他说话像一本书。我隐隐约约开始有点在意的是（我当时说不清）他说起话来就像是在做文学评论。

现在他谈的是艺术家与社会。他用的词语和《星期六文学评论》记者采访他时所用的词语一样，我读过那篇采访记。自从我在《党派评论》上面发现那些花哨的散文和复杂的论点并开始在好莱坞大道上的报摊上购买这份杂志以后，我对《星期六文学评论》便不再有多大的兴趣了。但是，我又转念一想，我觉得他说的话有点熟悉是因为我读过他的书，他不会想到我是他的一名狂热读者。他为什么不说点儿没有说过的话呢？尽管如此，我还是拒绝感到失望。

我想告诉他我十分喜爱《魔山》，这本书我已经读了两遍，但这显得太傻气，而且我也害怕他会问我一些关于他的另外几本我没有读过的书的问题，虽然他至此还一个问题都没有提过。“我很喜欢《魔山》，”我最后乍着胆子说道，我当时的感觉是如果现在不说那就永远没有机会说了。

“有时候，”他说：“会有人问我认为自己最重要的小说是哪一部。”

“噢，”我说道。

“对呀，”梅里尔叫道。

“我就说，而且在最近的采访中我已经这么说了……”他停住了，我紧张得屏住了呼吸。他停了停后又接着说道：“是《魔山》。”我这才长长地出了一口气。

门开了，终于可以松口气了：那位德国夫人双手端着一个装着饼干、小蛋糕和茶具的托盘，慢慢地走到靠墙边的沙发前面的一张小桌子边，并弯下腰把托盘放在那小桌子上面。托马斯·曼站起身，绕过桌子，向我们招招手示意我们到沙发那里去。我看到他很瘦。我很想坐回我和梅里尔刚来时坐的座位上，托马斯·曼一坐到邻近的一把带翼扶手椅上，我便立刻挨着梅里尔坐下了。卡西娅·曼提着一把沉重的银茶壶，把茶斟进三个精致的茶杯里。在托马斯·曼把茶碟放在膝头上，举起茶杯放到嘴边（我俩也一起跟着他这么做）的时候，她低声用德语对他说了句什么，他摇了摇头。用英语回答了一句话，好像是“没关系”，或“不是现在”。我听到她叹了一口气，然后就出去了。

呵，他说，咱们来吃吧。他没有微笑，只是向我们示意，让我们吃蛋糕。

在放托盘的小桌子的一端有一座小小的埃及雕像，在我的记忆中，那是一个在葬礼上作弥撒的人物形象。它使我想起了托马斯 · 曼写过的一本书，书名叫《约瑟夫在埃及》。我在“匹克威克”书店里曾仓促地浏览过这本书，当时觉得并不怎么吸引人。我决定把这本书再读一遍。

没有人说话。我能感觉到屋子里那种紧张微妙的寂静，那是一种我在室内从未感受过的寂静；我也能感觉到自己缓慢的一举一动。我呷了一口茶，竭力不让面包屑掉下来，又和梅里尔偷偷地交换了一下眼色。也许现在我们的访问该结束了。

托马斯 · 曼放下茶杯和碟子，用他的厚厚的白色餐巾的边缘擦了擦嘴角，然后说道，他一直很喜欢和美国的年轻人会面，他们展示了这个伟大国家的活力，健康和固有的乐观的性格。我的情绪一下子低落了，我担心的事终于发生了，他把话题转向了我们。

他问了我们的学习情况。我们的学习情况？这又是一件令人感到尴尬的事情。我敢肯定他对加利福尼亚南部的中学的情况一无所知。他知道驾驶员教育课（必修）吗？打字课？早晨你急急忙忙跑过草坪去赶上第一节课时会看到草坪上的那些皱巴巴的避孕套（校园是情侣们夜里幽会的好地方），如果他看到这种情况会感到惊讶吗？我自己在到了这里的第一个星期里所感觉到的惊讶揭示了我比别的同学小两岁的区别，因为我傻乎乎地问他们，为什么那些树下有那么些小小的气球。令我感到惊讶的还有每天上午课间休息时到学校礼堂左边的墙脚下来卖“茶”[①]的那两个“帕舒克”（那两个墨西哥裔的少年这样称呼他们自己）。他能想象我们有些人认识的乔治有一支枪并拿着枪到加油站去抢工作人员的钱吗？他能想象艾拉和内拉这一对侏儒姐妹居然领导了圣经俱乐部发起的抵制活动，并导致学校收回了我们的生物学课本吗？他知道我们现在不学拉丁语了，也不学莎士比亚了，好几个月以来，看得出来是被搞糊涂了的十年级的英语老师在每节课开始时便发给每个学生一本《读者文摘》（让我们每人选一篇文章来读并写一篇摘要），然后就一言不发地坐在讲桌旁点头，织毛衣，一直到下课铃响吗？在他祖国的卢卑克[②]，十四岁的托尼奥·克罗格让汉斯·汉森读席勒[③]的《堂·卡洛斯》，用这种方法向汉斯·汉森求爱，但他知道卢卑克离北好莱坞中学——法利·格兰杰[④]和阿兰·拉德[⑤]的母校——的体操馆有多遥远吗？他不可能知道，我也希望他永远弄不清楚。希特勒，德国的毁灭，流亡，这些已经让他够难过的了，最好不让他知道他现在离欧洲实际上有

① “茶”（tea），此处是美国俚语，指大麻（叶）或大麻香烟。

② 卢卑克（Lubeck），德国东北部港市。

③ 席勒（Johann Christoph Friedrich von Schiller，1759—1805），德国诗人、剧作家、历史学家、文艺理论家。主要作品有《华伦斯坦》、《阴谋与爱情》、《威廉·退尔》、《欢乐颂》、《三十年战争史》等。

④ 法利·格兰杰（Farley Granger，1925—2011），美国影星。

⑤ 阿兰·拉德（Alan Ladd，1913—1964），美国影星。

多远。

他谈起了“文学的价值”和“保护文明不受野蛮势力侵害的必要性”，我不断地点头称是……我们到这里来实在是有点荒唐——这是我期待了整整一个星期的感觉——这种感觉最终占了上风。早些时候，我们只能说些蠢话，后来在真的喝茶时，那给了这整个过程名称的社会礼节又给我们制造了丢脸的新机会。我担心自己会做出什么不合礼节的蠢事来，这种担心把我脑子里本来想大胆说出的一切念头都赶跑了。

我记得当时我开始考虑什么时候才是体面地离开的时机，我猜想，虽然梅里尔一脸轻松自如的样子，但他一定也巴不得立刻就走。

托马斯·曼继续慢条斯理地谈论文学，我只记得当时自己如坐针毡，他说了些什么我已经忘光了。我竭力控制自己不要吃太多的饼干，但一不留神就又伸出手去拿了一块。他点点头，说，再吃一块吧。这太可怕了，我真希望他不管我们，让我在他的书房里看看他的书。

他问我们喜欢哪些作家，我正在犹豫该怎么回答（我喜欢的作家太多了，但这时我只能说几个名字），他又继续说话了。我记得他的原话是：“我想是海明威吧，在我的印象中，他是最具有代表性的美国作家。”

梅里尔含混不清地说他没有读过海明威的书。我也没读过，但由于吃惊，我没有回答。托马斯·曼会对海明威感兴趣，这太让人想不通了。在我的印象中，海明威是一位受欢迎的作家，他的书都是关于打鱼和拳击的（我讨厌体育运动），他的小说被拍成了浪漫电影（我喜欢英格丽·褒曼，也喜欢亨弗莱·鲍嘉[①]）。从别人谈论的情况来看，我觉得他的书不是我应该读的，他也不是我的托马斯·曼会认真对待的作家。但我一下子明白过来，不是托马斯·曼喜欢海明威，而是他认为我们喜欢海明威。

嗯，托马斯·曼问道，你们喜欢哪些作家？

梅里尔说他喜欢罗曼·罗兰[②]（《约翰·克利斯朵夫》）和乔伊斯[③]（《青年艺术家的肖像》）；我说我喜欢卡夫卡[④]（《变形记》，《流放》）和托尔斯泰[⑤]（他后期的宗教作品和长篇小说）。说到这里我想到他似乎在期待着我说出一位美国作家的名字，便搭上了一个杰克·伦敦[⑥]（《马丁·伊登》）。

他说我们一定是非常严肃的年轻人，这让我们感到更难为情了，我记得最清楚的就是他的话使我们感到很难为情。

---

① 亨弗莱·鲍嘉（Humphrey Bogart，1899—1957），美国影星。

② 罗曼·罗兰（Romain Rolland，1866—1944），法国作家、社会活动家，获1915年诺贝尔文学奖，主要作品有《约翰·克利斯朵夫》、《母与子》、《群狼》等。

③ 乔伊斯（James Joyce，1882—1941），爱尔兰小说家，多用“意识流”手法，代表作《尤利西斯》。

④ 卡夫卡（Franz Kafka，1883—1924），奥地利小说家，现代派文学先驱，主要作品有《判决》、《城堡》等。

⑤ 托尔斯泰（Leo Tolstoy，1828—1910），俄国作家、思想家。主要作品有《战争与和平》、《安娜·卡列尼娜》、《复活》等。

⑥ 杰克·伦敦（Jack London，1876—1916），美国作家，主要作品有《马丁·伊登》、《荒野的呼唤》、《铁蹄》等。

我还在想着海明威，我是不是应该读点儿海明威的作品呢？

两个当地的高中生竟然会知道尼采和勋伯格，这在他看来好像是完全正常的事情。在这个世界上，熟悉这些名人被认为是理所当然的事情，那时还涉世未深的我第一次知道了这一点，我为此感到高兴。然而，他似乎也希望我们是两个美国人（他想象中的美国人），像他一样具有代表性（就像他认为海明威可以代表美国作家一样，我也不知道他为什么会有这样的想法）。我知道这很荒唐，因为我们什么也不能代表，我们甚至不能代表我们自己——确实不能很好地代表我们自己。

我现在身处文学世界的觐见室里，我渴望生活在这个世界中，即使是做一名地位最卑微的公民。（我根本没有想到告诉他我想当作家，这和告诉他我在呼吸一样毫无意义。我在那里——如果我必须到那里的话——是作为一个崇拜者，而不是想要和他平起平坐。）我在这里见到的这个人只会说一些格言警句，虽然他就是写托马斯·曼的书的那个人；而我说出的都是一些傻乎乎的话，虽然我的心里充满了复杂的情感。我俩都没有处于最佳的状态。

奇怪的是我想不起会见是怎么结束的了。是卡西娅·曼进来告诉我们时间到了吗？是托马斯·曼说他必须回去继续工作，接受了我们的感谢，然后把我们带到他的书房门口的吗？

我想不起我们是怎样告别——怎样被释放的了。在我的记忆中，我们坐在沙发上喝茶吃蛋糕的情景和我们又到了外面的圣雷默路上钻进汽车的情景交叉淡变重叠到了一起。从那幽暗的书房里出来，西斜的太阳也显得非常明亮：时间刚过五点半。

梅里尔发动了汽车。像两个第一次逛了窑子正开车离开的少年一样，我们开始在车里评价我们的表现。梅里尔认为我们的访问是一次胜利，而我却觉得羞愧、沮丧，虽然我也认为我们并不是完全在出洋相。

“该死，”在快到我家的时候，梅里尔打破了长久的沉默说道：“我们应该把书带去请他签名。”

我咬紧了牙齿没有说话。

“太棒了，”梅里尔在我家门口我下车时说道。

我想我们后来再也没有谈起过这件事。

十个月以后，在预先作了许多宣传的《术士浮士德》（“本月畅销书俱乐部”中选书，第一次印刷超过十万册）问世后几天内，我和梅里尔到了“匹克威克”书店。书店前部的一张金属桌子上堆满了一摞摞相同的书，我们眼睛都看花了。我们各自买了一本，然后一起读这本书。

虽然宣传得很厉害，但这本书并不像托马斯·曼预期的那样轰动。评论家们只说了一些无关痛痒的客套话，他在美国的地位开始有点降低了。罗斯福时代真的结束了，冷战时期已经到来。他开始考虑回欧洲去了。

几个月以后我的生活有了大的变动——我真正的生活开始了。一月份毕业以后，我到加州大学伯克利分校读了一学期。不幸的乔治进了圣昆廷州立监狱。一九四九年秋，我离开了加州大学进了芝加哥大学，梅里尔和彼得也进了这所大学（他俩都是在六月毕业的）。我在芝加哥大学学习哲学，然后，然后……我继续我的生活，而我后来的生活居然和我在十四岁时满怀自信想象出的情况基本相同。

一直在这里消磨时光的托马斯·曼的生活也有了变动。他和他的卡西娅（他们在一九四四年成为美国公民）将在一九五二年离开加利福尼亚南部永远回到欧洲那平缓的魔山去。在美国的十五年中，他一直住在这里，但他又并没有真正地住在这里。

多年以后，我成了一名作家，也认识了许多作家，我学会了在人和工作之间更多的容忍。然而，即使现在，我仍然觉得这种冲突不正当，不合适。在我的经历中的深层记忆常常是关于难为情的感觉的记忆。

我现在仍然能感觉到自己从令人窒息的童年中解放出来时的兴奋和感激。是敬慕之情解放了我，还有作为体会强烈的敬慕感的代价的难为情。那时我觉得自己已是个成年人，但又被迫生活在孩子的躯壳里。后来，我又觉得自己像一个有幸生活在成人的躯壳里的孩子，我的那种认真热情的品质在我的童年时期就已经完全形成，它使我现在还继续认为现实还未到来，我看到在我的前面还有一片很大的空间，一条遥远的地平线。这就是真实的世界吗？四十年以后，我还是像在漫长而累人的旅途上的小孩子一样，不停地问着“我们到了吗？”我没有获得过童年的满足感，作为补偿，我的前方总是呈现着一条满足的地平线，敬慕的喜悦载着我不断地向它前进。

我从未对任何人讲起过这次会见。多年来我都把这件事当作一个秘密，就像那是一件什么见不得人的事情似的。这件事就像是发生在另外的两个人之间，发生在两个幽灵之间，两个在到别的什么地方的路上临时碰到的人之间一样：一个害羞，热情，陶醉于文学的孩子和一个住在太平岩的流亡文学圣人。

（徐天池 译）

# 中国旅行计划

## (一)

我打算到中国去。

我将穿越中国香港与内地之间深圳河上的罗湖桥。

在中国待上一段之后，不久我还将再度走过中国内地与香港之间深圳河上的罗湖桥。

五种可变之物：

罗湖桥

深圳河

香港

中国

尖顶布帽

想想其他各种可能的顺序。

我从未去过中国。

我一直希望到中国去。一直。

（二）

此次旅行能满足心愿吗？
问：（拖延时间）你是说去中国的愿望吗？
答： 随便什么愿望。

是的。

愿望的考古学。

可它却是我的全部人生！

别惊慌。“自白不足道，知识才是一切。”这是一句引语，可是我不想说出是谁说的。

一些提示：

——一位作家。

——一位智者。

——一位奥地利人（维也纳的犹太人）。

——一位避难者。

——他 1951 年死在美国。

自白是我，而知识是任何人。

我可能用个双关语吗？

## （三）

此次旅行的念头萌生已久。

最初是在什么时候萌发的？早在我刚刚记事的时候。

——查寻这种可能性：即我虽然出生在纽约，成长在美国的其他什么地方，可是生命却是在中国孕育的。

——给母亲写信。

——打电话？

出生前与中国的联系：可能是某种食物。然而，我并不记得母亲说过她真的喜欢中国食物。

——在某次将军的宴会上，她把囫囵个儿的百年蛋[①]吐到了餐巾里，她不是这么说的吗？

---

① hundred-year-old egg，即松花蛋。

反正，有什么东西穿过了供血充沛的胚胎外膜。

玛娜·洛伊中国，图兰朵中国。来自威斯利学院和威斯里安大学的美丽而富有的宋氏姐妹和她们的丈夫们。由翡翠、柚木、翠竹和油炸狗构成的一道风景。

传教士，外国军事顾问。戈壁滩上的皮货商们，他们中间有我那年轻的父亲。

我所记得的第一间起居室（我六岁时我们搬了家）里到处是中国物品：胖墩墩的象牙和蔷薇石英大象排成队列，镀金木框中镶嵌着窄幅宣纸黑墨字画，贪食胖佛在用粉绸绷制的大台灯罩下面一动不动。慈悲佛是白瓷的，身材纤细。

——中国艺术史专家对瓷器时代与早期瓷器时代做了划分。

殖民者的收藏品。

战利品被带了回来，为了表示敬意，留在了另外一间真正的中国住宅的起居室里，那是我从未见过的房子。毫无代表性的难以看透的东西。很成问题的欣赏趣味（不过，我到如今才明白了这一点）。令人迷乱的引诱。生日礼物是一只用五个小管状的翡翠制成的手镯，而且每个翡翠管的细小末端都镶着金，我从来没有戴过这只手镯。

——翡翠的色泽：

各种色调的绿，特别是祖母绿色和蓝绿色

白色

灰色

黄色

浅棕色

浅红色

其他颜色

有一点可以肯定：自记事起中国激发了我第一次说谎。上一年级的时候，我就对班上的同学们说自己出生在中国。我想他们一定印象深刻。

我很清楚自己并不是在中国出生的。

我热切希望到中国去的四种原因：

物质的

形式的

有效的

最终的

这个世界上最古老的国家，需要几年的刻苦学习才能通晓其语言。科幻小说里的国度。在那里，人人都操同一种声音讲话，毛泽东式的。

那个想去中国的人的声音是哪一种？一个孩子的声音。不满六岁的孩子。

去中国就如同登上月球一样吗？等我回来的时候，会告诉你们的。

去中国仿佛再生一般吗？

忘掉我是在中国孕育的吧。

## （四）

不仅我父母，甚至连理查德·尼克松和柏特·尼克松也在我之前去了中国，就别提马可·波罗、马特奥里奇、卢米埃兄弟（或者至少他们中的任何一位）、德日进、赛珍珠、保尔·克洛岱尔和诺尔曼·白求恩了。亨利·卢斯出生在那里。他们个个都梦想着重返中国。

——三年前母亲从加利福尼亚搬到了夏威夷，是为了离中国近一些吗？

1939年母亲回来定居后，她常说："在中国小孩子是不发表意见的。"但是她也告诉我在中国吃饭时打饱嗝是表示喜欢菜肴的礼貌方式，可那并不意味着我可以打饱嗝。

出了家门，就像是我花言巧语地凭空杜撰出了中国。我在学校里说我是在中国出生的，我知道自己是在撒谎。然而我的谎话仅仅是更庞大而包罗万象的诳言中的一小部分，其实是可以原谅的。能为大谎言服务，我的谎言就成了某种真实。重要的是让同学相信中国确实存在。

我第一次说谎是我在学校里公开了自己半孤儿的身份以后，或者之前？

——而那是事实。

我一直以为，中国远在天边。

——至今仍然是事实。

我十岁那年，在后院挖了一个洞。当洞的长宽高达到了六英尺时，我不再往下挖了。“你想干什么？”女佣说。“挖通去中国的全部路程吗？”

不。我只想找个地方坐坐。我把八英尺长的一块木板担在洞口上，灼热的太阳烘烤着木板。那时我们住在城边的土路上的一幢用灰泥粉刷过的四居室的小平房里。象牙大象和石英大象早就卖掉了。

——我的避难所

——我的小屋

——我的书房

——我的坟墓

是的，我想挖通到中国去的全部路程，突然从地球的另一端蹿出，用头顶地撑起身体，或者用手倒立行走。

一天，房东坐着吉普车来了，对母亲说洞必须在二十四小时之内填上，因为这非常危险。晚上谁要是从院子里经过，很可能会掉进去。我领他看了看，如何用木板全部封盖的，质地坚硬的木板，只是北侧留有一个小入口，只有我才能勉强钻进去。

——而且，又有谁在晚上穿过院子呢？野狼吗？迷路的印第安人吗？一个患肺结核或哮喘病的邻居吗？恼怒的房东？

在洞内，我在东侧的洞壁上挖出了一个壁龛，放上一支蜡烛。我坐在地上。灰尘透过板缝落进了我的嘴里。光线太暗了，不能看书。

——往洞里跳的瞬间，我从没有担心过会落到一条蜷缩在地上的蛇，或者大毒蜥的身上。

我填上了那个洞。女佣帮着我填上的。

三个月后，我又挖开了它。这次很容易挖，因为土很松。联想到汤姆·索亚的必须用石灰水粉刷篱笆，我就叫来街对过儿福勒家五个孩子中的三个来帮忙。我答应他们，只要我不在洞里，他们随时可以使用那个洞。

西南。西南。我的荒漠的童年，失去平衡，干燥而酷热。

我一直在思考下列的中国对应物：

| **东** | **南** | **中** | **西** | **北** |
|---|---|---|---|---|
| 木 | 火 | 土 | 金 | 水 |
| 蓝绿色 | 红色 | 黄色 | 白色 | 黑色 |
| 春 | 夏 | 夏末/初秋 | 秋 | 冬 |
| 绿色 | 红色 | | 白色 | 黑色 |
| 龙 | 鸟 | | 虎 | 龟 |
| 怒 | 乐 | 怜悯 | 哀 | 恐惧 |

我愿意处于中心。

中心是土，黄色；它从夏末一直延续到初秋。它没有鸟，没有动物。

怜悯。

## （五）

应中国政府的邀请，我就要去中国了。

为什么人人喜欢中国？人人。

中国事物：

中国食品

中国洗衣房

## 中国的苦难

对于外国人来说，中国的确是太大了，以至于难以捉摸。但很多地方都是如此。

我暂时不想弄明白“革命”的含义（中国的革命），却想搞清楚忍耐的意思。

还有残酷。以及西方无止境的傲慢无礼。1860 年，那些率领英法联军侵占北京，胸前挂着勋章的军官们，很有可能远航回国时满载着中国的珍品，还怀着有朝一日以平民或是鉴赏家的身份重返中国的可敬的梦想。

——颐和园，“亚洲的大教堂”（维克多 · 雨果）遭到了洗劫和焚毁。

——中国的戈登。

中国的忍耐。谁同化了谁?

父亲初到中国时才二十六岁，我想母亲是二十四岁吧。

至今只要电影里出现这样的镜头：一位父亲在长久地让人绝望的别离之后又回到了家里，正在拥抱孩子或孩子们，我就要流泪。

1968 年 5 月，我在河内第一次凭自己的本事弄到了一件中国物品：一双绿白相间的软底帆布鞋，鞋底用凸出的字母写着“中国制造”。

1968 年 4 月，我坐着人力车在金边溜达，联想到自己珍藏的一张父亲 1931 年在天津乘坐人力车时的照片。他看上去很高兴，有些腼腆，一副漫不经心的半大小伙子模样。他正盯着相机。

一次深入到我的家族历史的旅行。我听说，当中国人知道来自欧洲或美国的客人与战前中国有关系时，他们是很高兴的。不过：我父母站错了队。友好而圆滑的中国人回答说，那时所有旅居中国的外国人都站错了队。

法文书《人类状况》(La Condition Humaine) 译成英文成了《男人的命运》(Man’s Fate)，难以使人信服。

我一直很喜欢百年蛋。(是鸭蛋，需要两年的时间才能变成精美绿色和半透明的黑色酪状物。

——我一直希望它们真的有一百年之久。想一想那它们会变成什么样子。)

在纽约饭店和旧金山饭店里，我经常点一份这种食品。招待们用贫乏的英语问我是否知道自己正在点什么？我十分肯定。招待离去。等所点的食品端上来时，我告诉正在用餐的同伴们这种食品是何等美味无穷，但结果总是我独自一人把它们一扫而光；熟人们看到这一景象全都觉得恶心。

问：大卫不是品尝过这种蛋吗？而且不止一次？

答：是的。为了让我高兴。

朝圣。

我不是要回到我的出生地，而是去那个孕育我的地方。

我四岁时，父亲的合伙人陈先生在他第一次，也是惟一的一次美国旅行期间，教我怎么用筷子吃饭。他说我像中国人。

中国的食品

中国的苦难

中国的礼节

母亲看着，表示同意。他们是一同乘船来的。

中国是种种物品。却是不在场的。母亲有一件金黄色的像水一样的丝绸旗袍，她说这是宫廷里服侍皇太后的宫女穿过的。

还有戒律。以及沉默寡言。

那个时候人们在中国干了什么？我父母正在英租界里当盖茨比和黛茜，毛泽东在内地进行万里长征，前进，前进前进、进、进、进。城市里，数百万瘦弱的苦力们正吸食鸦片，拉人力车，在便道上撒尿，任外国人驱赶，任蚊虫侵扰。

居无定所的“白俄”们，我把他们想象成对着俄国式茶壶打瞌睡的白化病人，那时我才十五岁。

我想象着义和团拳民举起厚重的皮手套试图拨开急速飞来的克虏伯大炮的铅弹。毫不奇怪他们被打败了。

我正在看一部百科全书里的一幅照片，照片上附有这样的说明：“1899 年，一群西方人与几具蒙难的拳民尸体合影留念。洪宏。[①]”照片前景里醒目处是一排被砍掉了头颅的中国人的尸体，头颅滚出身外一段距离，尸身与头颅已分不清谁是谁的了。七个白人站在这些尸体后面，摆好了拍照的姿势。其中两人戴着狩猎帽子，第三个人把帽子拿在身体右侧。他们身后是一抹看去不深的水面，有几条小船。左边是村庄的边沿。背景是薄薄地覆盖着白雪的大山。

——这伙人在微笑。

——毫无疑问，第八个西方人，他们的同伙，正在拍照。

上海弥漫着香火味、火药味和家禽粪便气味。一位美国议员（来自密苏里）在世纪之交说：“上帝保佑，我们要把上海

---

① 此人名为音译，原文为 Honghong。

提高了再提高，直至达到堪萨斯城的水平。”1930 年代末，被入侵的日本士兵的刺刀捅破了肚子的水牛在天津的街道上呻吟。

在瘟疫的城市之外，或此或彼总有一位哲人隐居在青山之间。大片优美的河山将哲人们彼此分隔开来。他们年逾古稀，但并不都留着白胡子。

军阀、地主、满清官吏、姬妾。老中国通。飞虎队。

如画的文字。皮影戏。亚洲风云。

## （六）

我对智慧感兴趣。我对墙亦有兴趣。中国就以这两样而著称。

《百科全书》（巴黎 1968 年版，第 4 卷第 306 页）中的“中国”条写道：“按照中国的传统论说方法，人们在谈话中总是喜欢使用一系列环环相扣的简短成语。”①

靠语录生活。在中国引语的艺术达到了登峰造极的地步。指导着各行各业。

---

① 原文为法语。

中国有一位二十九岁的妇女，名叫崔文茜[①]。在 1972 年 1 月发生的一次火车事故中她失去右腿和左脚。现在她的右脚移植到了左腿上，手术是在北京做的。据《人民日报》报道，“在毛主席无产阶级革命路线指引下的卫生战线，由于采用先进的外科技术”，才使这一右脚移植到左腿上的手术获得了成功。

——文章解释了为什么外科医生没有把她的左脚接回到左腿上，因为她的左脚骨已经完全粉碎，而右脚却未受损伤。

——并未要求读者深信不疑。这不是外科奇迹。

我看着崔文茜的照片，她笔直地坐在一张铺着白布的桌子上，略带微笑，双手抱着弯曲的左膝。

她的右脚很大。

在二十年前的一场伟大的灭害虫运动中，蚊蝇全部被歼灭、消失了。知识分子经过自我批评之后，被遣送到农村分担广大农民的命运，接受再教育，现在他们正重新返回在上海、北京和广州的工作单位。

智慧已越来越简单了、更加实用了。更加整齐划一。山洞的哲人已化为白骨，而城市又变得清洁起来。人民渴望着在一

---

① 此人名为音译，原文为 Tsui Wen Shi。

起说点实话。

早已不再裹脚的妇女举行各种会议“诉苦”，指责男人。孩子们背诵反帝童话故事。战士们选举或罢免自己的长官。少数民族获得一定限度地保持本民族习俗的许可。周恩来依然是清癯而英俊，如蒂龙·鲍尔；而毛泽东则有点像台灯罩下面的胖佛像了。人人都很平静。

## （七）

有三件事情，我二十年来一直向自己承诺，要在有生之年实现。

——登上马特峰

——学会弹奏大键琴

——学习汉语

或许攀登马特峰还为时不晚（就像毛泽东已是教诲他人的老者，还在长江里游了十多英里？）如今我那令人担忧的肺会比我十几岁时要强壮些了。

理查德·麦勒瑞永远地消逝了，正当人们看到他接近山顶之时，消失在一片巨大的彩云后面。我父亲患了肺结核，再也没能从中国回来。

即便是在美国人很难，甚至根本无法去中国的情况下，我也从未动摇过有朝一日我会去中国的信心。

——我坚信不疑，从未把去中国列为要实现的三项计划之一。

大卫戴着我父亲的戒指。戒指，一条用黑丝线绣着父亲名字首写字母的白丝绸围巾，还有一个里面用烫金字母印着父亲名字的猪皮钱夹，这些就是我拥有的全部父亲的遗物。我不知道父亲的笔迹是什么样子的，甚至不知道他的签名是什么样子的。扁平的戒指印章上也刻着父亲名字的首写字母。

——让人惊奇的是这只戒指正好适合大卫的手指。

八种可变的事物：

人力车

我儿子

我父亲

父亲的戒指

死亡

中国

乐观主义

蓝布衫

这里，可能的排列组合数目多得惊人：惊天动地，感人至深。有益身心。

我还有一些照片，都是在我出生之前拍摄的。在人力车里、骆驼背上、小船甲板上、紫禁城墙前。单人照。与他的情妇的合影。与母亲的合影。与两位合伙人——陈先生和那位白俄的合影。

有个看不见的父亲让人感到压抑。

问：难道大卫不是也有一个看不见的父亲吗？

答：是的，可大卫的父亲不是一个早夭的男孩。

我的父亲永远年轻。（我不知道他葬在了哪里，母亲说她已经忘记了。）

永无止境的痛楚，也许，仅仅是也许，会消散在无尽的中国式微笑之中。

## （八）

最富异国情调的地方。

中国至少不是我可以去得了的地方，只是我决心要去。

父母决定不带我到中国去。我只能等待着政府的邀请。

——另外一个政府。

在我等待的时候，在他们中国，那个辫子中国，蒋介石的中国，以及人口多得数不清的中国，已经变成了乐观主义的中国，有光明的未来，多得数不清的人们穿戴着蓝布衫和尖顶帽。

观念，前观念。

我事先能对这此次旅行怀着怎样的观念呢？

一次寻求政治理解的旅行吗？

——“关于文化大革命定义的札记”吗？

是的。但仅仅只是依据猜测，靠误解使其生动。因为我不懂那种语言。我现在比父亲去世时年长六岁，然而我还没有登上马特峰，还没有学会弹奏大键琴，也不曾学会汉语。

一次可以缓解个人悲痛的旅行？

如果是那样的话，悲痛将是靠主观意愿来缓解的：因为我很想终止这悲痛。死亡是无法逃避，无可协商的。并非不能被同化。可是，是谁同化了谁呢？“人总是要死的，但死的意义有不同。中国古代有个文学家叫司马迁的说过：‘人固有一死，或重于泰山，或轻于鸿毛’。”

——这不是《毛主席语录》中列出的那段引话的全部，却是我此刻所需要的全部。

——注意，即使在毛泽东的这段被截短了的语录里，也是引语套引语。

——这段引语中被我省略了最后一句话，表明值得向往的是有分量的死，而不是轻飘飘的死。

父亲死在那么遥远的地方。查访父亲的死，我将给他的死加添分量。我要亲自安葬父亲。

我将朝拜一个完全异己的地方。至于那是将来还是过去，无须事先确定。

中国人之所以与众不同，是因为他们既生活在过去，又生活在未来。

假设。那些确实显得出类拔萃的个人让我们觉得是属于另一个时代。（或是过去，或者干脆就是未来。）没有哪个超凡卓越者完完全全属于当代。当代的人根本显现不出来：

他们是看不见的。

伦理教化是历史的遗产，它制约着未来的领域。我们犹豫徘徊、小心翼翼、冷嘲热讽、理想幻灭。当下已成为多么艰难的一座桥梁呀！我们得多少次地旅行，才不至于沦为空无与不可见。

## （九）

《了不起的盖茨比》第 2 页写道："去年秋天，当我从东部回来的时候，我觉得我希望全世界的人都穿上军装，并且在道德上保持一种立正的姿势。我不再参与放浪形骸的游乐，也不再有幸窥见人们的内心世界了。"

——是另外一个"东部"，但是不要紧。引文正好适用。

——菲茨杰拉德指的是纽约并非中国。

——［关于"引语的现代功能的发现"，有很多话可说，汉娜·阿伦特在她的《瓦尔特·本雅明》一文中把这一发现归功于本雅明。

——一些事实：

作家

才子

德国人（柏林的犹太人）。

他 1940 年死在了法国与西班牙交界地区。

——归功于本雅明，包括毛泽东和戈达尔。］

"去年秋天，当我从东部回来的时候，我觉得我希望全世界……"为什么全世界的人不应该在道德上保持一种立正的姿势？可怜、遭受创伤的世界。

那位死在美国的没有点出姓名的奥地利犹太避难者，出自他的第二句引语的前半部分说："人本身乃是我们时代的问题；有关个人的诸种问题正在消失甚至遭到禁止，从道德上加以禁止。”

我并不害怕去了中国就会变得简单。真理是简单的。

他们将要带领我参观一些工厂、学校、集体农场、医院、博物馆和水坝。还要举行一些宴会和芭蕾舞演出。我将无法一个人独处。我要时常报以微笑（尽管我不懂汉语）。

那未说明出处的引语的第二部分是："个体的私人问题已经成为诸神的笑料，而且他们缺乏同情之心并没有错。"

毛主席说："反对个人主义。"道德大师。

中国曾一度想在各方面达到精美之极致：在陶器制作、残酷行径、占星术、行为举止、饮食、性行为、色情、风景绘画、思想与书写符号的关系等方面。而如今中国想实行彻底的简单化。

我在出发去中国的前夕充满对它的想象，我之所以没有放弃去那里，完全是因为关于善的言论。我认识的人个个都担心过善，而我并没有类似的忧虑。

——仿佛善可以使人丧失力量和个性。

——对男人而言，还丧失男子气概。

美国有一则谚语：“良善者难占先。”

“一个人做点好事并不难，难的是一辈子做好事，不做坏事……”（《毛泽东主席语录》，小平装本，第141页。）

世界上到处都是被压迫的苦力和媵妾。到处都是残酷的地主。到处都是傲慢的官吏大人，双臂交叉，长指甲藏在袍子的宽袖筒里。一切在变，当红星照耀中国之时，平静地变成天国的男女童子军。

为什么不愿意善良些呢？

然而，要善良就必须更简单。更简单，仿佛向原始回归。更简单，仿佛置身于宏大的遗忘中。

## （十）

有一次我的父亲和母亲曾经离开中国，乘火车回美国探望孩子（或孩子们）。在横贯西伯利亚的铁路上，走了十天，没有餐车，他们在车厢里的斯特诺酒精炉上做饭。父亲只要闻到一点点香烟气味，哮喘病就会发作，而母亲是抽烟的，她可能大部分时间在列车通道上过的。

——我在想象这一切。母亲给我讲述下面的事情时，从没有提过这些。

过了斯大林的俄国之后，火车在波兰的比亚韦斯托克停靠时母亲想下车，那里是她妈妈的出生地；在她十四岁的时候她的妈妈死在了洛杉矶。但是，1930 年代外国人专用车厢的门是封闭的。

——火车在车站停了几个小时。

——老妇人们轻轻地拍着冰冷的车窗玻璃，想出售她们的微温的克瓦斯饮料和橘子。

——母亲哭了。

——她想亲自触摸一下她妈妈的遥远的出生地，仅仅一次。

——她没有得到准许（并且被警告，如果再要求下车，哪怕待一分钟也会被逮捕的）。

——她哭了。

——她没有对我说她哭过，可我知道。我看见了她。

同情。损失所有馈赠的遗产。女人们聚集在一起诉苦。我曾痛苦怨愤。

为什么不愿意善良呢？改变一下心灵。（心灵，那最富有异国情调的地方。）

如果我原谅了母亲，我便解脱了我自己。尽管这些年来，她始终没有原谅她妈妈的死。我将谅解我的父亲，原谅他的死。

——大卫也会原谅他父亲吗?(不是因为死)让他自己决定吧。

“有关个人的诸种问题正在消失……”

## (十一)

某个地方，我心灵深处的一个地方，我是超脱的。我一直是超脱的(部分地)。一直。

——东方式的超脱?

——骄傲?

——害怕痛苦?

对于痛苦，我一直是很敏感的。

1939年初母亲从中国回美国后，过了好几个月才告诉我父亲不会回来了。我几乎读完了一年级，班上的同学都相信我是在中国出生的。当母亲把我叫到起居室时，我明白那是严肃的场面。

——我在锦缎沙发上不安地扭来转去，每个方向都有几尊佛像转移我的注意力。

——她的话很简短。

——我也没有哭很长时间。我已经在寻思如何向朋友公布这则消息。

——然后就让我出去玩耍。

——我并不相信父亲真的死了。

亲爱的母亲。我不能打电话。我六岁了。我的悲痛就像雪花飘落，撒在你冷漠的热土上。你正在吸入你自己的痛苦。

痛苦成熟了。我的肺出了问题。而我的意愿会变得更坚强。我们迁往了荒漠地区。

科克托的小说《波多马克河》（1919 年版，第 66 页）中写道："在天津的旧城里他们是蝴蝶。"[①]

不知怎么回事，父亲留在了天津。我的生命是在中国孕育的就变得更要紧了。

而现在到中国去甚至显得更重要。此刻历史掺和介入我的个人原因。使它们失色，替代了它们，最后消解了它们。多亏了拿破仑以来最伟大的世界性历史人物的功绩。

别苦恼。痛苦不是不可避免的。运用毛的快活的科学："团结、紧张、严肃、活泼。"（同版，第 81 页）

"紧张"是什么意思？人人内心都很警觉，逃避集体的聒噪。

——一切都好，惟一的危险是积聚太多的真理。

---

① 原文为法文。

——想一想对“团结”的破坏。

紧张的程度与人们克服懒惰和避免恶习的程度相对应。要警惕。

真理是简单的，十分简单。围绕中心。然而，除了真理之外，人民还渴望着其他别的滋养。真理在哲学和文学中享有特权的变形。举例。

我尊重自己的渴求，但我又对它们失去了耐心。

“文学只是对知识部分的不耐烦。”（这是那位未点出姓名的奥地利哲人的第三句即最后一句的引语。作为避难者他死在了美国。）

我已经获得了签证，迫不及待地想动身去中国。去了解。我会不会因为某种文学的冲突而终止这次旅行呢？

根据毛泽东在延安文艺座谈会和别的什么地方的讲话，倘若文学是为人民服务的，这样的冲突是不会发生的。

然而，我们却被文字制约着。（文学告诉我们文字在遭遇什么。）更确切地说，我们是被语录制约着。不仅在中国，在其他地方也是如此。对过去的播散力就说这么多吧！凌乱的句子，破碎的记忆。

——当我的记忆变成了口号时，我便不需要它们了。不再相信它们。

——又是一个谎言吗？

——不经意得来的真理吗？

死亡不死。还有，关于文学的问题并没有消失……

## （十二）

穿越中国香港与内地之间深圳河上的罗湖桥，我将乘火车去广东。

从那时起，我将落在一个委员会手中。我的东道主们。我的文质彬彬的官方维吉尔。他们控制我的旅行日程。他们知道应该让我看些什么，清楚哪些东西正适合我看；我将不与他们争辩。可是当他们请我补充一些建议时，我要说的是：越往北越好。我希望再近一些。

我厌恶寒冷。我的荒漠童年留给我的是对炎热不可抑制的热爱，对热带和沙漠的挚爱；然而为了此次旅行，我宁愿忍受必要的严寒。

——中国有寒冷的沙漠，如戈壁滩。

神话的旅行。

在不公正和责任义务变得太明确、太尖锐之前，神话的旅行过去总是前往历史之外的地点的。例如地狱。死者之乡。

现在的旅行已经完全被历史所包围了。神话的旅行所去之处被真实民族的历史以及自己的个人历史奉为神圣之地。

结果必然产生文学。更大程度上是文学而非知识。

旅行在聚敛累积。灵魂的殖民主义，任何灵魂，无论本意多么善良。

——不论怎样纯洁，怎样一心向善。

在文学与知识的交界处，灵魂的管弦乐突然奏出喧嚣的赋格曲。旅行者步履蹒跚、颤抖着。结结巴巴。

别惊慌。只管继续旅行，无论外来殖民主义者还是本地人都无须多少才能。旅行就是阐释。旅行就是解除重负。我随身只带了一只小箱子，没有打字机，没有照相机，更无录音机之类。无论某些中国物品形状多么美，也不管纪念品多么撩动人心，我希望能抑制把它们带回去的诱惑。我的脑海里已经有那么多的中国东西。

我是多么急切地想出发去中国呀！甚至在动身之前，我的一部分已经踏上了把我带往其国境的漫长旅行了，已经游览了那个国家，而且离开了。

穿过深圳河上的罗湖桥之后，我要乘飞机到檀香山去。

——我也从没有到过那里。

——几天的逗留。整整三年了，我与母亲之间有许多没有写成文字的信件和没有打出的电话，构成了一堆不存在的文学，苦苦地困扰着我。

到檀香山逗留后我要换乘另一班机。去某个我可以独处的地方：至少可以避开集体的嘈杂。甚至摆脱个人内心无休止的自怜所带来的“物之泪”——不论它是解脱还是淡漠。

（十三）

我将分别从两端穿越深圳桥。

以后会怎样呢？没有人感到惊奇。接着来临的是文学。

——急切难耐的知的渴念

——自制

——自制中的缺乏耐心

我会欣然同意保持沉默。不过，哎，那样我就未必能知晓了解什么。而要放弃文学，我必须确信我能够得到知识。一种可以充分证明我的无知的确定性。

那么，就文学吧。如果必需的话，事先和事后的文学。文学不能把我从这次被过度掌控的旅行所要求的圆滑和谦卑中释放出来。我担心会泄露出许多矛盾百出的要求。

惟一的解决办法：既求知也不求知。文学和非文学，运用同样的文字表达姿态。

对于上一个世纪的所谓浪漫主义者，旅行几乎总是导致一本书的产生。到罗马、雅典、耶路撒冷甚至更远的地方旅行，目的就是记述旅途。

或许，我要在走之前写一本关于中国之行的书。

（王予霞 译　黄　梅 校）

# 美国魂

故事发生在一处很拥挤的地方，有点像是灰狗汽车公司的车站，只不过比车站要气派一些。主要人物是一个勇敢无畏的女人，这个女人是无可争辩的白人新教徒的后代，身材普通。她的惟一可见的不足之处反映在她的名字上：弗拉特法斯[①]小姐。

由于看够了呆板的眼光，弗拉特法斯小姐决定开始从事一种色情职业。她听到本·富兰克林[②]和托马斯·潘恩[③]的灵魂在她耳边用沙哑的声音对她小声说话，在召唤她，也在禁止她。

弗拉特法斯小姐撩开裙子。人群中发出了“啊”的一声。“没性欲，没性欲，”人群唱歌似的齐声喊道，“那样的一张脸怎么能激起性欲呢？”

“试试我吧，”她勇敢地低声说道，同时退后靠在一面铺着白色瓷砖的墙上。但人们都没有动，继续嘲笑着她。

过了一会儿，奥布辛尼迪[④]先生跳进了房间，他穿着灯笼裤、花格呢衬衫，戴着单片眼镜。“你们这些家伙的问题，”他一边说着，一边斜着眼睛看了看弗拉特法斯小姐的脸。他没有费事去解开她的衬衣的纽扣，而是一把扯开了她的尼龙衬衣："是你们有规则，太讲美学原理。这就是你们的问题。"他推了弗拉特法斯小姐一下以表示强调。她双眼的睫毛不停地颤动，吃惊地看着他。"就像雏鸽一样柔和。"他抓住她左边的乳房向狂喜的观众展示道。

"嗨，我是她的丈夫。"一个壮实的年轻汉子叫道。他叫吉姆，他一边说，一边从人群中走了出来。"弗拉特法斯小姐是她结婚前的名字。回家去她就叫吉姆·约翰逊太太。她是值得骄傲的三个孩子的母亲，是童子军的女训导，是格林·格罗夫学校的家长教师协会的副会长，我们的孩子就在那里上学，她还是当地的女选民联合会的文档秘书。她拥有九又四分之三册科恩王公司的赠券，还拥有一辆 1962 年产的奥尔兹莫比尔牌汽车。如果我让她跟你走，她的母亲——就是我的丈母娘——会气得发疯的。"他顿了顿，又接着说道："如果我让她跟你走，奥布辛尼迪先生，老兄。"

"这样好点儿。"奥布辛尼迪先生说道。

"吉姆，"弗拉特法斯小姐恼怒地叫道，"这没有用。我已经变了，我不回家去。"

一辆样子像古代战车，由一组花马拉着的马车驶了过来，

---

① 弗拉特法斯，英文 Flatface，意思是"扁平脸"。

② 本·富兰克林（Benjamin Franklin，1706—1790），美国政治家、科学家、文学家，参加起草《独立宣言》。

③ 托马斯·潘恩（Thomas Paine，1737—1809），美国政论家，发表名作《常识》，号召北美殖民地人民反抗英国统治，参加独立战争。

④ 奥布辛尼迪，英文 Obscenity，意思是"淫秽"。

在磨砂玻璃门前停下了。奥布辛尼迪先生跳上车坐到他的座位上，然后打了一个不容拒绝的手势，招呼弗拉特法斯小姐上车到她的座位上坐下。在马车快速驶走时，在“嘚嘚”的马蹄声中，传来了阵阵呻吟声和咯咯的笑声。

在家里，弗拉特法斯小姐——本来叫约翰逊太太——在整个街区都以吃的东西最干净而著称。但是在奥布辛尼迪先生把她带到的地方，却似乎没有一样东西合乎她所知道的卫生法规。吃了一半的烂桃子落在粉刷成白色的木地板上，一张张标准尺寸的天蓝色的纸上潦草地画着男女生殖器，这些纸被揉得皱巴巴的扔到了屋子的一个角落里。缎子桌布上到处都是葡萄酒的痕迹，而那桌布是从不换洗的。衣柜门的背面钉着一幅被口红弄脏了的从杂志上剪下来的影星马龙·白兰度的照片，窗台上布满了灰尘，弗拉特法斯小姐几乎没有时间每天刷一次牙，而床，特别是那装满细小的羽毛的枕头，脏得简直令人难以置信。

透过窗户，弗拉特法斯小姐可以看到外面的大海、海滩上的旋转木马和叫作“飓风”的滑行车道。三三两两或以家庭为单位的人群在木板人行道上悠闲地散步。这是夏天，几台沾满油污的风扇搅动着屋子里的空气，但并不能驱走酷热。弗拉特法斯小姐渴望到大海里去洗个澡，但要洗掉自己身上的那种奥布辛尼迪先生特别欣赏的刺鼻的气味，她连想都不敢想。与此相反，她想吃棉花糖的愿望倒很容易满足，她刚刚表达了这种意思，在她的门口就摆上了用报纸包着的棉花糖。但她才用牙齿咬下一点那粉红色的毛茸茸的糖块，还没有吃到一半，奥布辛尼迪先生就跳上床抓住了她。在床垫弹簧的吱嘎声中，装着黏糊糊的糖块的圆锥形纸盒不知不觉地落到了地上。

有时候，也有客人来吃晚饭。奥布辛尼迪先生坐在橡木搁板桌的一头，各色各样的皮肤黝黑的客人们则谈论着共产主义、自由恋爱、种族混合等等话题。有些女人戴着长长的金耳环，有些男人穿着尖头皮鞋。弗拉特法斯小姐觉得他们就像是电影里的外国人一样。他们用手指大块大块地扯下面包，而她原来一点儿也不知道他们吃饭的样子有那样糟糕。另外，大蒜味很重的炖肉和有很多泡沫的蛋奶沙司也不怎么对她的胃口。吃过晚饭以后，这些人总要一本正经地大发一通牢骚，弗拉特法斯小姐很高兴地也参与了进去。

虽然那些黏糊糊的食物和他们谈话的内容和劲头让弗拉特法斯小姐有时感到气馁，但她现在对奥布辛尼迪先生已经有了相当多的信心。不管那些客人是什么样子，他总是衣冠整洁，纽扣也都扣得整整齐齐的。奥布辛尼迪先生随身带着一本书写夹，里面夹着一些油印的资料，他经常查看这些资料，甚至在餐桌上也是如此。这使她对奥布辛尼迪先生的信心更增强了。弗拉特法斯小姐觉得这是个好兆头，这里到底还是有一定的章法。

在弗拉特法斯小姐看来，这些客人在进门摘下帽子后，就急切地准备好要好好乐一乐了。人们在餐桌上传递观看淫秽的石膏小雕像的时候，她的邻座就会用胳膊肘在她的腿根处碰一下以表达其兴奋。有时候，两个客人会钻到桌子下面去，这时桌子就会不停地乱晃，直到这两个人满脸通红，头发蓬乱地从桌子下面钻出来才会停止。

弗拉特法斯小姐注意到，奥布辛尼迪先生似乎很想在他的朋友面前炫耀她，因此她决定自己要尽量表现得友好。她希望有一天不再有他禁止她做的事情。

“你的女人真不赖，”他的一个朋友说道。人们都管他叫昂内斯特·艾贝[①]。他一边说，一边把雪茄的烟灰掸进充作烟灰缸的镀金的子宫帽里，同时身体后仰靠到椅背上。

“干她。”奥布辛尼迪先生和气地挥了挥手，然后在他的书写夹上写了点儿什么。

“嗯，我不知道。”昂内斯特·艾贝用手摸着下巴上的胡子沉思着说。

弗拉特法斯小姐心想，是这大个子的黑人昂内斯特·艾贝害怕身材瘦长的奥布辛尼迪先生？还是他觉得她没有什么吸引力？

“那脸……”

原来是这样！泪水在弗拉特法斯小姐的眼眶里打转，就要流出来了。

“白种女人和我的血型不合，这是算命的说的。”

“艾贝！”奥布辛尼迪先生用威胁的语气说道。

“是，奥布辛尼迪先生，我的意思是说好吧，老板。我是说是，长官。”

昂内斯特·艾贝拖着巨大的身躯疲乏不堪地从桌边站了起

① 昂内斯特·艾贝，英文 Honest Abe，意思是“诚实的艾贝”。

来，他丢下餐巾，把掉在膝盖上的面包屑撒落到地板上。“喂，小女人，来瞧瞧咱们能干点儿什么。你受的伤害不会比我大，”他嘿嘿地笑着说。

弗拉特法斯小姐急不可耐地站起身来，她感到胃部在隐隐作痛。她听到詹姆斯·费尼莫尔·库柏①和贝特西·罗斯②的灵魂在她耳边用沙哑的声音对她小声说话，在召唤她，也在禁止她。“这是我的职责，对吗？”她向奥布辛尼迪先生问道，希望能消除玷污她完美的决心的最后一点怀疑，“我是说民族的意志、民族的目标，还有民族的存在。”

“你得去干你必须干的事，”奥布辛尼迪先生冷冷地说，“毕竟这是美国的困境。”他在书写夹上写了几个字，向客人那边转过身去。

昂内斯特·艾贝小心翼翼地脱下他酱紫色的天鹅绒上衣并把它搭在椅子的靠背上。然后又取下挂在胳肢窝处的晶体管收音机。

原来音乐是从那里发出来的，弗拉特法斯小姐心想。

他们的交媾是在浴缸里进行的。坚硬的搪瓷浴缸里铺着颜色鲜艳的浴巾，蓝色的、紫色的、棕色的，还有黄色的，就像阿拉伯酋长的帐篷。有人还在水龙头上面体贴地也许甚至是满怀崇敬地放了一面星条旗。他们的气味确实不一样，弗拉特法斯小姐一下子就觉察到了这一点，但那是一种好闻的健壮的气

① 詹姆斯·费尼莫尔·库柏（James Fenimore Cooper，1789—1851），美国小说家，代表作为《皮袜子故事集》。
② 贝特西·罗斯（Betsy Ross，1752—1836），美国女裁缝，传说为第一面美国国旗的制作者。

味。我不明白有一天在深夜我走进一家糖果店去买一包幸运牌糖果，还有那次在电影院的楼厅里（我那时候还是个孩子）那个大个子黑人在我身边坐下的时候我为什么会那么害怕他们。看着他们在新闻纪录片里参加骚乱，在他们的肮脏的街道上扔砖头，这使人感到害怕。他们好像有很多人，但是一旦你有一次和他们中的一个人真正接近，他们就不那么吓人了。他们应该得到他们应得的一切权利，她这样想。

白天过了是夜晚，夜晚过了是白天，日子在放纵的享乐中一天天地过去，弗拉特法斯小姐有时简直闹不清楚自己是否还当得起自己的名字。事实证明，奥布辛尼迪先生是一个严厉的监工，他不准她走近镜子，拒绝回答关于她的相貌、她的才能，或者她的命运的任何问题。

她一次都没有想起过她的母亲，甚至连给她寄一张明信片都没有想到过。她的母亲是个寡妇，现住在圣路易城，她的父亲生前是一位铁路工程师。偶尔，极其偶尔，她会想起吉姆和她的三个孩子，他把那辆奥尔兹莫比尔卖了吗？他不需要两辆汽车。但她现在已经不能回头了。

“你有某种力量，”一天她对奥布辛尼迪先生说道，“人们为什么害怕你呢？”亨利·亚当斯[①]和斯蒂芬·克莱恩[②]的灵魂

---

① 亨利·亚当斯（Henry Adams，1838—1918），美国历史学家、作家，著有《杰斐逊和麦迪逊执政时期的美国史》和《亨利·亚当斯的教育》等。

② 斯蒂芬·克莱恩（Stephen Crane，1871—1900），美国小说家、诗人，20世纪自然主义先驱，著有小说《街头女郎梅季》和《红色英勇勋章》等。

在她耳边用沙哑的声音对她小声说话，在召唤她，也在禁止她。提问题当然不应该被禁止，在一个自由的国度里是不应该被禁止的。

“我说，你是怎么让吉姆那么轻易地就让我走了呢？”

奥布辛尼迪先生正深深插入弗拉特法斯小姐，他没有回答，却把一个枕头放在她的生动的脸上。

她一把扔掉枕头，直视着他那双镇定但遥远的眼睛说道：“还有昂内斯特·艾贝，他为什么怕你？”还是没有回答。“他的个子比你大，我是说他比你高。”

奥布辛尼迪先生继续像读遍一本书一样地在读遍她的身体。好像预兆着什么，外面刮起了风。从不知什么地方传来了一阵阵百叶窗撞击墙壁的声音。

弗拉特法斯小姐开始走神了。她看着一只苍蝇在吸吮床头柜上的一摊冷咖啡，然后奥布辛尼迪先生堆在地上的棕黄色的马靴吸引住了她的目光，接着，她又想到奥布辛尼迪先生的名字如果要上电话号码簿会不会有什么麻烦。

“注意！”他叫道，同时退出了弗拉特法斯小姐。他侧过身子，轻轻地在她的身上撒了一些砂糖。

“我在注意。”

“别回嘴，你没有注意。”

“嗯，就算我想了别的事，那又怎么样呢？谁说我必须随时都想着它？想想事情就破坏了它吗？”

“瞧，”他说，“这可不是韵律体操练习。”

“嗯，我不知道那是怎么回事，”她自以为是地说道，“但我知道它也不会是什么艰苦的劳动。”

“别跟我装天真！我这里这些人可不是吃素的！”

一群苍蝇在她的乳房上方飞来飞去，在苍蝇的嗡嗡声中，弗拉特法斯小姐听到一群人发出的粗声的呼吸。房间的门开着，就在外面的门厅里，有四个空军中尉好像正在那里玩桥牌。

“我没看到他们。”她抗议道。

奥布辛尼迪先生低沉地哼了一声。

“说实话我真的没有看到他们。”

“我敢肯定你小时候吃东西一定很挑食。”奥布辛尼迪先生说。

“不对，真的——”

奥布辛尼迪先生把枕头放回原处。弗拉特法斯小姐听任自己享受着肉体的快感，打算另找时间再问她的问题。

“你觉得这种生活怎么样？”一天下午，奥布辛尼迪先生故意问道，他的嘴巴埋在弗拉特法斯小姐两腿之间，所以说话的声音发闷。

“老天，”她叫道，“我从来没有想象过我会有这样的生活！”

“想继续过这样的生活吗？”他问道。

“当然！”打从小时候起，弗拉特法斯小姐就会说“当然！”虽然在说这话的时候她心里其实并不愿意。“谁想过和这不一样的生活呀？简直难以想象。”她在说出这一连串言不由衷的话的时候由于焦虑而声音都在发抖。

“哎，亲爱的，”奥布辛尼迪先生叹了口气说。他在湿漉漉、皱巴巴的床单中坐直身子，用手拍了拍弗拉特法斯小姐的大腿。“恐怕你已经有过了。你一定不要以为只有这种生活才是可能的。一切别样的生活都是可以想象的，可能的，而且是很可能的。”

“我做了什么了？”她哭着说，她惊愕地看到奥布辛尼迪先生把他的单片眼镜嵌进了左眼眶。除了在进行最深刻的肉体探查的时候之外，奥布辛尼迪先生从不取下他的单片眼镜。

“只要你不想冒着生命危险去干那种人类所知的最别具一格的事情——纵情狂欢——我就送你走。当然，我要给你写推荐信，还要给你一些钱让你能度过第一个星期。”

纵情狂欢？是吸毒，刑具，堕落？还是三英尺长的自慰器？她低头沉思。她听到威廉·詹姆斯[1]和法迪·阿巴克[2]的灵魂在她耳边用沙哑的声音对她小声说话，在召唤她，也在禁止她。奥布辛尼迪先生在她的肚子上用手指尖敲着什么难懂的曲调，等待她做出决定。

她是个勇敢的女人，但还没有勇敢到那种地步。人们寻求教育是为了使用，她离开吉姆不是为了死，而是为了活。对弗拉特法斯小姐来说，什么事情都有个限度，包括肉欲。虽然她经历了许多事，虽然她可能还很天真，但她还是有自己的价

① 威廉·詹姆斯（William James，1842—1910），美国哲学家、心理学家。

② 法迪·阿巴克（Fatty Arbuckle，1887—1933），美国电影演员、作家。

值观。

“想不想抛硬币？”奥布辛尼迪先生问道。他懒懒地用一支橘红色的软性口红在弗拉特法斯小姐的肚脐周围画了一幅她的外阴部的图。

“别费神了，我走就是了。”

有人向投币唱机里投了一枚十美分的硬币。“不管是谁，只要是个有心肝的人都会爱我的。”弗拉特法斯小姐心想。奥布辛尼迪先生从口袋里掏出一面镜子，拂去了上面的灰尘，开始端详起自己来。他先仔细察看了自己的鼻孔，接着又敲打上腹部看看有没有肌肉松弛的迹象。弗拉特法斯小姐一辈子还从来没有感到这么失望过，她突然觉得孤独得可怕，十分可怕。

然而弗拉特法斯小姐知道自己在这个地方并不是孤身一人，这里还有一些另外的年轻的美国女人，在另外一些像奥布辛尼迪先生一样的教育者的掌控之下，也有可能这些人都在奥布辛尼迪先生的掌控之下，但弗拉特法斯小姐不愿去考虑这件事。

海边的房子都很潮湿，现在冬季快到了。工人们一群群地从她的房间走过，屋子里到处乱放着油漆桶、废弃不用的硬邦邦的刷子、滚子、松脂罐，沾满油漆的梯子，使屋子显得更加凌乱不堪。这所房子正在整修，弗拉特法斯小姐陷入了深深的沮丧之中。

日子一天天过去，她连奥布辛尼迪先生的影子都没有看到。弗拉特法斯小姐竭力回忆她欠了他些什么。起初她以为她的发脾气是由于欲望，但实际情况并不是那样。弗拉特法斯小姐生性不会感恩戴德，她现在渴望做的事情是报复，她甚至已经有了一个计划。她要劝说一些别的房客和她一起离开这里，那时候奥布辛尼迪先生就会对自己一时心血来潮把她赶走后悔不已。

把谁带走呢？她决定，只能是女人。把男人拖走只会把事情搞复杂。弗拉特法斯小姐过去从来没有把自己看作是个女权主义者，在她是吉姆的老婆和三个孩子的母亲的时候肯定没有过。但是，现在她感到了对自己性别的忠诚在使劲儿拉她。伊迪丝·华顿[①]和埃塞尔·罗森堡[②]的灵魂在她耳边用沙哑的声音对她小声说话，在召唤她，也在禁止她。

是那样的吗？

就在那天晚上，她穿着一件在家里穿的蓝花裹身大衣，看上去有点邋里邋遢的样子。她在冷风嗖嗖的走廊里偷偷地转来转去，通过钥匙孔偷听里面的动静，在可能的时候，也透过钥匙孔向里面偷看。一幅幅痛苦喜悦的场景袭击着她的感官。这就是她要失去的乐园吗？她失去了，别的人也不应该拥有它。

在大厅里她叫住一个长着一头黑发的女子，那女子只穿了一件米色的军用雨衣。

"你看上去值得信赖。"弗拉特法斯小姐兴高采烈地说道，"我要走了，我是说，我已经受够了。和我一起走，怎么样？

---

① 伊迪丝·华顿（Edith Wharton，1862—1937），美国女作家。

② 埃塞尔·罗森堡（Ethel Rosenberg，1915—1953），美国妇女，1951 年与其丈夫朱利叶斯·罗森堡（Julius Rosenberg，1918—1953）同以间谍罪被判死刑，其审判案曾轰动一时。

想到大海里去游泳，或是去坐坐‘飓风’吗？你明白，干你自己想干的事儿，而不必随时脱裤子。”

那女子突然把手伸进雨衣，掏出一件黑色的金属物件来，她的动作就像闪电一样快。手枪？弗拉特法斯小姐吓得直往后退。不，原来是一架照相机。那女子把照相机举到眼前，一口气给她的惊呆了的同伴拍了九张特写照片。

“明天上午就可以冲洗出来。如果你想要，我多洗一份给你送来。”

“但这是为什么呢？”弗拉特法斯小姐叫道，她意识到自己的秘密计划连一点儿门都还没有。

“为了充实我的相册，”那女子解释说，她注意到了弗拉特法斯小姐迷惑不解的眼光，“我的收藏。”

“你的收藏？”

“社会学课程号1064y，婚姻与家庭，”那女子回答说，“我的大学三年级的一门作业，四个学分。”

虽然弗拉特法斯小姐没怎么弄明白，但她还是觉得她的想法得到了证实，这个地方并不像它表面上那样，是一个自发暴政的避难所。这个女子看上去像是学秘书的，她做记录的速度可能极快，对她还能有什么别的解释呢？弗拉特法斯小姐觉得自己简直就像是个老古董。

那女子微微一笑，露出一口雪白的牙齿，然后便轻盈地向走廊的那一头走去。

“等等，”弗拉特法斯小姐叫道，“我要照片，我是说我想看看我照片上的模样。”

“有何不可？”女子说道，“明天上午。我不会写上你的名字的，全都是匿名的，你知道。这样我的作业就更科学。”

科学！有办法了！她以前怎么就没想到呢？每一个大地方都有一些大机器，此地当然也不例外。她要做的就是控制住那些机器。这是革命，但这革命不是简单地使用暴力，而是抓住权力工具。弗拉特法斯小姐急忙向锅炉房走去。屋子的地面最近遭过水淹，一捆捆浸湿发霉了的书堆在装橘子的柳条筐上面摇摇欲坠，一股尿臭味扑鼻而来，简直叫人难以忍受。但她只找到了一排电视机，各个电视机的屏幕上的图像都不相同。在这一排电视机的顶上还有一台电视机，这台电视机屏幕上的图像和下面一排电视屏幕中的一个图像相同。这些就是她找到了的惟一的一种机器。这些电视屏幕的下面是一张很大的桌子，上面布满了开关、按钮、拨号盘、操纵杆。一个头戴白色塑料帽子和耳机的大个子坐在桌子前面，管理着他面前的这个控制面板。

“奥布辛尼迪先生。”她小声叫道。虽然她害怕会发生最坏的情况，但她还是宁愿受到责骂而不愿让悬念不能得到解决。

那人没有回头，而是在忙着操纵一些拨号盘。主显示屏上的图像从速度旱冰比赛变成了一个女人。那女人双腿张开，正在生孩子，已经到了最后的阶段。速度旱冰比赛的图像则降级到了下面的那一排电视屏幕上。

“请告诉我你是谁，我知道我不应该到这儿来。”

弗拉特法斯小姐担心自己竞争不过这些图像，从而得不到答案。戴白帽的人按动一个开关，一位秃顶露齿的州长在圣地兄弟会的集会上讲话的图像从那一排电视屏幕上升级到了主显示屏，而那位和旱冰比赛并排在一起的痛苦的准母亲则显得平静多了。政治讲演持续了几分钟后被另一幅画面所代替。弗拉特法斯小姐从一开始就紧盯着那幅图像，那是一幅令她喜爱的色情画面，两个女人和一个日本移民后代的小伙子，那小伙子的阴茎勃起，显得硕大无比。

费了好大的劲，弗拉特法斯小姐才把目光从主显示屏上移开。

“奥布辛尼迪先生，我爱你。”这是一句软弱无力的谎话。

一则滚搽除臭剂的广告取代了那色情画面。那毫无表情的人转过身来，他的注意力暂时放松了。弗拉特法斯小姐浑身颤抖，渴望把他勾引到手。她解开了身上的蓝花裹身大衣。还好，那双眼睛的注意力（那人的脸被帽子遮住了，她只能看到他的眼睛）移到了她身上。一只手向她湿滑的大腿根处伸了过来，这只手好像比奥布辛尼迪先生的手要柔嫩一些。

“对，对。”她叫道，她的身体向那手迎过去。

就在这时，广告结束了，那个日本移民后代的小伙子和两个女人又继续他们的运动。戴帽技术员的嫩手在半空中盘旋了一会儿，停在了弗拉特法斯小姐和仪表控制面板之间。就像几个小时一样漫长的几秒钟过去了，最终机器赢得了胜利，那手扑向了一个拨号盘。弗拉特法斯小姐觉得自己受了很大的委屈，她用大衣裹住发抖的腿根，跑回了自己的房间。

第二天早晨，弗拉特法斯小姐被一下很响的敲门声从梦中惊醒。她双眼红红的，自从离开吉姆以后，她还从来没有这样伤心痛哭过。

“劳拉，”门口的人说。他身穿一件软领长大衣，头戴一顶灰色的馅饼式男帽。“劳拉？”他又问道。

这里还从来没有人称呼过她的教名。

“劳拉·弗拉特法斯小姐？”

弗拉特法斯小姐有点害怕，但也觉得好奇。

“请允许我做自我介绍。”那人递给弗拉特法斯小姐一张凸版印刷的名片，上面写着“朱格[①]督察，侦探，须约定”。

“现在咱们来说说明白，劳拉。”那人说。他不再讲什么客套话，坐了下来，但没有摘下帽子。

“谁说过你可以称呼我的教名的？”弗拉特法斯小姐号叫道，她气坏了。

“瞧，劳拉，”那人安抚道，“我不想惊吓妮。”——他把“你”说成“妮”——“但我听说了妮想干什么，那是不行的。是的，女士，那是不行的。那些女子留在这里，还有那些电视机，但妮得走。这是老板叫我来对你说的。”

弗拉特法斯小姐对头天晚上碰壁的事还很恼怒，她想看看朱格督察能否抵抗她的魅力。

“来点儿音乐吧，督察？或许再来点儿酒？”

“别费心了，女士。”

---

① 朱格，英文 Jug，意思是“壶”。

“你可以叫我劳拉。”

她听到埃迪·杜钦[①]和约翰·菲利普·苏萨[②]的灵魂在她耳边用沙哑的声音对她小声说话，在召唤她，也在禁止她，但她没有理睬。她开始播放一首流行歌谣，这首歌谣在最佳流行歌曲四十首排行榜上的位置正在迅速攀升。男女四人组合的歌声和电吉他的拨弦声在余音绕梁的演奏厅里回响。弗拉特法斯小姐向来和新一代保持一致，她简直听得入迷了。但朱格督察显然属于老一代。“关掉唱机，”他大声叫道，同时拉着自己的领带，“你怎么忍受得了这种噪声？”

“我喜欢，”弗拉特法斯小姐一边甜甜地说，一边坐到他的膝头上。

“嗨，你要——？”

正在这时，又传来了一下敲门声。

“讨厌！”弗拉特法斯小姐说道。

原来是那黑发女子遵照诺言送照片来了。她一言不发地递给弗拉特法斯小姐一只马尼拉纸质的信封。

弗拉特法斯小姐撕开信封，高兴地端详自己的面容。谢天谢地，情况还不算太糟糕，她的五官并没有不适当地过分突出，也许它们还没有一般人的五官那么突出。但是毫无疑问照片上的她有了某种变化，她的脸部被大胆地前移了一点。她欣喜地伸开双臂抱住那黑发女子吻了她一下。

---

① 埃迪·杜钦（Eddie Duchin，1910—1953），美国钢琴家。

② 约翰·菲利普·苏萨（John Philip Sousa，1854—1932），美国作曲家，作有《星条旗永远飘扬》等进行曲一百余首。

“谁在那儿呀？”督察叫道。他一直在回避弗拉特法斯小姐的注意，但他现在又觉得自己受到了冷落。看来今天他是没法把心思集中到履行职责上去了。“妮怎么不请妮的朋友进来呢？”他装作漫不经心地问道。他心里很快闪过一个念头，奥布辛尼迪先生可能也会用到关于这名女子的报告。

“好吧，”那女子说道，“为了我的收藏。”她向弗拉特法斯小姐解释道。弗拉特法斯小姐自己也搞不清楚她是否愿意和别人分享朱格督察。

“哎，哎，哎，”督察说道，“咱们这里好漂亮的两位女士。一位年龄大一点，”他指着弗拉特法斯小姐，而弗拉特法斯小姐为自己先被提到感到十分高兴。“一位年龄小一点，”他指着那学习婚姻与家庭的学生说道。“一位金发”——又是弗拉特法斯小姐，“一位黑发”——说的是那女子。“一位膝盖上有肉窝”——他抚摸着弗拉特法斯小姐的膝盖，“一位的膝盖就像网球运动员”——他抚摸着那女子的大腿后面。“一位有一颗痣在——”

“朱格督察！”

唉，朱格督察的解剖学盘点在这里被粗暴地打断了。奥布辛尼迪先生站在壁炉旁边。他穿着一件黑色长袍，双臂伸开，就像一只展开翅膀的巨大的蝙蝠。他的单片眼镜反射着阳光，这使得他的一只眼睛看上去就像一颗黑石头一般冷酷无情。他满脸怒气，牙齿也好像变长了。他的脸上没有一点儿嘲弄或同情的表情。朱格督察的脸一下子变白了，但还坚守着阵地。他抓着两个女人的屁股的双手没有动。

“你不能那样对我说话，奥布辛尼迪先生。”

那女子挣脱开朱格督察，放下了裙子。

“你是我最信任的助手，朱格，”奥布辛尼迪先生严厉地说道，“你背叛了这种信任。你知道我的格言：人尽其事。我知道我的事，你也应该知道你的事。”

显然朱格督察已经开始胆怯了，弗拉特法斯小姐感到那只本来使劲儿抓着她屁股的手放松了，欲望不那么强烈了，然后便放开了。她感到朱格督察抓过的地方有点凉飕飕的不舒服。

奥布辛尼迪先生向前走了一步，他的双手就像老鹰的爪子。

“但是，奥布辛尼迪先生——长官——”

听到这犹犹豫豫的恭敬称呼，弗拉特法斯小姐知道游戏已经结束了。朱格督察和别人一样，不能和奥布辛尼迪先生正面对抗。她想，丛林之王永远是王。

“你！”奥布辛尼迪先生蛮横地对弗拉特法斯小姐叫道，“就站在那里，待我修理了这个假惺惺的流氓之后还有话要对你说。”

“别走，劳拉，”朱格督察恳求道，“告诉他我刚进来的时候的正经样子。我没做错什么事，你可以告诉他这一点，劳拉。请你告诉他！”

奥布辛尼迪先生在朱格督察的肩膀上咬了一口，他的尖牙把厚厚的冬衣都咬透了。

“有办法离开这里吗？”弗拉特法斯小姐问那黑发女子，她现在蜷缩在门边。那女子默默地指了指。弗拉特法斯小姐听到了腾跃的马蹄声。“把这看作一次逃走。”她对那两个男人说道。

“我要抓住你，”奥布辛尼迪先生叫道，“没人能从这里逃走，必须把你赶出去。”唾沫从他的嘴角冒了出来。

“还有我，劳拉！”朱格督察喊道。他掏出一条手帕紧紧捂住流血的肩膀。“我也要抓住你，你惹得老板发火。你这个惹是生非的贱货！母狗！”

“我留下。”黑发女子一边说，一边把裙子松开任其落到脚踝处，同时把毛衣拉到头顶上。两个男人没有理会她——他们第一次行动一致。他们的一切热望，就像最炽热的欲望在成熟的时候一样迟缓的热望，都投到了骄傲地离开的弗拉特法斯小姐身上。

她没有后悔自己离开那里。她的学徒期已满。严格地说，她只能在外边，在真正的世界上才能从事她所选择的色情职业。一切都很顺利。一个女人，不管是由于她的出身（记住她是无可争辩的白人新教徒的后代），还是由于她的背景（吉姆，三个孩子，女选民联合会，赠券）而没有被拉进这种职业，她就会过着艰难寂寞的生活。因为这一点，她也许犹豫不决过。她有理由追求寂寞，她知道那两个人决不会善罢甘休。

在奥布辛尼迪先生和朱格督察的追赶下，弗拉特法斯小姐带着她双腿间的温暖的宝贝跑遍了美国。每到一处，她都会看到过去的她自己的翻版——苍白、贪婪、自虐的女人，她们用装在盒子里的西德造的不锈钢刀切割牛排，吃在有自动弹出功能的红外线烤炉中烤出的食品。弗拉特法斯小姐悔恨自己从前的生活，她轻松地到处旅行。当然，为了挣钱，她也出卖自己。在没有卖到好价钱的时候，她听到威廉·詹宁斯·布赖恩[①]和利兰·斯坦福[②]的灵魂在责备她。

她的老师奥布辛尼迪先生在西北靠近加拿大边界的一个伐木营地追上了她。他没戴单片眼镜，也没穿灯笼裤，他的花格呢衬衫胡乱地塞在退了色的牛仔裤里。弗拉特法斯小姐正在这个小镇的惟一的电影院门口等生意，没有一下子认出他来。由于近来的劳顿，他似乎老了一些，比以前胖了一点儿，也不像以前那样衣着整洁了。

当她带着迷人的诱惑力从他身边慢慢走过时，他嘲弄地向她深深地鞠了一个躬。这向她敲响了警钟。

“如果你靠近，我就叫喊，”弗拉特法斯小姐出人意外地沉着地说道。

“别惊慌，我不会强迫你，我强迫过你做什么吗？”

弗拉特法斯小姐还记得，答案是否定的。

“回去吧，”他说，“我们会忘掉一切发生过的事情。”

“你的话听起来就像吉姆说的一样。”

奥布辛尼迪先生的脸上掠过一丝恼怒但同时又像卖弄风情的神情。他决定不理会她刚才说的话。“我现在没有原来那么敏捷了，”他若有所思地说，“我不知道为什么会这样，但我确

---

① 威廉·詹宁斯·布赖恩（William Jennings Bryan，1860—1925），美国国会议员，曾三次竞选总统，均告失败。后任国务卿（1913—1915），主张和平外交，因主张美国在第一次世界大战中严守中立遭反对而辞职。

② 利兰·斯坦福（Leland Stanford，1824—1893），美国商人、律师、政治家。

实累了。”

“我不累，”她说，“起码现在不累。”

“哎，你告诉我一件事，那只老鼠朱格找到你了没有？”

慢慢地弗拉特法斯小姐开始赞赏这种毫不费力便取得的新力量，这种力量使她处于相对于奥布辛尼迪先生的优势地位。

“如果他找到了你，”他咆哮道，“而且你又听他的，我就要杀死你们两个。听我说！你难道不懂，他把我们做了的一切都毁掉了吗？”

弗拉特法斯小姐觉得这倒是可能的，但她不能让奥布辛尼迪先生知道她赞同他的看法，不能让他有这种满足感。

“哎，”他说道，“咱们玩玩儿吧，当然是免费的。”

“不行，我不是慈善机构。”弗拉特法斯小姐严厉地说道。

“我过去是。”奥布辛尼迪先生说。

他说这句反话本来意在激起同情，但结果却事与愿违，弗拉特法斯小姐大笑起来。奥布辛尼迪先生的嘴角冒出了泡沫，他阴险地张嘴笑了笑，露出了一排锋利无比的牙齿。他不可阻挡地向她逼近过来。

弗拉特法斯小姐连连划着十字，但一点用也没有。正在这时，一棵树倒了下来，擦到了他的脑袋。这给了弗拉特法斯小姐足够的时间，她溜到一条小巷里逃掉了。

几个月以后，那位恳求过她的朱格督察也找到了她。那是在时代广场上一家通宵营业的小饭馆里，他正在吃硬辣香肠比萨，嘴巴里感到火辣辣的。小饭馆拥挤不堪，他们两人被挤到了一起。

“哎，劳拉，”他叹了口气，喘息着说道，“这么久了才赶上妮。”

“我跟你没话可说。”她用纸巾擦着嘴说。

“妮不用跟我说什么，妮只需向老板解释解释，那家伙恨我都快发疯了。”

“你的肩膀怎样了？”弗拉特法斯小姐不冷不热地问道。

“不好，劳拉。”

“嗯，我帮不了你的忙，我首先得考虑我自己的事。不要再不承担责任了，做一个男子汉！你何必在乎他怎么想呢？难道你不知道这是一个自由的国家吗？你是自由的，我也是。我要好好使用上帝和宪法赋予我的自由。”

听到这战斗的宣言，朱格督察一脸垂头丧气的样子。

“你说的是实话吗？”弗拉特法斯小姐问道，“我是说这是你到处追赶我的真正原因，惟一的原因吗？我在新奥尔良接到了那个色情电话，你知道。我没看到有什么理由要回这个电话。”她又要了一份比萨。

“嗯，小女士，我想不是。我真的喜欢妮。妮有胆量，我想我们可以联手，劳拉。也许开一家小小的事务所，妮做完全合伙人。离婚之类的案子多得很。女侦探可以干得比男人更好。怎么样？”

“你是说你跟着我跑遍全国就是为了向我提出一项工作建议？”她听到约翰·布朗[①]和达希尔·哈米特[②]的灵魂在她耳边

① 约翰·布朗（John Brown，1800—1859），美国废奴主义者，因领导争取黑奴自由的起义失败而被处以绞刑。

② 达希尔·哈米特（Dashiell Hammett，1894—1961），美国小说家，美国侦探小说“硬汉派”的开创者。当过侦探，代表作为《马耳他黑鹰》。

用沙哑的声音对她小声说话，在召唤她，也在禁止她。

“嗯，也许不仅仅是因为我喜欢妮，我承认。我们现在为什么不到我的旅馆——”

“瞧，”弗拉特法斯小姐说，“这是一个自由的国家，我说这句话的时候是认真的。我花了好长的时间才找到我的自由，我不想放弃它。起码在它还是我的，而不是别的什么人的想法的时候是如此。”说完这几句铿锵有力的话，她便扔下还没吃的比萨，大踏步地走出饭馆到了外面熙熙攘攘的大街上。她回头看了看，朱格督察没有跟在她后面。

弗拉特法斯小姐对奥布辛尼迪先生和朱格督察所说的勇敢的话是真心的，她确实热爱她的自由，但这并不意味着她不会偶尔也觉得寂寞。

为了打发寂寞，弗拉特法斯小姐迷上了一种新发现的乐趣，她对灾祸感起兴趣来。不是政治灾祸（在时代广场她很少去看流动新闻），而是有关私人的、家庭的灾祸。她在十号大街的一家方便旅馆接客，没事的时候她就买回并仔细阅读所有的专门登载各种丑闻的周报，她抵御不住那些大字标题的诱惑。“我的牛奶杀死了我的九个孩子”，“由于我丈夫的缘故我的眼睛瞎了四十二年”，“我做整形手术之前就是这个样子”，“活煮！”，“我是第四性人”，“我的姻亲们在我的脑袋里打进四颗钉子”，“我不丑，只是样子有点滑稽”，“他们十七年不让我进门”，以及诸如此类。故事内容往往没有标题那么生动，但没关系。仅仅从那些标题，弗拉特法斯小姐就得到了足够的引起共鸣的愉悦，因为她早已确定自己的相貌完全正常，嫖客们从来没有因为她的扁平脸而显出丝毫的不情愿。

虽然男人们都认为她有吸引力，但她也不得不承认，并不是每个男人都喜欢她，并不是每次都有完全的性兴奋。然而，每当她看到一个像奥布辛尼迪先生，甚至一个像那乏味的朱格督察的人，她都会感到像火一样燃烧起来的强烈的性兴奋。

为了尽力调理她偶尔的不满足感，她不停地到处跑，这使她对这个国家有了极其深入的了解——它的无穷无尽的人力资源和壮观的自然环境。她有时候也去度假，为了旅行而旅行（这也可帮助她把她的老师和恳求者甩掉）。她存了一点钱便搭便车或乘公共汽车到大峡谷①或约塞米蒂国家公园②或卡尔斯巴德洞窟③去游览。有一次她在奥扎克山区④的一所小木屋里住了整整两个星期，一天睡十二个小时，读过期的《星期六晚邮报》来获知过期的消息，有时也顺从于附近“友好教育汽车旅店”的老板乔治的挑逗。

她知道有一些另外的工作没有卖淫那么紧张。电话接线员、J.C.彭尼公司的职员或餐馆招待员的工作都比她轻松。她没有去从事那些工作，并不仅仅是因为生病的风险，而是因为站立，还有更糟的走动；她的脚肿了，很难找到漂亮但不把她脚上的鸡眼夹疼的高跟鞋。实际上她并不想改变她的生活方式，她的生活方式给她带来了心情的平静和她过去一点儿也不

---

① 大峡谷，即科罗拉多大峡谷，在美国亚利桑那州西北部，国家公园。

② 约塞米蒂国家公园，在美国加利福尼亚州中东部。

③ 卡尔斯巴德洞窟，在美国新墨西哥州东南部，国家公园。

④ 奥扎克山区，位于美国密苏里、阿肯色、堪萨斯和伊利诺伊州的丘陵高原。

知道的活力。她过去是一名呆板机械的住在郊区的全职家庭妇女，虽然只有三个孩子，两个在上学的年龄，但日常的家务活总是把她累得筋疲力尽。而现在，她却能精力十足地到处跑来跑去。性的力量实在是一种魔力，即使在年龄较大时才发现这一点也是如此。

她的精力非常充沛，以至于当她第一次同时遇到奥布辛尼迪先生和朱格督察时，她竟然有了报警的常识。那是在芝加哥市的近北边，一条两边都是仓库的无人的街道上。警察以对她进行性骚扰的罪名将他们俩逮捕了。实际上他们并没有做到那一步。当时奥布辛尼迪先生戴着单片眼镜，上面穿着一件带风帽的风雪大衣，下面穿着一条灯芯绒长裤，脚上穿着一双橡胶雪地靴，正用一根带状的东西拉着朱格督察。她心想，这就是我所称的那种令人恶心的关系。

虽然芝加哥的警察并不以勇敢廉洁著名，但他们对弗拉特法斯小姐交给他们的这两个样子古怪的人似乎一点儿都不害怕。

“我敢肯定那不是他们的最终命运。”弗拉特法斯小姐把心里想的话说了出来。她在警察把那两个声名狼藉的家伙登记在册后走出了警察局。

在后来的五年里，奥布辛尼迪先生和朱格督察又找过她不下一百七十四次，他们给她打电话，发电报，或当面找到她。他们通常都是单独找她，很少两个人一路。这种干扰常常让她觉得难堪，她不再能保持镇静。渐渐地，她对这两个人的最强烈的情感变成了优越感，这种优越感一有警报便会产生。他们永远不会放弃吗？他们懂得拒绝的含义吗？他们没有自尊吗？

在俄克拉何马州的塔尔萨市城外的一家小饭馆吃饭时，弗拉特法斯小姐生平第一次堕入了情网。他是一名水手，名叫亚瑟。他当时紧挨着她坐在柜台边，两条腿盘绕在凳子上，正狼吞虎咽地横扫着三个涂有番茄酱和调味佐料的汉堡包。弗拉特法斯小姐很想伸出手去摸摸他的光滑健康的脸颊。她听到W·G·哈定[①]和J·F·肯尼迪[②]的灵魂在她耳边用沙哑的声音对她小声说话，在召唤她，也在禁止她。亚瑟长得有点儿像吉姆，他的眼睛，他头部的形状，还有脖子后面的鬈发。当心！那两个灵魂叫喊道。但他不是吉姆，弗拉特法斯小姐对自己说道，我也不是我。

他是个男人，这是相似之处，弗拉特法斯小姐在亚瑟不倦的臂弯里睡了几夜之后这么说道。和吉姆一样，他对性事的各种变化也不十分感兴趣。但需要那些变化姿势的是谁呢？这样想的时候，她坚决地压下了对那不可预测的奥布辛尼迪先生的回忆。重要的是他爱我，他不会像吉姆一样管教我，因为现在我知道自己的心思了。

她和亚瑟一起去了圣迭戈，在那里举行了婚礼。他们在马格诺里阿姆[③]租了一所可以自己做饭的房子，但是弗拉特法斯小姐已经不喜欢做饭了。亚瑟不在的时候——他经常要出海，

---

① W·G·哈定（Warren G.Harding，1865—1923），美国第二十九任总统（1921—1923）。

② J·F·肯尼迪（John F.Kennedy，1917—1963），美国第三十五任总统（1961—1963），1963年在达拉斯市遇刺身亡。

③ 马格诺里阿姆，英文 Magnolia Arms，意思是“玉兰之臂”，此处是地名。

每次都要走几个星期——她就吃罐装的意大利小方饺，沙丁鱼和加了佐料的火腿，吃小方饺时她也不加热。上午去取了邮件之后，她就信步走到当地的一片洼地去，下午她就喝酒。不用说，她对亚瑟是忠实的，她穿平跟船鞋和白色短袜，以此来表示她的忠贞，自从中学毕业以后她就再没有穿得这样笨拙难看过。而亚瑟每次回来时，感情都一如既往的炽热。

“劳拉宝贝，”他晒黑的脸上放着光，冲进门时就这样叫道，“嗨呀，想死我的宝贝了！嗨呀嗨呀嗨呀！”弗拉特法斯小姐特别喜欢他身上的这种孩子气。在他航行回来她给他脱下衣服时，第一件事便是看看他的身上有没有新的文身，这是他们两个人的游戏。亚瑟的前臂和上臂都已刺有花纹，现在他只在不大可能的地方文身。在弗拉特法斯小姐查看他的胳肢窝、肚脐眼、腹股沟和其他隐秘部位时，他会倒在床上尖叫——他也怕痒，这是他的又一点可爱之处。“你等着，看我抓住你。”他一边笑得喘不过气，一边假装严厉地说道，而弗拉特法斯小姐则坚持要仔细查看他的文身。这个游戏是他们的欢乐的令人愉快的一部分，在和亚瑟在一起的幸福中，弗拉特法斯小姐开始忘掉她过去的生活了。

但不久以后发生的一件事让她想起了过去。一天晚上，他回家之后又和一些水手朋友出去了。在这种时候弗拉特法斯小姐都很知趣，没有要求和他一起出去，但亚瑟回来之后她总要问问他出去干了些什么。“哦，你知道，”那天晚上他说，“喝酒，追女人——我的宝贝在家里等我，我对那些女人都不感兴趣。还在蓝星酒吧跟几个滑稽的家伙聊了聊。”

“什么家伙？”

“哦，不过是几个男人。”他笑着在自己的胸口上拍了一掌，“你从没见过这么古怪的花花公子，心肝。一个家伙戴着单片眼镜，一身笔挺的行头，就像是个英国佬，也像是个打马球的，傲慢得不得了。另外一个家伙倒挺友好。他们让我说说我的情况，我对他们说到了你，我有一个了不起的老婆。”他回味似的咂了咂嘴，然后在她的脖子上亲了一口。

“亚瑟，”弗拉特法斯小姐尖声叫道，“离那两个家伙远点，别让我解释为什么，就是离那两个家伙远点。答应我！你听见了吗？”

“好，好，好。”亚瑟的兴致一下子低落了，他不习惯受妻子的训斥。一种他从来没有过的不好的想法掠过他的脑海，他不假思索地说道：“我想我明白你的意思，我知道你过去的生活很放荡。”

“亚瑟！”

“哦，对不起。”他吻了她一下，“咱们忘掉这个，来，咱们来看电视，然后睡觉，呃？”

一整夜弗拉特法斯小姐的脑海里都有一个挥之不去的念头，她总觉得奥布辛尼迪先生和朱格督察分别在窗户外面看着她和亚瑟做爱。她很想起来看看，但她又不愿惊动亚瑟。他喝醉了，她不知道他是否能经受得住这种干扰。

黎明时分，亚瑟还蜷缩着睡在床的一边，弗拉特法斯小姐便悄悄地走出门去。不出她所料，两个追赶她的人若无其事地坐在车站附近的马路边。

"我以为你们俩是仇人呢。"她恼怒地说。

"我们和解了，"朱格督察说，"现在是联军。"

"别理他。"奥布辛尼迪先生说道。他的声音还是那样专横，还带了一点清楚的嘲弄的味道。"你知道你的位置，亲爱的。你的旁边不应该是那个——男孩。"他用一种有点儿轻蔑的口气说道，"我把你从吉姆那里救出来，教会了你所知的一切，就是为了这个孩子似的紫皮肤、红脸膛、乳臭未干的亚瑟吗？老天，你明白你比他大多少吗？他明白这一点吗？"

"我们从来没有谈到过这个，"弗拉特法斯小姐眼泪汪汪地说道，"他爱我。"

"但是他了解你吗？他像我这么了解你吗？"

"奥布辛尼迪先生——长官，"朱格督察可怜巴巴地插嘴道。

"住嘴，你这个蠢货！"

"我们不应该告诉她我在他身上找到毒品的事吗？我有他的完整的案卷。"

"什么案卷？"

"哎，劳拉，"朱格督察以一种机密的口吻开始说道，"妮的亚瑟并不一直是个水手，在那之前他是——"

"你放屁！"奥布辛尼迪先生叫道，这是弗拉特法斯小姐所知的他的第一次完全失态。"你难道看不出来那是不会让她回心转意的吗？"

"没关系，"弗拉特法斯小姐说道。面对奥布辛尼迪先生的失态她更坚定了。"你糟蹋不了亚瑟，我需要他，我决不会放弃。”

“他三十岁的时候呢？你不知道那时你会是个老丑婆吗？”

“没关系，”弗拉特法斯小姐说，“让我做人吧，你们两个。我已经尽了我的职责，我享过乐了，现在我想做人。”

奥布辛尼迪先生的灯笼裤突然在明亮的阳光照射下看上去有很多皱纹，显得很可笑。他的单片眼镜也变得奇形怪状的了。在南加利福尼亚没有人戴帽子，在晴朗的早晨更是如此。弗拉特法斯小姐开始大笑起来。

在第二次结婚仅仅两个月之后，正值一个女人的最盛年龄的弗拉特法斯小姐却患了致命的重病。开始的时候是食物中毒，那是在边界那边墨西哥西北部的提华纳，在她向那个年老的小贩的食品车走去，甚至在她嚼着她并不特别喜欢吃的墨西哥煎玉米卷的时候，玛格丽特·富勒[1]和欧洛尔·富林[2]的灵魂在她的耳边尖声警告她，但是她没有听见。在回应美国魂显灵的时候，她从未接收到比其更直接的信号。亚瑟只喝了一杯百事可乐，虽然他从来没有听到过什么灵魂的声音。

她躺到了他们的沙发床上，在海员工会所能提供的最好的治疗支撑下过了两周以后，她开始出现神志不清。看到一个伤心欲绝的男人颓然坐在旁边的椅子上，她叫道：“吉姆，我不知道你在这儿！”接着，她几乎是非常诚恳地说道：“你来了真

① 玛格丽特·富勒（Margaret Fuller，1810—1850），美国女评论家、文学家。1850年全家死于海难。著有《十九世纪的妇女》、《论文学与艺术》等。

② 欧洛尔·富林（Errol Flynn，1909—1959），美国著名电影演员。

是太好了！”

但那个人不是吉姆，而是亚瑟。他一直忠实地守候在她的床边，给她端屎端尿，喂她炖肉汤，给她换搭在她那五官仍不突出的脸上的湿毛巾。虽然她的一生中只有过这次恋爱，但她却不大怎么承认亚瑟对她的关怀。在神志清醒的时候，她请来一名律师，口述了她的遗嘱。即使在这里，她也没有提到亚瑟。弗拉特法斯小姐根本没有想到目前，在她走向死亡的时候，她的脑子里出人意料地装的全是爱国的本性和她的前夫和孩子。最后，我们大家都回到了开头。

弗拉特法斯小姐的遗嘱：

“美国——我向你致敬，特别是你那些不美的方面：你的新银行，你的糖果，你的停车场。我一直竭力想看到你和你的人民的最好的方面，这些人在外表上显得很友好并富有幽默感，然而他们内心里却常常很卑鄙。但这没有什么关系。我花了一生的时间来发现你，也就是说，来发现我自己。我之所以是我，是因为我是这个国家的公民，也是它的生活方式的支持者。因此，请把我的遗体火化，把我的骨灰和你餐盘里还没吃的马铃薯（因为你在节食）旁边的烟灰混到一起。

“全国精神健康协会、自由欧洲电台（将希望的电波束送到铁幕[①]后面）、女选民联合会、全国有色人种协进会（帮助我

① 铁幕（Iron Curtain），西方报刊及政界用语，指第二次世界大战后苏联及东欧国家为阻止同欧美各国进行思想、文化交流而设置的一道无形屏障。语出温斯顿·丘吉尔 1946 年的演说。

们的两大种族加速融合）、基督徒与犹太人全国大会、美国女童子军、芝加哥的巴哈教派[①]庙，佛蒙特大学（我选择的大学）——除了它们不需要我的帮助以外，我也没有忘记田纳西谷管理局，或当月最畅销书俱乐部——所有的对独特的美国生活方式做出过贡献的团体，我想慷慨地给予你们，如果我能够的话，我会给你们每一个团体留下一万美元。

“我的孩子们——他们现在一定已经长大，也一定忘记了他们的离家出走的母亲了——小吉姆、玛丽，和当年还是婴儿的小威路姆斯，我给他们留下母亲的祝福。如果那些鱼儿还没死光的话，我也给他们留下我的鱼缸。自从我嫁给你们的父亲离开娘家以后，我的母亲一直忠实地为我保存着这个鱼缸（她是这么答应我的）。

“我把我在公平人寿保险公司投保的全部付清了保险费的保险单留给我的前夫吉姆，希望他早已原谅了我。

“我把蔑视留给朱格督察，但我并不是这样看待所有的警察和侦探所拥有的光荣。

“我把毫不感恩留给奥布辛尼迪先生，这是他应该得到的东西。

“（签名）劳拉·弗拉特法斯·安德森”

安德森是亚瑟的姓。

一群吊唁者聚集在位于拉斯马德里纳大道的“来去轻松”

---

① 巴哈教派（Bahaism），19世纪伊朗伊斯兰教的一个派别，从巴布教派分出，强调博爱、平等及宽容异教等原则。

殡仪馆。亚瑟被这群不速之客搞得有点儿手忙脚乱，他悄悄地从一个边门走了出去。过了一会儿，他拿着一大箱装冰淇淋的蛋筒和四加仑香草冰淇淋回来了。他把冰淇淋装进蛋筒，一次三个，然后分发给客人们。一位摄影师在人群中走来走去，几个吊唁者看到在给他们照相时都赶紧把冰淇淋藏到了身体后面。

吊唁者中可以看到一个显得有点垂头丧气的戴单片眼镜的人，跟在他身边的是一位戴着一顶压平的馅饼式男帽的大个子。“浪费，”戴单片眼镜的人不停地说道，“简直是他妈的浪费。”亚瑟拿着一筒冰淇淋向他走过来，戴单片眼镜的人却傲慢地不予理会，大踏步地走了出去，戴馅饼式男帽的人从亚瑟手中一把抓过已在融化的冰淇淋，紧跟在后面也跑了出去。“没教养的狗杂种！”一些吊唁者小声说道。这些人是亚瑟的亲戚，他们原来并不赞成这门亲事，但现在却急急忙忙地赶来参加葬礼。

在殡葬大厅的后面坐着一个两鬓灰白的壮实的汉子。他独自一人坐在那里，拿着一张黄色的手帕在掩面哭泣。

火化快要开始了，那哭泣的人悄悄走到护栏旁边，抓住了亚瑟的衣领说道：

“我是吉姆·约翰逊。你知道，她的前夫。”说完这句话，他已经悲痛得不能自已。“这是她的。”他泣不成声地说道。因为有黄手帕掩面，他说话时声音又有点发闷，“你知道她喜欢黄色吗？”

“不知道。”亚瑟悲痛地说道。如果他知道甚至连那位彬彬有礼、善于观察的奥布辛尼迪先生都不知道弗拉特法斯小姐喜欢黄色，他的悲痛也许会减轻一点。

亚瑟伸出一只手臂轻轻地挽住吉姆，他们一起默默地跪到地上。弗拉特法斯小姐的遗体化成了灰烬，她在天上满意地看着。如果她看了一下，愿她的灵魂得到宽恕。也许我们中没有人被别人完全了解，但我们之中又有谁被这样爱过呢？

（徐天池 译）

# 书信场景

深吸一口气。先别急着干别的。你还没准备好。什么时候你能准备好？永远，永远，永远都不能。

也就是说，我现在就得开始了。

先别开始，想都别想。这太难了。不，是太简单了。

让我开始吧。它已经开始了，我得抓紧赶上。

不是这个样子，你这傻瓜。别战战兢兢地屁股挨着椅子边，开始可不是这样的。安安稳稳地往后靠。

别叫我冷静。你看不出我已经启动加速了吗？深吸一口气，在感觉中漂浮……全套工具摆在手头。钢笔、铅笔、打字机、电脑？

你知道你会把一切都搞砸的，对不对？这种事情需要时间。先要做好充分的准备。让别人感知到你的到来。

我的闯入，你是说。我的要求，恳求。

你有权利，我承认。深吸一口气。

我呼吸的权利？多谢。那我大出血的权利呢？你不能阻止我，给我止血，打上绷带。让我尝试吧。在我尝试的过程中，别管我就行了。

·

第一幕，第二场。眉头紧锁，掌心冒汗，达吉雅娜坐在闺房中的写字桌前，在给叶甫盖尼写信。写完称呼语后，她卡住了。该怎么往下写呢？毕竟，他俩只见过一回，就在前几天的一个晚上，在楼下；而当她居高临下地站在玻璃暖房的窗台边时，尽管他无论走到哪里，她的视线都紧紧追随着他，但她几乎无法把眼睛从他亮闪闪的短上衣纽扣上抬起。一股暖流升起：她想要宣告什么。她起身吩咐奶妈备茶。奶妈还拿来了几块软糖蛋糕。达吉雅娜皱了皱眉，又开始动笔。在脑海里，她将他置于空气般的背景之中，他变得修长、致密、遥远。她想要宣告的是爱的宣言。她开始歌唱。

风摇晃着百叶窗，发出咯咯的声响。叶甫盖尼[①]的鹅毛笔在信纸上沙沙作响，迅疾地游走，像一条小鱼摆动着小小的鱼鳍。“最亲爱的父亲，有些事情我想告诉您——我等待了许久，但一直不敢当着的您的面说。也许，我能在这封信中找到勇气。也许，在信中，我能变得勇敢。”如此开篇后，叶甫盖尼可以尽可能地推迟他不得不说出心声的那一刻。这将是——这正在努力成为——一封表达谴责的信。这会是一封长信。他往壁炉里扔了几块木柴。

---

① 叶甫盖尼和达吉雅娜是普希金诗体长篇小说《叶甫盖尼·奥涅金》的男女主角。

·

就在杜马尼被绞刑处决的前一天晚上：吃完了断头饭，耳边是歌声——隔壁囚室的同志们会整夜吟唱赞美诗与自由歌，给他慰藉。杜马尼坐在囚室的水泥地板上（9 × 12 英尺见方），双膝紧贴胸膛，信纸摊在膝头，用左手的三根伤痕累累的手指攥着一支铅笔头——他们打断了他的右手——慢慢地、艰难地用印刷体写下他最后的话。“当你读到这封信时，我已经死了。你必须勇敢。我很平静。姆邦厄里和我赴死时坚信，我们没有白白牺牲。不要为我伤悲太久。我要你改嫁。安慰奶奶。亲吻孩子们。”他还写了更多的话，都是用歪歪扭扭的大写字母勉力写出的，但这几句是要点。信的结尾写着：“另：我亲爱的女儿，永远记住你的父亲爱你，希望你长大后和你的母亲一模一样。最亲爱的儿子，请照顾好你的母亲，她会需要你的。你要努力读书，直到你准备好了在我们正义的斗争中找到你自己的位置。”

·

想想吧，所有那些朴实无华的信，全都是她在痛苦而缓慢的创作过程的间歇（正是通过这样的创作，那些精妙严肃、令她迅速成名的小说与散文得以面世）匆匆写就的。如今，她的一套两卷本书信合集出版了，他们说，这些信可能是她最美妙的文字。令人着迷的不仅仅是她生机盎然的字句；所有人都被信中描绘的那个诗情画意、爱意满满的家庭打动了——她正是从这样一个家庭中走出的。这样和睦同心的家庭依然有存在的可能吗？哪怕是到了今天？没有人知道她写给妹妹的那几封满腔怨愤的信——这些信都被那个鳏夫在烤肉架上焚毁了。这个世界已经厌倦了幻灭，厌倦了不合时宜的真相大白，这个世界渴望正直的楷模。我们的世界。再也没有人能够像他那样了解她，了解她在重病之中的最后几个月里是多么英勇——脑肿瘤啃噬着她的语言能力，于是他开始替她写信，以她的名义写信，那些她倘若尚能执笔，一定会写的信。作为她名誉的守护者，他现在可以拿起她的笔了，而她在世的时候，从未允许过他这样做。他会提出最严苛的要求，就像她生前那样。有人——但这位教授不够出色——已经开始动笔写传记了；他还没有决定是否要与其合作。远东的一位报纸记者给他写了一封伤感的信，哀叹这一“文学界无法弥补的损失”。他回了信，随即是一段通信往来。这会不会是她的一位旧情人？从香港寄来了一个小包裹，里面全是她的信，六十八封，用红绳捆扎好了。他满怀惊诧地读完了这些信。她身后留下的是一颗重磅炸弹——这不是他认识的那个女人。

•

第一幕，第二场。达吉雅娜将奶妈送来的那杯新茶一饮而尽。她的左手溜进了短衫里面，大拇指摩挲着她那满是绒毛的肩膀。这封信她才刚刚动笔。发出宣言时的那股欣狂的湍流本身应该就可以让她满足了，但她没有满足，她已经开始渴望答案了。“您没有看我，”达吉雅娜在第一页上写到。然后在第二页的中间："我此刻给你写信，是想问您可曾想起过我。"接着她哭了，又从头开始重写（不是在诗中或歌剧中——不，是在现实生活中）。在歌剧中，她乘着情感的涌流一路漂到了最后。

·

此时此刻，我心中的情感覆水难收——至少我觉得覆水难收。显然，这一切本可以不发生的。我们本不必相遇的。

我们相遇，是因为一场火灾——没什么要紧的，就在那栋六层的公寓大楼里，我在那儿非常幸运地租到了一间租金稳定的公寓。五楼的一个昏昏欲睡的大麻烟鬼点着了自己的马毛沙发。烟，呛人的黑烟；没什么要紧的。我站在街上瑟瑟发抖，没穿外套，你正在往卖《时报》的自动售卖机里塞角子。见到我正盯着你看，你问了问火灾的情况。没什么要紧的。我们经过救火车，去对街喝了一杯咖啡。那是一月下旬的事了，而现在我要紧得都快死了。你为什么离开我？你不在意他待你是多么冷淡吗？这张摊在我桌子上的白纸是怎么回事？是我坐下来在给你写信——你觉得你还能再爱我一次吗，但也许我不能了。

·

那封没有寄出的信，一个幽灵。

那封从未收到的信，两个幽灵。那封遗失的信（遗失在了邮递过程中）。那封没有写的信，但她说她写了，一定是弄丢了（邮局弄丢的）。你永远不能相信邮局。你永远不能相信邮递员。

•

动笔写信本身就意味着……一切。一种激情的体现。这就是为什么她在犹豫，而与此同时却又在头脑中继续写信。但头脑中的信也是信。据说，阿图尔·施纳贝尔①就时常在头脑中演练旋律。

•

第一幕，第二场。“我给您写信，”达吉雅娜动笔写道，又一次从头开始——她找到了韵律。“不再需要告白，再没有什么可说。我知道，此刻您完全可以充满鄙夷地将我的世界变成地狱。”

写字桌上的烛光摇曳。抑或是月光，那颤抖的月光，正越来越亮?

睡吧，我的宝贝，老奶妈低语着。

“哦，奶妈，哦哦哦……”但她不愿在她亲爱的，慈祥的老奶妈的胸脯上寻求慰藉。

好啦，好啦，我的宝贝……

“奶妈，我好热，快开窗。”那个生了霉的老太婆听命起身。“奶妈，我好冷，快给我拿条毯子。”老太婆站在窗口愣住

① 施纳贝尔（Artur Schnabel，1882—1951），奥地利钢琴家、教师，著有《对音乐的见解》，编纂《贝多芬钢琴奏鸣曲集》。

了，不知所措。“哦哦哦……”

让我唱歌给你听吧，我的宝贝。

“不，奶奶，要唱歌的人是我。用我少女的高音歌唱。退下吧，奶奶，我亲爱的老奶奶。我必须歌唱……”

·

这是一封带来坏消息的信。我不知道从何展开。起初，事情似乎没有那么糟糕。我们一开始还满怀希望。只是到了最后，局面才突然恶化的。我希望你能尽可能平静地接受这个消息。我真心不愿意为你带来这样一个消息……

·

为什么如今人们不再写信了？（关于这一点有很多话要说，撇开电话的作用不谈。）人们只是不愿意再花时间等待了，再花这许许多多的时间等待，因为他们缺乏自信。钢笔悬在了一页白纸的上方，他们犹豫着。最初的激情拒绝流畅，迅疾地转化为一个达得到标准的声音……什么样的标准？犹豫再犹豫。他们开始拟草稿。

还有就是，信似乎是那么的——嗯，片面。还有，缺乏速率。让人没有耐性等待回信。

·

坏消息这下坏上加坏了。这是真正的坏消息，让人不由地产生仪式感。他在信中用花哨至极的书面辞藻安慰我，让我心如刀绞。

·

与恋人不同，与好友不同，父母与子女没法在这样的念头中陶醉或绝望：他们本不必相遇——也不必分离，除了当他们真的分离时。叶甫盖尼距离说出心声的时刻近了。“您一直很慷慨，父亲，显然您认为自己都是为了我好。自我从军校毕业后，您每月都为我提供津贴，不要以为我对此不知感激。但既然您按您的原则行事，那么从今以后，我也就必须按我的原则行事。”一封冷冷的信——他寻求的语调是一种晦暗的真诚——最后会爆发出猛烈的激情。

·

“香港来信”——鳏夫如此命名它们——揭露了一段维系了近十年的婚外情，其突破常规的荒淫放浪是他万万不敢和自己的妻子联想在一块儿的。信中栩栩如生地回忆着他们的云雨之欢，还有她在两人别离时随时随地让自己重登极乐云端的本领，哪怕她衣衫齐整，哪怕她置身大庭广众之下（在某场鸡尾酒会上闲聊，或是在朗诵作品），只要她找到了一样能悄悄地把身体紧贴上去的东西，她唯一要做的就是想一想他俩带给彼此的那狂野的快感。而“他”——永远是“他”，恭敬地点缀在每一封信中：“他”和他那温存而有限的需求，他那无性的，呵护备至的存在——要不是因为他撑起的这份宁静，她担心自己根本无法写作。上帝啊！在她眼中，他对妻子的倾情宠爱就是这样的吗？一首婚姻的嗡嗡曲？ 那现在他就要亮出尖牙利齿了——激情犯罪永远不迟。他买了一张去香港的机票。

·

来自大阪的一位四十三岁的工薪男子正坐在一架失控的大型喷气式客机上，客机一面坠落一面疯狂地盘旋，一头扎向山脉。男人控制住那白热的恐惧本能，从公文包里的便笺簿中抽出一页纸来。他，同杜马尼一样，正在给妻儿写一封告别信。但他只有三分钟了。其他的乘客要么在尖叫，要么在呜咽；有些人跪倒在地，在雨点一般从头顶的行李仓中落下的包裹、行李、枕头与外套中祈祷。他用双腿抵住前排座位，免得被甩到走道上，左臂紧紧抱住、抓住那只他当作桌板的公文包，开始用急促但清晰的字体写信。他命令孩子们听母亲的话。对妻子，他宣称他无怨无悔——“我们度过了完满的人生，”他写道——并请求她接受他的死。飞机翻转的那一刻，他正在签名；就在他把那封信塞进夹克口袋时，他的身体被甩了出去，越过邻座乘客，一头撞在了机窗上，幸运地失去了意识。当他残破的遗体在一片长满松柏的山坡上，同其余的五百多具遗体一道被发现时，他们找到了那封信；信由一位红着眼圈的日本航空公司高官转交给了他的妻子，并登上了报纸的头版。万人同心，整个日本都溶化在了泪水中。

·

她的信如此惬意地与孤独联结在了一起。分离成了一件好事，一种写信的机遇和理由。这句话摘自她写给我的一封信：

“此后不久，我在达尔马提亚沿海的一座充满薰衣草芬芳的小岛上待了一个月。我在一个渔人的家里租了一间房，还找了一群志同道合的游客，我和他们一道消磨了许多时间：我们租了一条配400马力外挂引擎的小艇，开着小艇玩戴水肺潜水；我们在一处半岛的菠萝状岩石上野餐，吃着烤银鲭鱼与新鲜出炉、叫作‘Lepinja’的扁面包；我们在港口的咖啡馆里度过漫漫长夜，讲述各自的生平。最先离开的人是我，随后他们也四散离去，回到了休斯敦、伦敦、慕尼黑；当汽船驶离码头时，我的手挥得愈发热切了：‘写信！’我大叫着。‘写信！’

“我后来又遇到的第一个人是那位得克萨斯的律师，第二年春天我在日内瓦见到了他。‘你喊着“写信”’，他取笑我，‘就好像你以为我们要抛弃你一样。可决定要离开我们，开始新生活的人是你。’我的自尊心受了伤。从此我再没有给他写信。”

还是写给我的（一个片段）：“……不要把这看作是缺乏信任或是冷漠。或是嫌弃。你如果害怕独自生活，那你的生活就会一团糟。”

在写给另一个人的信中（不是写给我的），她放纵自己唱起了抒情的颤音。骑着他的四匹骆驼，堂·佩德罗·德·阿尔法鲁贝拉穿越世界，欣赏世界。他做了我也想做的事。要是我有三匹骆驼该有多好！或是两匹！写下这行文字的时候，我正跨着我的坐骑。我睁眼看着世界，看着世界的奇迹。这是我一直想要做的，在我唯一的生命中。然而，与此同时，我还想保持联系。真的想保持。联系。

与你。你。

•

“您一定会欣喜地得知，父亲，”叶甫盖尼补充道，“我已经偿清了我的赌债。”他想要摆出尖刻的语气，但也许他是在试图安抚那个老人。他干吗要在乎呢，他干吗要在乎呢，难道他还在寻求父亲的认可吗？这一段落，也就是不成器的诗人暗示自己如何没有虚掷年华的段落，应该作为急板乐段处理，就像是向某人发出决斗挑战的一段旋律。

•

事实上，就在飞机坠落时，还有另一个乘客也在写信——一个十四岁的女孩。她在大阪的姨妈那里度过了一个欢乐的周末，观看了宝冢歌剧团的演出，这时正要给姨妈写感谢信，突然机长开始用沙哑的嗓音播出第一遍紧急通知。她提起笔，打了个冷战，接着笔尖猛然落在纸上，开始写道：“我好害怕。我好害怕。救命。救命。救命。”

她的字迹无从分辨。她的信一直没有被人发现。

•

这是我雪藏了多年的一捆很久以前的信。很久以前的叶子……我一直在试图重读它们。都是我前夫写的。当时我们的婚姻已经持续了七年，我们以为它会永远持续下去，于是我们决定给我放一个休假年[1]。我获得了牛津大学的奖学金，我俩分开了一个学年，每天我们都要给彼此写蓝色的航空信。那时候人们不打越（大西）洋电话，那是很多年前的事了。我们很穷，他又很抠。我渐渐疏离了他，发现没有他，生活依然可以继续。但我还是写信，每天晚上都写。白天我会在脑海里构思写给他的信。我那时，你瞧，如此习惯于他的存在。我感到很安全。我不觉得自己是一个独立的人。只要我同他分开超过一小时，不论我看到什么，我都会首先想到待会儿该如何向他描述；而我们从来不会分开超过几个小时，也就是他教课，我上课的那段时间——我们怎么在一起都不够。哪怕我的膀胱胀得生疼，我也不愿意让自己和他分开一小会儿；他一边说着话，一边会跟着我进厕所。半夜，在参加了那个年代的学者们所谓的派对后，我们曾不止一次地坐在车里，直到黎明的晨光点亮了街道，忘了回我们自己的公寓，陶醉于剖析品评他那些恼人的同事。这么多年的情意，那如痴如狂，永无止歇的交谈——而这一切又过去了那么多年，过去的年数甚至比它持续的时间还要长两倍都不止！我有时会想，他有没有保留我的信。还是说，为了他和第二任妻子的关系，他把我的信全都付诸壁炉了？离婚后的整整一年时间里，许多个早晨，我醒来时脸上都挂着一丝傻笑，傻笑的背后是惊讶，是解脱：我不再和他是夫妻了。从那以后，和任何人在一起时我都再也没有过那样的安全感。有那样的安全感是不对的。我没有，也不能重读他的

① 休假年，美国大学每隔七年给予大学教师的多至一年的休假。

信。但我需要知道它们在那里，在那只鞋盒里，在壁橱的最下面。它们是我人生的一部分，我死去的人生。

·

第一幕，第二场。“您为什么要拜访我们，为什么？迷失在我们那偏远的居所中，我本可以不认识您的；如此一来，也就免去了我的这番苦恼。假以时日——谁知道呢？——青涩年华的骚动终会平息。我会找到一位朋友——另一个人——然后平静地接受我的角色——一个高尚的母亲，一个忠贞的妻子。”达吉雅娜的情感毋庸置疑。但一个人胸中的情感如何能够点燃另一个人的胸膛呢？燃烧的法则是什么？她只能道出自己的情感——毋庸置疑是她的，从那些她爱读的、关于爱情的、令人潸然泪下的书信体小说中移植而来——还有独一无二。“另一个人！此刻，我再也不可能去想另一个人了。再不会有另一个人征服我的心了。我对您的情感注定将燃烧到地老天荒，天意如此。我是专门留给您的。我的整个生命，不论您是否愿意，都是许诺给您的。”

许诺，承诺——我们海誓山盟时的热情难道不是恰恰证明了那股相反的力量——遗忘的力量——有多么强大吗？而那不可战胜的遗忘之力却也是必要的，它能够关上意识的门窗，为新事物腾出空间。达吉雅娜仰靠在椅背上，汗涔涔地战栗着，一只手抚过眉头。她在银色的白桦林中度过的那个甜美的童年根本没有让她为这样可怕的急病做好准备。她徒劳地想要回忆起她亲爱的姐妹，还有她胖胖的，慈祥的父母。整个世界都皱缩成了一个影像：叶甫盖尼那严峻，不安的脸庞。那就让过去走开吧，让它消融在苍白的月光中，如香水的高音般挥发消失吧。没有遗忘，就没有幸福，没有快乐，没有希望，没有骄傲，没有现在。没有遗忘，也就没有绝望，没有焦虑，没有屈辱，没有渴望，没有未来。

•

另一些对爱的恳求，另一些畏怯的文体。

我第一次见到你时，你围着一条在脖子上打了个结的白围巾，阳光落在你的发间，你穿着一件条纹女衫，一条亚麻便裤和一双平底鞋。我坐在俯瞰波波洛广场的咖啡馆露台的一张桌子边，看着你走近。我当时不觉得你美丽。你一边快活地讲着你如何在监狱里度过了一个夜晚，因为你从警察手中一把夺过超速罚单，撕了个粉碎，一边坐下，点了一杯冰柠檬果子露。我看着你，心里想：要是我不能说出我爱你，那我就完了。但我没有说。我打算给你写信。最懦弱的举动。

现在我看清了你是多么美丽，你的脸庞倒成了一种妨碍。就像是一张立体变画，你的眼睛跟随着我。我不想对你说你很美。我必须想点别的。风俗礼仪和我居心叵测的心要求我奉承你。从你那里骗得一种情感。我想要大声说出这几个神圣的字眼：爱，爱，爱。

我从一位密友那里收到了一封信。整整一星期我都没有打开。它就躺在我的床头柜上阴燃着。另一封信的信封上写着一个点头之交的名字，我一边上楼就一边迫不及待地打开了，确信里面不会有任何会搅扰我或伤害我的内容。

我得告诉你，我写信的字体非常小，小到会让人觉得根本无法辨认——然而并非如此。这样的字体似乎是在表达我不愿为人所知的内心，我对人际交流的回避——然而我想要为你所知，这就是为什么我在给你写信，亲爱的。

宝贝，今天早上我收到了你的信，信妙极了（机打的），赶忙给你回信。拜托多给我写信。

比你想象的要更费劲——就是这个意思。躲在我的巢穴中，在一扇窗下，发馊的光线透过脏兮兮的窗玻璃照进屋里，我坐在厨房的餐桌边，苦思冥想着该对你说些什么。我不由得用手掌拂拭着打字机的机身，捻弄着头发，摸着下巴，一只手抚过眼睛，揉揉鼻子，把额前的一绺头发往后梳，仿佛我的任务就在于此，而非折好插入打字机的那一页纸。也许我最终也写不出这封给你的信，但不去尝试就意味着以同一种方式失败。

一只黑边信封从德国寄来，里面是一封打印的通知，宣告一位我放在心上的旧相识的死讯，一周前我已经从电话中得知了这个消息。要是所有的重要讯息都是用颜色编码的话，那我在拆开信封时就会轻松得多了。黑色代表死亡。（克里斯托夫死于心脏病第二次发作，享年 49 岁。）红色代表爱。蓝色代表渴望。黄色代表愤怒。而以那种曾经被人叫作“玫瑰灰”的颜色镶边的信封——这能否代表善意呢？我时常忘记这样一种信也是存在的：纯粹的善意表达。

嘿，嘿，你好吗？你好吗，我很好，谁谁谁好吗，他好吗……

你呢，亲爱的？

·

第一幕，第二场。叹息，战栗。达吉雅娜继续着这封信，信中满是法文语法错误。（她非常激动，我暗示过了。）她听到了她自己，她的话语。还有夜莺的韵律。（我之前说过花园里有一只夜莺吗？）天就快破晓了，但摇曳的烛光依然不可少。她歌唱着她的爱。或者，更确切地说，是歌剧演员在歌唱达吉雅娜。尽管达吉雅娜非常年轻，这个角色却经常是由一位成熟的歌剧女王扮演的，而扮演者的嗓音往往已经唱不出那应有的感觉了。那应该是一种漂浮在半空中的歌声。然而，当歌唱者倾向于一种刻意做作的乐句处理时，她的声线很少会漂浮或跳跃，而是给人一种受压抑或被驱赶的感觉。幸运的是，这一次的表演很成功。声线扶摇直上。达吉雅娜写着。歌唱着。

·

我无法忍受没有收到你的一封信，我已不再出门。我真的曾经无忧无虑，轻浮张狂吗？如今我身后拖着一道长长的黑影，黑影走过之处绿草纷纷枯萎。

我坐在屋里，等待你的回信。我自我判决的软禁刑期似乎远远比我料想的要长。有时我会在中午前后时分，邮差递过信之后上床睡觉：监狱里的囚犯们管这白日眠叫斋戒时间。你的信会来的。

·

我写下你的名字。两个音节。两个元音。你的名字让你膨胀，它大过你本人。你躺卧在角落里，睡着了：你的名字唤醒了你。你的名字是你的汁液，你的滋味。换一个名字叫你，你就消失了。我写下它。你的名字。

·

“亲爱的朋友！亲爱的朋友！我只有你了，我唯一的希望，我唯一的朋友。只有你能救我。我要到你这儿来，靠近你，挨着你。我不会打搅你的，我不会登门拜访你，我不会打扰你工作，我只需要知道你在那里，知道在与我的房间仅有一墙之隔的地方，有一个活人存在。你。我需要你的温暖。他们压垮我了！我被打败了！我精疲力竭了！在经受了今年的噩梦后，我必须到你身边来——在你的羽翼下！你能帮我找一个房间吗？怎么样都行，我只需要一张桌子，一片风景——也就是一扇能朝外张望的窗户，能让我看到点东西，不是一堵墙；但如果窗户外面就是一堵墙，那也没关系，只要我能靠近你就行。你会拯救我的，你会指引我，让我明白该怎么做，我该如何生活。你能借给我买一张车票的钱吗？我什么都不需要。我什么都不会向你索取。等我到了那里，我绝不会打搅你，我郑重地向你保证。还有谁比我更能理解你对于隐私的要求呢？我是多么地钦佩你的独立，你的力量！还有你宽仁的心。有你做我的启明星，我会变得像你一样独立。我会自己烧饭，如果我非烧不可的话，我已经习惯于自己照料自己了；但如果你能从村里找一个人来料理我简单朴素的生活所需，那我就能更从容地不离房间半步，望着窗外，宁静地想着你，绝不敢来叨扰你。你是唯一一个我能寻求帮助的人，而你也是唯一一个我需要的人。你还记得我们初次见面的情景吧？记得铜灯的灯丝如何在我们的头顶放着光吧？那你就懂了。你一直懂我的。请你创造奇迹！做安排吧！藏匿我！为我找一个房间！”

我为他找了一个房间，就在我家隔壁的那栋房子里，在俯瞰沙丘的一座小山上。我在回信中告诉他，向窗外望去，他能看到树木和开阔地，还有孩子们在海边放风筝。我们也会放风筝的。

“这是一个疯子的笔迹。”他死之后，我给一位朋友看过了这封字体大得吓人的信，朋友如此评价道。不，不是疯子的笔迹，而是孩子的：这些大大的字母和孩子笔下的一模一样，不单单是用手写的，而且是用手臂，肩膀以下的整条手臂。**亲爱的妈妈，我爱你，全心全意。我会永远爱你。**

我为他找了一个房间。但他一直没有来。

·

下面，我们将通过一个实例展示理查德 · 安东在 1920 年代的笔迹，实际尺寸请见上方的图一（插图待补），放大版请见下方的图二（同上）。这显然是他保护自己的手稿免遭不速之客审查的一种手段。乔基姆 · 格雷琴教授已证实，大部分此类文字经解读，都是安东草就的散文初稿，这些文章安东都一一完成并于此后发表。尽管到了 1931 年，他的笔迹已经恢复正常，详见反面的图三（同上），但他仍习惯于时常改变字体的大小。例如，在他最私密的信件中，他经常写下大大的印刷体大写字母。

**我需要。我想要。我需要。我想要。**

·

我喜欢和煦的气候。我懒洋洋地坐在泳池边。我的信就是我的日记。我将我的生活存在另一个人那里。存在你那里。一场夏日的暴风雨正在临近。我是否该描述一番天气（或风景），用天气（或风景）来表现我自己的烦恼？我写信，我感到很安全，我在哼唱着什么。我浑身充满了性战栗。

·

欲望的迅疾正如邮政的迟缓。邮局的耽搁让我的信甫一写出就已过时，让我不论写什么都是错。因为就在我提笔回应你上一封信中的每一个要点时，你的下一封信便已经诞生了，回应的是我的上一封信，说的是另一些话题。就在我写信时，你的一封我还没有读过的信便已经诞生了。书信之神在玩弄我俩。我们的书信彼此相交，但我们的手臂却没有。

·

歌剧女王在沉思：

“我喜欢接待访客，但我讨厌去拜访别人。我喜欢收信，甚至是读信。但我讨厌写信。我喜欢提供建议，但我讨厌接受建议，我也从来不会当即采纳我所得到的任何一条明智的建议。”

有时候，信中会夹着一张照片，歌剧女王很乐意在上面签名。你诚挚的，她写道。我最美好的祝愿。你的朋友。热忱的问候。爱你。是的，在给完美陌生人的照片上，但他们是粉丝——没错，就像我说的，完美陌生人——她签上了“爱你”。

•

有时候，书信是同某人保持距离的方法。但要达到这个目的，你得写上许许多多封信——一天至少一封，有时两封。如果我给你写信了，那我就不必见你。触摸你。用舌头舔舐你的肌肤。

•

一开始，他信中所写的大部分是他的发现，当时令人震惊，如今已成传奇——他发现了邻近的莫蒂默岛上的“六阶”婚姻制。他很开心。她能感觉得到。她也为他开心，并把这份开心告诉了他。他感觉到了，感觉到了她想要他开心，想要他全身心地投入工作，与工作融为不可分割的一体，不要想她，挂念她。通过书信，他似乎在爱河中陷得更深了；他渴望与他的通信人在一起，尽管不是在回到英国后（而她也没法出国来见他）；接着，通信中断了。在伊丽莎白通过电报得知特雷弗死讯的一个多月后，他的最后一封信送达了。她在讲述这一刻时惜字如金，几乎没有作出一句评语，留下我们面对——就像她在后来的半个世纪中面对的那样——一个开放的伤口，同时也是开放的沉默与开放的可能性。他们原本可以从此幸福地生活在一起吗？

·

我没法对他说我想要离婚，没法在信中说。我的信必须爱意绵绵。我必须等到我回国之后。他在机场迎接我，在我步下飞机时冲出等候区，冲上停机坪。我俩拥抱，取了行李，来到停车场。一上车，不等他把钥匙插进点火开关，我就说了。我们坐在车里，说着话；我们哭了。

当然，在信里说“不”要更容易一些——或者是“再不”，或者是“不再”。比面对着面，一脸阴沉，一脸伤悲要容易得多。那说“是”呢？是。

·

第一幕，第二场。达吉雅娜重读了一遍她写下的那三页纸，签了名。信中的好多字被划掉了，信纸上沾满了泪斑——但没有关系，这不是学校作业。她会一字不改，盖上印章。

太阳升起了。她拉响了铃铛，召唤她那位一头雾水的奶妈——老奶妈还以为她激动莫名的宝贝只是比平常起得要早呢——嘱咐老太婆把信交给孙子，让小伙子务必飞快地把信送到他们的新邻居手中。谁？谁？达吉雅娜默默地一指信封上那个心爱的名字。

那叶甫盖尼呢？达吉雅娜的叶甫盖尼。那个苍白，瘦削，穿着昂贵的外国皮靴，一脸怒容的人，他来——所有人都希望——做客的那天晚上几乎没有跟一个人说话。被爱的人在爱他的人眼中永远是孤独的。但叶甫盖尼（叶甫盖尼的叶甫盖尼）的的确确就像达吉雅娜所想象的那样孤独又痛苦。

而这个叶甫盖尼（我的叶甫盖尼）也是如此——他刚刚写完了一封六页的长信，傲慢地宣布与父亲断绝一切关系。他不会允许任何人索求他的心；从今往后，他发誓，他将对一切感情的索求心如死木。

但后来，他得知父亲死了（他死之前，有没有收到叶甫盖尼的信？）——从这里开始，我的故事与他们的故事重合了。他返回圣彼得堡参加了葬礼，料理完遗产，正打算出国，突然得知他的伯父病危（这些暴脾气的小老头儿是多么脆弱啊！），于是恭顺地来到伯父建在遥远乡间的那座高大的宅邸，在院子里见到了已经入殓的伯父，决定在乡间由着性子待上一阵（难道乡村生活让他的诗性复苏了吗？）。大部分时间他都独自一人，在离群索居中度过了让附近的乡绅们窃窃私语的一个月后，他终于很不情愿地被人带去参加一场聚会。那是在当地一户有两个女儿的人家中，一场纯粹的家庭晚会，赴会的只有几个邻居。他确实注意到了坐在窗边的那个俊俏的身影，感受到了引力，心中默想：要是我还能陷入爱河的话，或许就会爱上这样一个姑娘吧。他发现她那忧郁的气质很……有教养。

而当他收到达吉雅娜的书信时，他被打动了，但更多的是出于怜悯她那无邪的天真，因为爱情已被逐出了他的想象。长日将尽之时——达吉雅娜一生中最长的一日——他会策马来到她家门前，在花园中找到她，以他全副的骑士风度向她解释自己不适合婚姻，能够给予她的只有兄长的情感。不用给达吉雅娜写信。她并不让他迷恋。他会面对面地跟她说。

•

如同你鼓起勇气给我写信一样，我也鼓起勇气读了你的来信。不要以为我反复揣摩着你的每一行字，但我理解了为什么给我写信于你而言是这样一桩难事。（瞧，你让我了解你了。）那是因为，你把你写给我的每一封信都当作了第一封来写。

•

叶甫盖尼不知道的是，就在他们的花园谈话之后不久，达吉雅娜病了，险些死去。因为羞愧，因为悲伤。但两年后，他确实从一个军校老同学那里得知，达吉雅娜嫁人了，嫁得很好——实际上，她的丈夫（一个将军，一个体面人）还是叶甫盖尼家族的一位朋友——现居圣彼得堡。

又过了两年，当他应邀踏入圣彼得堡的格雷明将军府，出席一场招待会时，他难道忘记了这件事吗？当将军把他引见给自己年轻的太太时，起初叶甫盖尼没有在这位优雅高贵，头戴宝石冕饰，甚至比从前更加美丽的女人身上认出那个脆弱敏感的黑眉毛姑娘的影子——那个他曾经在她父母的花园里拒绝过的女孩。她的眼睛见到了，但并不去看，也什么都不问。

高灯架，大吊灯。

他发现自己经常回到格雷明将军府，想方设法在剧院，在其他晚会上遇见她，但他和达吉雅娜除了彬彬有礼的客套话外，没有任何交流。有时他争取到了为她披上毛皮披肩的殊荣。她庄重地点点头——有何深意？有时，她似乎会将她那亲爱的脸庞埋藏在手笼中。不知所措的他渐渐地认识到，他爱她，爱得无以言表。这是天意如此，命中注定的爱。他知道这一点，因为他想要给她写信。难道这就是他那颗久旱的心渴求的谜题答案？现在他开始不可理喻了——没关系。一天晚上，他熬夜到黎明，写下一封四页的书信，呼号着爱。第二天，他又写了第二封信。然后是第三封。

他等啊等。等待回信。

他又是如何对待她四年前写给他的那封信的呢？他甚至没有给予它应有的体面，将它焚毁；他只是将它随便丢弃了。要是此刻他能将那封旧信攥在手中，珍藏在皮夹里，一遍遍的展开又折起，用他的泪水打湿信纸，该有多好！

给我写信吧，就一封，他谦卑地恳求，在他们最后一次相见时。他发现她在哭泣：达吉雅娜没有秘密了。她无可挽回地结婚了，但从未停止过爱他。他跪倒在她脚边。

不会再有信了。

她什么都没有忘记。

没有未来。

•

现在，我更深地吸了一口气。我做着准备，准备好了，声音颤抖着。我的渴望被取出了髓液。它就躺在我的手边，变成了文字。

把卤素灯调亮点。房间里太暗了。

爱，请接着往下写。你的信永远能送到我手中。你可以用你真实的，最小的笔迹给我写信。我会举起信，对着光。我会用我的爱放大它。

（宋　佥　译）

# 假　人

因为我过的日子实在令人难以忍受，所以我决定采取行动来解决这个问题。我用各种品牌的日本出产的塑料仿真肌肉、头发、指甲等等造了一个逼真的假人。一位熟识的电子工程师为我的假人制作了身体内部的电子机械装置，使这个假人能说话、吃饭、工作、走路，还能做爱，为此我付给了他一笔可观的酬劳。我又雇请了一位老派的现实主义画家来给我的假人画了脸上的五官。我在画家面前一动不动地坐着让他画了十二次之后，他终于给假人画出了一张和我一模一样的脸。假人的脸上有我的大鼻子，我的棕色头发，还有我嘴角两边的皱纹。我处在自己特殊的有利位置，因此能清楚地知道他是他，我是我。不然的话，连我也难以把这个假人和我自己分辨开来。

剩下的问题就是怎样让这个假人进入我的生活中心了。他要作为我的替身去上班，接受老板的称赞和斥责。他要鞠躬，要脚擦着地后退，还要勤奋工作。我对他的惟一要求就是每隔一周的星期三给我带回工资支票来，而我会给他提供车费和午餐费，但仅此而已。我要用工资来付房租和购买公用事业股票，剩下的钱则自己揣在兜里。假人还要充当娶了我老婆的那个男人，他要在星期二和星期六的晚上和她做爱，每天晚上陪她看电视，吃她做的有益健康的饭菜，在怎样抚育孩子的问题上与她吵架（我老婆也工作，并用她自己的工资支付购买食品杂货的开支）。我还要让这个假人在星期一的晚上和同事们一起玩保龄球，在星期五的晚上去看望我的母亲，每天早晨读报纸，也许还要买我的衣服（要买两套，一套给他，一套给我）。至于别的事情，我会随时布置给他去做，因为我想彻底摆脱这一切，只做给我带来快乐的事情。

你说这是一项雄心勃勃的计划？为什么不可以呢？能够真正解决这个世界上的问题的方法只有两种：灭亡与复制。过去只能有前一种选择，但现在我为什么不能为了自身的解放而利用现代科技所创造的奇迹呢？我可以选择。我不是那种有自杀倾向的人，因此我决定复制我自己。

在一个晴朗的星期三早晨，在确定假人知道他应该做什么之后，换句话说，就是在确定他知道我在各种熟悉的环境里会怎么做之后，我给他上足了发条，然后就放开了他。闹钟响了，他翻过身去捅了捅我的老婆。她睡眼惺忪地从双人床上起来，关上了闹钟，然后穿上拖鞋和浴衣，懒懒地拖着僵硬的步子走进卫生间。从那里面出来以后她便进了厨房，与此同时他也起床进了卫生间。他撒了尿，漱了口，刮了胡子，然后回到卧室，从衣橱里取出他的衣服，又走进卫生间，穿好衣服后到厨房去和我的老婆会合。我的两个孩子已经坐在了餐桌边。小女儿昨晚没有完成家庭作业，我老婆正在写一封短信给她的老师请求原谅。大女儿则旁若无人地坐在桌边大嚼着冷面包。“早安，爸爸，”她们对假人说道，假人则在她们每人的脸上像鸟儿啄食似的吻了一下作为回报。我放心地看到，早餐平安无事地过去了，她们什么也没有注意到。我很兴奋，开始感到我的计划一定能实现。我也意识到，原来我很担心计划会失败，担心会出什么机械故障，担心假人不能辨认各种提示。现在好了，一切都没出错，就连他折叠《纽约时报》的方式都是对的。他用和我完全相同的时间读完了国际新闻，而他花在体育版上的时间也和我一样长。

假人吻了我的老婆，走出家门，进了电梯。（我不知道机器人们是否能够互相辨识。）他走进大厅，出了大门，到了街上。他不慌不忙地走着，进了地铁——他离家很准时，所以不用着急。他步履稳健，神态安详，干净整洁（我星期天晚上亲自把他洗干净了的），无忧无虑，按部就班地做着他该做的事情。只要我对他满意，他就会觉得快活。而不管他做什么，只要别人对他满意，我也就会对他感到满意。

公司里也没有人注意到有什么变化。秘书招呼他，他就像我通常所做的那样对她笑笑，然后走进我的工作间，挂上大衣，在我的办公桌边坐了下来。秘书给他送来给我的邮件，读完之后，他口述了一些指示。接下来，他开始处理我从上周星期五积压下来没有做完的一些事情。他打了不少电话，约了一位从城外来的客户共进午餐。我只注意到一件事有点与往常不一样：他一个上午一共只抽了七支香烟，而我通常要抽十到十五支。我想这是因为他刚开始工作，还没有时间让紧张的心情积累到我在这里工作了六年所积累到的程度。我突然想到，吃午饭时他也许只喝一杯马提尼酒，而不是像我通常那样喝两杯。事实证明我猜对了。这些都只不过是些细节问题，如果有人注意到了这些变化，那只会让他得到称赞，而我很怀疑会有人注意到这些变化。他和那位从城外来的客户共进午餐时的举止也很正确，只是有点过于恭敬，我把这也归因于缺少经验所致。谢天谢地，没有什么事情让他露出破绽。他吃饭的样子没有问题，他吃东西并不挑三拣四，而是大口大口地吃得满嘴喷香。他还知道他应该签支票，而不是用信用卡会账，公司在这家餐馆有一个账户。

下午开了一个销售会议，公司的副总裁在会上宣布了公司准备在中西部搞一次促销活动的新计划。假人提了一些建议，老板听了连连点头。假人用铅笔敲着红木长桌显出一副沉思的样子。我注意到他一支接一支地抽着烟，难道他这么快就感觉到了压力？我过的是一种什么样的日子呀！还不到一天，就连一个假人都显出倦意了。下午会后的时间过得波澜不惊，下班后假人回了家，津津有味地吃了我的晚饭，和孩子们下了一个钟头的强手棋，陪我老婆看了一部电视上演的西部影片，洗了个澡，给自己做了一个火腿三明治，然后就上床睡觉了。我不知道他做了些什么梦，但我希望他的梦都是放松而且愉快的。如果我的认可会让他睡个安稳觉，那他就安安稳稳地睡了。我对我创造的作品真是满意极了。

假人当我的替身已经几个月了。我能说些什么呢？他的效率比我高？但那是不可能的。他第一天干得很好，开头的时候他再像我不过了。他不需要干得比这更好，只需持之以恒地干下去，不反叛，也不出什么机械故障就行了。我老婆对他很满意，或起码对他并不比对我更不满意，我的女儿们叫他爹爹，向他讨要零花钱。我的同事和老板继续把我的工作给他干。

最近，实际上就是上个星期，我注意到了一件令我担心的事：假人对新来的女秘书爱小姐似乎很留意。（希望不是她的名字在他这部复杂机械的内心深处某个地方激起了什么欲望，我认为机器人是会从字面上来理解事物的。）早晨他走进办公室经过她的办公桌边她和他打招呼时，他总要磨蹭一下，实际上也就是停下脚步一两秒钟。而我——还有他直到最近以前——在经过那张办公桌时都是大踏步地走过去的。现在似乎他口述的信件也比过去多了。是因为他代表公司做事的热情增加了吗？我想起了他第一天在销售会议上发言的情形，还是因为他想让爱小姐多待一会儿？这些信都是必需的吗？我敢发誓他认为是必需的。然而你根本没法弄清在那张毫不动容的假人脸后面他在想些什么。我不敢问他，是因为我不想知道最坏的结果吗？还是因为我担心他会因为我侵犯他的隐私而对我大发雷霆呢？不管是哪种情况，我都决定等待他自己告诉我。

终于有一天，我害怕听到的消息到来了。早晨八点钟，假人把我堵在了卫生间里。他刮胡子的时候我一直在那里暗中监视着他，我对他记得应该怎样像我一样一下一下地使用刮胡刀很感惊奇。他向我诉说了衷肠，我对他用情之深大感惊讶——不仅是惊讶，还有点儿妒忌。我从来没有想到过一个机器人竟然会有如此丰富的感情，也从来没有想到过自己会看到一个机器人痛哭流涕。我竭力安慰他，告诫他，然后又责骂他，但一切都没有用。他的号啕大哭变成了抽抽搭搭。我不知道他的城府有多深，也搞不清楚他的情感有多强烈，我开始对他或对他的强烈情感有点儿厌烦起来。同时，我又害怕我的老婆和孩子们会听到他的哭声，冲进卫生间来，在这里面发现这个不能做出正常回应的疯子。（她们会在这里发现我们俩吗？也有可能。）我把淋浴器开到最大，把洗脸池的两个水龙头都打开，又放水冲洗抽水马桶，以此来淹没他痛苦的抽泣声。这一切都是为了爱，这一切都是为了对爱小姐的爱！除了谈工作之外，他几乎没有和她说过话，当然，他没有和她睡过觉，这一点我可以肯定。然而，他却疯狂地、绝望地爱上了她。他想离开我的老婆，但我向他解释说这是不可能的。首先，他有自己的责任，他是我的老婆的丈夫和孩子的父亲。她们要靠他，她们的生活会被他自私的行为所粉碎。其次，他对爱小姐有多少了解？她比他起码年轻十岁，根本就没有做出过注意到了他的任何表示，况且她很可能有一个和她年龄相当的男朋友，她正一门心思地盘算着要嫁给他呢。

假人根本不听劝告，他一定要得到爱小姐——说到这里他做了一个威胁的手势——否则他就毁灭自己。他要用头去撞墙，或者跳楼，或者将自己身体里的精密机械拆毁。我真的恐慌了，眼看我的绝妙的计划就要完蛋了。凭借这个计划，这几个月里我过得优哉游哉。我看到自己又重新开始工作，和我的老婆做爱，在上下班的高峰时间里挤地铁，看电视，打孩子。

如果说我从前过的日子实在令人难以忍受的话，那你就可以想到它现在变成了什么令人难以想象的样子。唔，只要你知道在假人掌控着我的生活的这几个月里我过的是什么样的日子，你就明白我的意思了。除了偶尔产生的对假人命运的好奇心之外，我在这个世界上是了无牵挂。我已滑到了世界的底层。我现在到处都可以睡觉：廉价旅馆里，地铁火车上（我在夜里很晚才上车），小巷和门道里。我也不再劳神费力去向假人要工资支票，因为我并不想买什么东西。我很少刮胡子，衣服也是又破又脏。

你听到这些是不是觉得有点厌烦？一点儿也不，一点儿也不。当然，在假人刚把我从自己的生活中顶替下来的时候，我有许多关于怎样去过别人的生活的宏大计划。我想到北极去探险，想做一个钢琴家，当一名交际花，成为一位世界政治家。我先后当过亚历山大大帝①、莫扎特②、俾斯麦③、葛丽泰·嘉宝④、埃尔维斯·普莱斯利⑤——当然都是在自己的想象之中。我当这些人物的时间都不长，我以为我可以只享受到他们的喜

① 亚历山大大帝（Alexander the Great，公元前356—前323），马其顿国王，先后征服希腊、埃及和波斯，并侵入印度，建立亚历山大帝国。

② 莫扎特（Mozart，1756—1791），奥地利作曲家，维也纳古典乐派主要代表，5岁开始作曲，写出大量作品。

③ 俾斯麦（Otto von Bismarck，1815—1898），普鲁士王国首相、德意志帝国宰相，通过王朝战争击败法、奥，统一德意志，有“铁血宰相”之称。

④ 葛丽泰·嘉宝（Greta Garbo，1905—1990），生于斯德哥尔摩的美国女影星，以美貌、演技卓越闻名，36岁退隐，主演过24部影片，获1954年奥斯卡特别奖。

⑤ 埃尔维斯·普莱斯利（Elvis Presley，1935—1977），美国摇滚乐歌手、演员。绰号“猫王”。

悦，而不会感觉到他们的痛苦，因为只要我愿意，我就可以随时抽身逃走，转换自己的角色。但是由于我缺乏兴趣，或是太疲倦，或是不管你把它叫做什么，反正我的实验失败了。我发现自己厌倦了做人，不只是不想做我自己这个人，而且是根本不想做人了。我喜欢看人，但不想和他们说话，不想和他们打交道，去讨好他们或是得罪他们。我甚至不想和假人说话了。我累了。我想做山，做树，做石头。如果要我继续做人的话，我只能忍受孤独的社会弃儿所过的生活。所以你会明白，要让我允许假人毁灭他自己，让我取代他再回去过我以前的生活是万万不行的。

我继续努力劝说他，答应他到了办公室，他处理完上午要向爱小姐口述的一批信件后我们再接着谈。我劝他擦干眼泪出去吃早餐。他答应试试看，便眼睛红红地走到餐桌边，但他出来得还是晚了点儿。“感冒了吗，亲爱的？”我老婆问道。假人脸红了，咕哝了一句什么。我在心里暗暗祈祷，希望他的动作快点，因为我担心他的精神再次崩溃。我惊恐地看到，他几乎什么都吃不下，咖啡也只喝了三分之一。

假人满脸悲伤地走出了家门，任我的老婆在那里担心忧虑不知所措。我看到他没有去乘地铁，而是招了一辆出租车。到了公司，我偷听了他口述信件，他每念一句都要深深地叹一口气。爱小姐也注意到了。“喂，你怎么了？”她兴高采烈地问道。接下来好久都没有人说话。我从藏身处的门缝向外一瞧，你猜我看到了什么？假人和爱小姐正在热烈地拥抱。他抚摸着她的乳房，她紧闭着双眼，两个人嘴唇贴着嘴唇正紧紧地抱在一起。假人看到了我在藏身处的门后盯着他。我向他乱打手势，竭力要他明白我们必须谈谈，我是站在他一边的，我要帮他的忙。“今晚？”假人一边低声问道，一边慢慢地放开了极度兴奋的爱小姐。“我崇拜你，”她低声说道。“我崇拜你，”假人用高过爱小姐的声音说道，“我一定要见到你。”“今晚，”她低声回答说，“我的住处，这是地址。”

又一个吻之后，爱小姐就出去了。我从藏身处钻了出来，敲了敲那间小小的办公室的门。“唔，得不到爱，我就去死，”假人说道。“好吧，”我悲哀地说道，“我不会再劝你退出了。她大概是个好姑娘，如果我在这里工作的时候她也在这里，谁知道……”我看到假人生气地皱了皱眉，便赶紧打住话头。“但你得给我一点时间。”我说，“你要做什么？在我看来，你什么也做不了。”假人说，“如果你认为我在发现了爱小姐后还会回家到你老婆和孩子那里去——”我恳求他再给我一点时间。

我心里是怎么想的？我是这么想的：假人现在已占据了我原来的位置，而他对自己现在过的日子也无法忍受了。但是，因为他比我更加渴望过一种真正的、个人的生活，所以他不愿从这个世界上消失。他只是想让那位讨人喜欢的、稚气未脱的爱小姐来取代我那不可否认是个二手货的老婆和我的两个吵吵闹闹的女儿。既然可以用一个复制品来解决我的问题，为什么不能用同样的办法来解决他的问题呢？我需要时间来再做一个假人，让他去做我的工作，去和我的老婆和孩子过日子，而让这个假人（我应该称他为真假人）去和爱小姐一起私奔。

那天上午晚些时候，我从他那里借了些钱，到一家土耳其浴室洗了一个澡，把自己彻底弄干净了，然后到理发店去理了发并刮了胡子，接着又去买了一套和他身上穿的一样的衣服。应他的要求，我们在格林尼治村的一家小餐馆吃午饭，因为在那里不会遇到熟人。我不知道他害怕什么，是害怕独自一人吃饭，被人看到他在和他自己说话？害怕有人看到他和我在一起？我倒不怕这一点，如果有人看到我们，两个面貌酷似穿着同样衣服的成年双胞胎兄弟为什么不能在一起吃饭谈心呢？这不是一件再正常不过的事情吗？我们俩都点了意大利细面条和烤蛤蜊。三杯酒下肚以后，他同意了我的意见。考虑到我老婆的感受——他以一种严厉的嗓音再三强调，不是我的感受——他可以等待，但最多只能等几个月。我向他指出，在这段时间里，我不要求他不能和爱小姐睡觉，但他在干这私通的事儿的时候必须小心谨慎。

做第二个假人比做第一个难，我为此花光了所有的积蓄。就在这一年的时间里，仿真塑料和其他材料的价格，还有电子工程师和画家的劳务费都上涨了许多。需要补充说明的是，虽然老板对假人在公司里所起的作用赞赏有加，但却没有给他涨一个子儿的工资。在画家为面部制模和画五官的时候，我坚持要他，而不是我，坐在画家面前，假人对此大为恼火。但我向他指出，如果以我为模特的话，做出来的新假人就可能会走样。毫无疑问，第一个假人的面貌已经和我有了一些差别，虽然我还不能把这些差别找出来。在我和他的面貌有哪怕是最细微的差别的地方，我也想让第二个假人是像他而不是像我。此外，我还要冒这样一种风险，那就是在第二个假人身上也可能会复制出人类的情感，而正是这种情感抢走了第一个假人对我应有的价值。

第二个假人终于做好了。在我的坚持下，第一个假人担当起了持续数周的训练教导第二个假人的任务，虽然他一万个不愿意，因为他想和爱小姐在一起消磨下班后时光。伟大的日子终于到来了，在一个星期六的下午观看棒球比赛的中间，在比赛进行到第七局，投球手正在伸臂投球的时候，第二个假人进入了第一个假人的生活。按照事前的安排，第一个假人去给我的老婆孩子买热狗和可乐。走出去的是第一个假人，而带着食品和饮料回来的却是第二个假人。第一个假人出去后便跳上一辆出租车，投入到爱小姐迎候的双臂里去了。

这都是九年前的事了。第二个假人现在还和我的老婆生活在一起，他们的生活和我老婆跟我过日子时候比较起来，既不是更快活，也不是更不快活。大女儿上大学了，二女儿还在上中学。家里又添了一个孩子，是个男孩，现在已经六岁了。他们搬到了弗洛斯特山的一所合作公寓里。我老婆辞去了工作，而第二个假人现在已经是公司的助理副总裁了。第一个假人走后白天到餐馆打工，晚上则上夜大学读书；爱小姐也回去上了大学，并取得了她的教师资格证书。他现在是一位蒸蒸日上的建筑师，而她则在朱利亚·利奇曼中学教英语。他们有两个孩子，一儿一女，日子过得挺幸福。每隔一段时间，我就要到两个假人家里去拜访，当然在去之前我要先把自己打扮打扮，你明白吧。我认为自己是他们两家的亲戚，孩子们的教父，有时候也是叔父。大概是因为我一副寒酸相吧，他们看到我并不十分高兴，但也没有勇气把我赶出门去。我从不在他们家里待得太久，但我真心希望他们都过得好。我也祝贺自己，用这么公平合理而且负责任的办法解决了我在被赋予的短暂乏味的生命之中所遇到的种种问题。

（徐天池 译）

# 没有向导的旅行

为了目睹那些美的事物，我做了一次旅行。变化的景观。变动的心绪。你知道吗?

什么?

它们还在那儿呢。

哦，但不会太久了。

我知道。那就是我为什么要旅行的缘故。为了道别。不管什么时候我上路旅行都是为了说再见。

瓦房顶，木阳台，海湾里的鱼，铜钟，岩石上晾晒的披肩，橄榄的清香，桥后面的夕阳，赭石。“花园，公园，森林，树丛，运河，僻远的湖泊，还有小屋，别墅，大门，花园里的座椅，露台，亭子，洞穴，修道院，凯旋门，小教堂，寺院，清真寺，宴会厅，圆形大厅，天文台，鸟舍，温室，冰窖，喷泉，桥梁，小船，瀑布，浴室。”罗马竞技场，伊特鲁里亚石柱。每个村庄广场上的1914—1918年战争死难者的纪念碑。你看不见军事基地，它在城外，而不在大路上。

不吉之兆。修道院的墙壁上裂了一道长长的斜口子。水位一直在上涨。大理石圣像的鼻子不再是鹰钩形状的。

这个地方。某种虔诚感总是把我带回到这个地方。我想到曾经生活在这里的所有的人。他们的名字刻在壁画的底部。

艺术的毁坏者们!

不错。这是他们在这里生存的方式。

最值得骄傲的人工制品被拖回到自然物质的形态。末日的审判。你们不能把所有的东西都封存在博物馆里。

难道你们自己的国家就没有美的事物吗?

没有。有。少一些。

你过去有导游手册、地图、时刻表和结实的鞋子吗?

我到家以后读导游书。我想保持一段我的——

直接印象?

你可以这么说。

然而，你确实参观了那些名胜。你没有任性地忽略它们。

我的确参观了。在不破坏我的无知的前提下我尽量认认真真地观看了。我并不想比原来知道得更多，不想比原来更依恋那些地方。

那你怎么知道你要去哪儿呢?

就像玩轮盘赌一样转动我的记忆。

你看到的东西能记住吗?

不多。

太不幸了。我无法眷恋陷在记忆中的有如纪念品般的过去。

实物课。希腊古瓮，形如埃菲尔铁塔的胡椒碾磨器。俾斯麦啤酒杯。印有那不勒斯海湾及维苏威火山的围巾。有米开朗琪罗的大卫像的软木盘。

谢谢，不要纪念品。咱们还是跟真实事物在一起吧。

过去。关于过去，总有些什么是无法抹杀的，你不这么认为吗？

带着其所有原初的荣耀。文化女性的不可或缺的遗产。

我同意。像你一样，我不认为热衷于过去是某种趋炎附势。仅仅是诸多没有回报的毁灭性的爱恋方式之一。

我曾经乖谬越轨。我是用情不专的恋人。过去被存留下来，需要的不是爱，而是选择的缺失。

大群大群的有钱人，由于虚荣、贪婪、害怕诽谤，以及旅行安排的低效无能和困顿劳乏而停滞不动。那些拎着珍珠包，打着太阳伞的妇女，迈着细碎的步子，身着长长的裙子，还有羞赧的双眸。蓄着胡子的男人则头戴高帽，留着油光的左分头，用吊袜带系着丝袜。辅以仆役、补鞋匠、捡破烂的、铁匠、街头艺人、印刷所徒工、扫烟囱的、织花边的、接生婆、赶货车的、挤奶姑娘、石匠、客运马车夫、狱卒和圣器看护人等等。所有这些犹在眼前。都烟消云散了。那些人。还有他们的豪华气派与生存环境。

你以为我是要去看那些吗？

不是那些人，而是他们待过的地方，他们的精美的物品，你说过它们还在那儿。小屋、修道院、洞穴、公园和城堡。一个中国式的鸟舍。贵族爵爷的宅邸。位于密密层层的树林中的赏心悦目的幽僻之地。

我在那儿并不快活。

那你有什么感觉?

因树木被砍伐掉了感到遗憾。

这么说你对自然景物有一种模糊的视觉印象。因为你太醉心于城市的那种神经兮兮的生硬的快乐。

受不了我自己的激情，所以我逃离了湖泊，远离了丛林，躲开了萤火虫闪闪波动着的田野，回避了芳香浓郁的山冈。

小地方的扎堆儿闲聊。你需要的是不那么孤独的消遣。

我过去常说：只有与人有关的风景才能引起我的兴趣。啊，热恋某个人会使这一切有了生机……然而，人们在我们心中唤起的情感也总是这么彼此相似，真可怜。地点、习俗，以及出行经历的环境变化越多，我们就越会发现置身其中的自己并没有变化。我清楚自己将有什么反应。也知道我会再次说出哪些话语。

你要是带我去就好啦。

你是指他。是的，我当然不是独自一人。然而，大部分时间我们都争吵不休。他忙忙碌碌，我令人生厌。

他们说。他们说，旅行是修补破裂爱情的大好时机。

要么就是最糟的时机，感情就像是从伤口里取出一半的弹片。种种观点。还有各种观点的争议。金色夏日午后回到旅馆里进行的疯狂绝望的情爱运动。送餐到客房的服务。

你怎么让它搞得这么沉闷无聊?你曾那样满怀希望。

瞎说!监狱和医院都因充斥希望而肿胀。然而，包租班机和豪华旅馆却并非如此。

可是你曾被感动。有时候。

或许是精疲力竭吧。我过去确实曾被感动。现在也是。我的感情的内里湿淋淋的满是泪水。

那么感情的外表呢?

非常枯干。嗯——需要多干就有多干。你想象不出这有多么累。那种双膜的怀旧器官，一会儿把泪水吸进去，一会儿又把泪水压出来。

相关的素质：深度和耐久力。

还有洞察力。当人们能把它们调动起来的时候。

我现在疲惫不堪。那些美的事物，它们并非全都是美好的。我从未见过这么多胖墩墩的爱神丘比特像和这么多傻乎乎的美惠女神像。

这是一家咖啡馆。*在咖啡馆里*。乡村牧师正在玩耍弹子机。佩戴有红色圈饰的军帽的十九岁的水手们正在围观。老绅士手持橙色的念珠。老板的孙女在一张牌桌上写作业。两个猎人在买印有牡鹿图像的明信片。他说：你可以喝点本地的酸葡萄酒，这样可以少让人生厌，少遭人嫌。

雷纳先生说：咖啡馆五点钟打烊。

*每幅画*。“每幅画的下面都有一句表达美好愿望的箴言。他见我正在聚精会神地观看那些高贵的形象，便说：‘这里的一切都是自然的。’画中人物所穿的衣服跟生活中的男女一模一样，但要美得多。很多光亮，很多黑影，男人和女人们，是活生生的，却又不是。”

值得绕道吗?值得专程旅行!这是一套不同寻常的藏品。

至今仍保留着当初的气氛。那些东西确实在强烈地恳求人们的注意。

那位老板的热情的解释。他那文质彬彬的举止。在轰炸中他自始至终一直没有离开。

某种必要的同一性。不然就是生硬的特定事件了。

我希望回到那家古玩店去。

“门廊的拱顶是哥特式的，但中厅和侧翼则是……”

叫你喜欢真不易。

难道你想象不出一种旅行，不是为了累积快乐而是为了让快乐更稀少？

我的问题不是餍足。也不是虔诚。

什么都没有了，剩下的只是等着吃饭，像动物一样。

你着凉了吗？喝了这个吧。

我身体很好。我求你，别买那张选购目录。还有那些明信片大小的复制品，以及什么水手衫之类。

别生气，可是——你给雷纳先生小费了吗？

每天对你自己说五十遍：我不是鉴赏家，也不是浪漫的远游者，更不是朝圣者。

你说。

“人类精神产品的一个永恒的部分。”

把那句话翻译给我。我忘记带成语翻译辞典了。

不过，你仍见到了你来这里想要看的东西。

老一套的胜利：精心安排战胜了物品积累。

可是有时候你很快乐。而且不完全是因为不理会物品。

赤脚站在浸礼池的马赛克镶嵌地板上。攀爬拱柱。黄昏徐徐降临时分在大教堂里，巴洛克风格的圣体匣隐隐约约的闪光映到身上。万物生辉。宏伟。辉煌。无法言说的幸福。

记得吗？你寄出的明信片上写着“幸福”。你寄了一张给我。

我记得。别打断我。我在飞翔。我在寻觅。顿悟。热泪。癫狂。别打断我。我抚摩自己的癫狂有如抚弄那漂亮侍者的球。

你想让我嫉妒。

别打断我。他柔美的皮肤，慧黠的笑声，吹口哨的姿势，湿乎乎的衬衣。我们走进饭店后面的一个小棚子里。我说：先生，进到这身体中来。这具身体就是你的城堡，你的私室，你的猎屋，你的别墅，你的马车，你的豪华班机，你的起居室，你的厨房，你的快艇，你的工具棚……

他在身边时你也常干那种事吗？

他？他正在旅馆里午睡。一阵轻度的日光恐惧症发作。

在旅馆里。回到旅馆后我把他叫醒。他来了一次勃起。我坐在他腰上。那个核心，那个中轴，杠杆的支点。条条引力线。在光天化日之下。的确，是正中午的世界，其中万物都没有阴影。

只有半傻的人才会鄙视这些感觉。

我在转动。我是巨大的方向盘，没有被任何人类之手把握。我在转……

其他的快乐呢？你来这里本想寻求的那些？

“在整个看得见的世界里，几乎没有哪种印象能比夕阳西下之际在哥特式大教堂里体验到的心理感受更强烈有力了。”

眼目之乐。它必须得到强调。

“再远眼睛就什么也看不到了，唯有西边悬在天际的一道道峻厉而庄重的闪光的形影，夕阳正在它们背后沉落。”

时间和精神的永恒的信使。

“到处弥漫着火的感觉，缤纷色彩在歌唱，在欢乐和哀泣。”

那儿，千真万确，是另一个世界。

我发现了一本奇妙的旧贝德克尔指南，有许多米其林指南中没有包括的东西[①]。让我们。让我们去参观一下那些洞穴吧。除非它们被关闭了。

让我们参观一下第一次世界大战死者墓地吧。

我们看看赛船会吧。

这个地点。他就在这里，在湖边自杀了。同他的未婚妻一起。在 1811 年。

两天前我在港口的旅店勾引了一位侍者。他说。他说他叫阿瑞高。

我爱你。我的心在怦怦地跳。

---

① 贝德克尔（Baedeker）指南是著名的国际旅行指南，最早 19 世纪德国出版商贝德克尔推出。米其林（Michelin）为法国的轮胎和橡胶制品公司，创建于 1888 年，也以出版旅行指南系列出名。

我也是这样。

重要的是我们一起在这走廊上漫步。

我们一道散步。我们一道观看。风景如此之美。

*实物课*。把箱子给我吧，挺沉的。

人们必须留神，别去思忖这些快乐是否胜过上一年的欢乐。它们从不曾那样。

一定又是过去的诱惑了。只等现在变成过去好了。那你就会明白我们是多么快乐。

我并不指望快乐。*种种抱怨*。我已经见过了。我肯定那里会很挤。实在是太远了。你的车开得太快，我什么也看不见了。只是在七点和九点有两场电影。有罢工，我不能通电话。该死的午休，一点至四点哪儿都不开门。既然这些东西全都是从箱子里拿出来的，我不明白为什么我不能再把它们都塞回去。

你很快就会停止为这些鸡毛蒜皮的障碍烦恼。你会明白你是无忧无虑的，没有义务羁绊。然后，不安就要开始了。

就像那些体验了神的启示的中上阶级的新教徒们一样，变得歇斯底里，在地中海阳光和地中海风尚的令人迷失的影响下精神崩溃了。你还在想着那位侍者。

我说过我爱你，我相信你，我不往心里去。

你不应该。我不想要那种启示。我不想满足我的欲望，我只是想刺痛它。亲爱的，我是想抵制忧郁的诱惑。但愿你知道我是多么想。

那么，你一定不能再跟诗人和图书馆长们所杜撰出来的过去调情了。我们可以忘掉他们的那些旧玩意儿。我们可以买他们的明信片，吃他们的食物，赞美他们的性冷淡。我们可以在他们的工人狂欢中游行而且唱《国际歌》，甚至我们也懂歌词。

此刻我觉得一切都很好。

我认为下述做法是安全的。让人搭个便车，喝点非瓶装的水，试图在城市广场上涂鸦，品尝一点贻贝，把照相机留在汽车上，常常光顾海边酒吧，委托旅馆门房预订好房间，你看呢?

什么事情。难道你不想做点什么事吗?

除了我们的国家之外，每个国家都有悲惨的历史吗?

这个地点。看?有一个纪念标牌。在两扇窗户之间。

毁坏了。被太多年来肆无忌惮的观赏所毁灭。自然，那娼妓，也予以合作。阳光下多洛注蒂山的峭壁变得太红，月光把湖面的水染得过于银辉闪闪，蓝色的希腊（或者西西里）天空在白墙拱门衬托下显得太过湛蓝。

废墟。这些是上一次战争所留下的残垣断壁。

文物收藏的无耻行径：我们的优美的住处。

它曾是根据米开朗琪罗设计的图纸修建的女修道院。1927年改成了旅馆。别指望这些本地人爱护美的事物。

我不指望。

他们说。他们说，他们打算把运河填平修成公路，把公爵夫人的洛可可式小教堂卖给科威特的酋长，在那长着一棵松树的陡岸上建造公寓楼，在渔村开办小时装商店，在犹太人居住区里上演声光表演[1]。进行得飞快。国际委员会。企图保护一下。在阁下和大人的庇护下。进行得飞快。你将不得不奔跑。

我一定要跑吗?

要不就随它们去吧。生活并不是一场竞赛。

或者它就是竞赛。

不再。他们不再用紫墨水写菜单了，多么叫人遗憾。晚上你不能把鞋子搁在旅馆房间外面。切记。那些超大尺寸的钞票，直到贬值他们一直持用的那种。上一次。上一次这里还没有那么多的汽车，不是吗?

你怎么受得了?

比听起来要容易多了。有像火柱一样的想象力。还有像盐柱一样的心。

你想割断联系。

是的。

罗得之妻[2]!

却是他的情人。

我告诉过你。我告诉过你，你原应该换个人，带我去。

逗留。在王宫里。在旅馆后面的花园里。在调味品市场。在床上，金色的午后时光。

---

① 即晚间名胜古迹地用变幻的灯光和音响配合录音叙述表现过去的历史场面。

② 罗得之妻从行将毁灭的所多玛城逃出后因回头瞻望被化为盐柱。见《圣经 · 旧约》中《创世记》19 章 1—26 节。

因为。因为附近石化工厂散发出的烟气。因为他们没有足够的卫士来守护那些博物馆。

“两组雕像：一组表现高洁勤勉的劳作；另外一组刻画放纵无度的淫佚。”

你可知道价格已经涨了多少吗？骇人听闻的通货膨胀。我想象不出这里的人们是如何维持生计的。租金几乎和我们那里一样高，而工资仅及我们的一半。

“大路的左边，就进入了浮雕墓（即所谓贝拉墓）。在壁龛周围的墙壁和立柱上有彩色灰泥浮雕——再现着死者生前的心爱之物和家居用品：狗、头盔、剑、护膝、盾、背包、干粮袋、碗、罐、长沙发、钳子、锯、刀、厨房器皿，一卷卷绳子，等等。”

我肯定。我可以肯定她是个妓女。你注意看她的鞋子了吗？我肯定他们今晚在教堂里举行音乐会。何况他们说过。三位明星。我肯定他们说过有三位明星。

这个地点。这里是他们拍摄那部电影中一个场面的外景地。

保存相当完好。我很惊讶！我曾做过最坏的打算。

他们租用骡子。

那当然。这个国家里的每个拿工资的人都有五个星期的带薪假期。

女人老得那么快。

良好。这是旅游局发起“态度良好”运动的第二个夏季。在这个遭毁坏的奇珍异宝遍地撒落的国家。

据说。据说因修复工程而关闭了。据说你再不能在那里游泳了。

污染。

他们说。

我不在乎。来吧。水差不多同加勒比海的水一样温暖。

我想要你，我感应你的存在。舔舔我的脖颈。褪掉你的泳裤。让我们……

让我们。让我们回旅馆吧。

“风格主义的建筑和绘画对空间的处理，意味着从‘封闭’的文艺复兴世界秩序向风格主义宇宙中种种‘开放’、‘松散’及越轨的运动的转变。”

你想告诉我什么？

“文艺复兴世界观的那种和谐、明晰和一致性，充分体现在意大利宫殿的对称院落之中。”

我不想用什么证据来为自己的才智捧场。

如果你不想看绘画，就看看我吧。

看见那牌子了吗？你不能朝那边划船。我们离核潜艇基地越来越近了。

报告。已经报告说有五个霍乱病例发生。

这个广场被称作是英雄的舞台。

晚上天气凉多了。你一定要穿件毛衣。

多亏了每年夏天的音乐节。你应该在冬天来看看这个地方。死气沉沉。

选拔赛定在下周，所以现在他们正在演示。你没有看见那标识吗？听听那首歌。

我们别去了。我敢说，那是个宰客的酒馆。

他们说。黑着呢，我觉得他们说过。

不要水翼艇。我知道水翼艇更快些，可它们却叫我头晕。

“太阳已经升起来了，别的地方的热气让我们感到无法忍受，我们躲到了有树荫的院子里。”不是因为那时我爱他。而是处在某种身体疲劳的时刻……

取决于你的一时的心情。

有时心满意足，甚至很幸福。

别那么说话。像是拼命努力要品味什么似的。

或许。在墓地里丧失了判断能力。

种种报道。北方掀起了一场国内战争的风暴。自由阵线的首领仍在流放当中。据谣传独裁者已经身患中风。可是一切都显得太……

平静？

我猜是……平静。

这个地点。他们在这里屠杀了三百名学生。

我最好跟你走。你将不得不去讨价还价。

我开始喜欢这种食物了。过一会儿你就习惯了。难道你不是这样吗？

在最古老的绘画中完全没有明暗对比。

我感觉这里很好。没有太多的东西要看。

“枝叶茂盛、生苔长霉的小树，树上挂着花环、丝带和各种物品，交错地显现出树下跳舞的男人们的身形。一个男人躺在地上，吹着双管长笛。”

照相机。妇女们不喜欢让人拍照。

我们或许会需要一位向导。

那本书写的是他们挖掘出的一批宝物。各种绘画、青铜器和灯具。

那是一座折磨政治嫌疑犯的监狱。不可名状的恐怖。

你看见了吗？满是苍蝇。那个可怜的小孩。

不祥之兆。昨日的供电中断。今天早上纪念碑上的新的涂鸦。中午坦克车碾过了大路。他们说。他们说最近七十二小时里机场的雷达已经瘫痪。

他们说，独裁者已经从心脏病发作中恢复过来。

不，要瓶装水。更坚忍倔强的乡民。截然不同的植物。

还有他们这里对待妇女的方式！驮畜。把那些麻袋驮到蓝色的高山上去，上面——

他们正在建造一个滑雪场。

他们在关闭淘汰麻风病院。

看看他那张脸。他想和你攀谈。

当然，我们可以住在这里，我们是享有特权的。这不是我们的国家。我甚至不在乎遭抢劫。

“太阳升起来了，而别的地方的热气让我们难以忍受，我们躲到了绿洲里的阴凉处。”

有时我的确爱他。仍然是在某个精神疲劳的时刻……

取决于你的心情。

我肆无忌惮的抚摩。我粗野无礼的沉默。

你是想弥补过错。

我在努力改变我的困境。

我对你说过，你该带我去。

情况不会有什么不同。从那儿起我就独自前行了。我也会离开你的。

出发的早晨。一切准备就绪。太阳升起在最庄严的海湾（那不勒斯、里奥或香港）的上空。

然而你可以决定留下。重新做安排。那会让你觉得自在吗？抑或是你会感觉自己拒绝了什么无可替代的东西？

整个世界。

原因是如今已属晚近，而不是较早时期。“起初，全世界是美利坚。”

我们离起初有多远了？我们第一次感觉到伤痛是什么时候？

流血不止的伤口，对另外一个地方的强烈企盼。想把此处变成另外一个地方。

埃及杜姆亚特的清真寺里立着一根柱子，如果你舔那柱子直到舌头舔出了血，就会治愈你的骚动不安。必须出血。

一个古怪的词，漫游癖。我准备好动身。

我已经离开了。带着遗憾，带着狂喜，一种更傲慢的抒情风格，它并不是那失去了的伊甸园。

劝告。走吧，咱们起动吧，别压制我，谁单独旅行，谁的速度就最快。让我们赶紧动身吧。起床，懒东西。我要离开这里了。赶快打点好你自己吧。想要睡得更沉，我们需要枕头。

她在狂奔猛赶，而他却熄火停下了。

如果我走得这么快，就看不到任何东西了。如果我放慢速度——

所有的东西。——那我就没法赶在它们消失之前看到所有的东西了。

所有的地方。我到过所有的地方。我没到过所有的地方，但是它都在我的旅行计划之中。

地之尽头。但那儿有水，我的心啊。还有盐在我的舌头上。

世界的尽头。这并不是世界的尽头。

（王予霞 译　黄　梅 校）

# 旧怨重提

我想离开，但我做不到。每天早晨醒来时我都对自己说今天一定要写一封辞职信。不，还要更进一步，我要直接去找我们这个组织的领导者，当面告诉他我要辞职。我的理由很充分，我每天都在脑子里整理、复习。但是，他的理由更充分，虽然我已经听了好几百遍。他要做到既严厉，又不生气，这使得他脸颊深陷，浑身冒汗。由于紧紧地抓着桌边，他的手指甲都被压得充血发红。对他这样一位老人来说，这种紧张是很危险的。我停止了我的陈述，自己也不知道是因为他的话镇住了我，还是因为我体谅他的健康不佳：这位领导者浑身都散发出行将就木的气息，而我又是他所喜爱的得意门生。

可以想象，我完全可以将他驳倒并迫使他接受我的观点。

假如我真的得到了他的首肯，或是干脆大踏步地走出他的办公室，让他在我身后暴跳如雷，咳嗽不已，这也只是我将会面临的考验的开始而已。即使我得到了领导者的同意，我还得面对组织的其他成员们。

我惧怕他们的眼神胜过惧怕他们的话语。我对他们在面对一名违纪会员时的表情——我自己也一直有那样的表情——再熟悉不过了：那是一种愤怒、妒忌、蔑视、悲痛、冷漠依次出现的混合的表情。我没有什么特别的本事，可以让自己免受他们的责难。如果我抛弃了我的同事们，他们为什么不应该生气呢？我有什么权利获得自由，而他们却不能呢？

不行。我想到一个更好的主意——总是相同的主意：我要出国去。李在其工作的医院里刚刚得到提升，不会愿意出国去，特别是在目前的战争时期。但我要坚持，我要生气，我要哭闹，我要解释。幸运的是，我俩的护照都在上个月刚刚续签过，我们微薄的储蓄在一周的任何一个工作日的上午都可以取出，而一名翻译（我懂好几种语言）和一名医生是到处都不难找到工作的。但是（这是接下来的想法），如果我走了，我又怎么去面对他们呢？我不是指现在这里的会员们——这里有我们这个组织的一个相当大的分支机构，而在我打算和李带着我们的女儿一起去的那个热带国家里却没有几个会员也没有领导者——我指的是我们组织的那些死去的会员们：那些我死后不管在哪里都将要面对的人们。

（你可别笑，我真的相信人死以后还会有某种另外的生命。）

他们会在我怯生生地进去的时候向我围过来。我被洗得干干净净并穿戴得整整齐齐以便举行葬礼。我的肺部不再呼吸，身上也没有子弹或鞭打或火烧留下的痕迹。他们会将自己表情一成不变的脸和残缺不全的肢体凑到我的面前。为事业而牺牲是一笔不容置疑但却可被否认的遗产。兄弟姐妹们！我喊叫，我双膝跪地伸出双手，恳求他们原谅，向他们解释我并没有否定过他们的牺牲。但他们拒绝原谅我。他们会说，你怎么会呢？在我们一步步走向死亡的时候，你怎么竟敢离开？

你会不耐烦地打断我。那么就是害怕留住了你，害怕他们的论点，害怕他们的责难和怜悯，害怕他们灰色的嘴巴，害怕领导者患有风湿病的游移不定的眼神。那充满疑惑的眼光望着你，又移开去，然后又回到你的身上，好像将一把你有罪的刀刃架在了你的脖子上。承认你是个胆小鬼并留下来，继续做一名组织的好成员，做一名严肃的奴隶，美德的门徒，职责的傻瓜。你难道还没有看到，并不是每个人都命定能得到自由吗？

别不耐烦。噢，要是我仅仅是个胆小鬼就好了，实际情况却比这还要糟糕。咱们先不忙和死人打交道吧。就像那老头可能会说的，我很有文学天赋。至于那些活着的会员们，他们并没有什么一般意义上的权力，我凭什么要害怕他们呢？那些外人总以为我们在行使着看得见摸得着的权力，他们深信我们的权力一直在不断地增强。但实际上我们是非常脆弱的。这一点不光我知道，我们组织的每一个成员也都知道。要通过对我的身体进行伤害，或是对我的职业造成不可挽救的破坏的方式来报复我不但是违背组织的原则的，也是他们无法做到的。过去通常的做法是将那些离我们而去的会员从组织开除出去，但是这一让人倍受屈辱但屡用不爽的手段现在已经废弃不用了。至于被人威胁或受到骚扰，我认为这不大可能发生，即使发生了，我也会得到非会员们的保护。只要我小心谨慎，就能安全地溜走。嗯，只要我不弄出一件丑闻——例如给报纸写读者来信，谴责我们的组织，或是在电视台或到大学去巡回演讲，揭露组织的秘密——我的离去甚至可能根本就不会被人注意到（除了领导者外，因为他得另外找人来翻译他的书）。阻止我开小差的原因其实并不完全是害怕。

实际上，真正的原因是我被他们说服了。每当我以为自己对组织的忠诚已经被扼杀了的时候——这种扼杀不是谋杀而是自杀——这种情感却像浴火重生的凤凰一样又复活了。和会员们中盛行的悲观想法恰恰相反，一个人的情感是不能自杀的。虽然我竭力规避组织的要求，但在心里我仍然是组织的一员。虽然我知道他们错了，但我还是情不自禁地认为一个组织有权犯错误，我觉得那是一种光荣的错误。

和他们一起错误胜于和别人一起正确。

我想这是一句名人名言，（和我们一起错误胜于和他们一起正确？）我的脑子里塞满了名人名言。

你得明白，我并不完全相信这个。我是不能。我既没有取悦于人的借口，也没有可以减罪的情况，这使我进退两难的困境显得似乎有点荒唐，而且我也和你一样看出了它的荒唐。

有一个办法（这是坦率所得的奖赏）。用他们无耻的不合逻辑的方式来看我的情感，我已跳出了那个迷人的情感的圈子；而宣称我所相信的都是虚假的东西，并说话算话，我就打破了轻信的魔咒。一旦在理性的魔法帮助下获得解放，我就可能会像我已经解释过的一样去感觉这个组织，并且感觉我自己。但我再也不能相信我的感觉。

不，不是这么简单。再想想看。

一名翻译想要找到一个彻底解决一个长久困扰自己的问题的办法。一封短信，或者也许是一个书名。

第一段：领导者的口音。他出生在外国，所有的亲属都在某次清洗或屠杀中死去了。我翻译他的书，生活在我和他的语言之间。我也翻译别人的书（翻译一些小说或预言将来的娱乐性质的书是一件很令人欣慰的事，虽然这种书都算不上是什么精华的作品）。当然，我得承认，我翻译那些书是为了谋生。我们年老的领导者的书卖得并不好，所得收入根本不足以养活他。因此，可以想象我在他的微薄的版税中能够获取的报酬是多么少。他对我另外的翻译活动只是宽容地笑笑。他说他没有时间来搞“文学”。那也是为别人的——为那些非会员们的。

翻译是一件十分累人催人衰弱的工作，这一点你想象不到。但是，如果让我自己来写几本关于这个组织的书，我也不见得会有更好的条件，能写得更清楚明白。

瞧，情况就是这样。我们这个组织有相当长久的历史。就像你所知道的，虽然从某种意义上说它是一个秘密组织，但是它在大众中还是有相当高的知名度的。有许多书籍和文章，不管是学术性的还是娱乐性的，都写到过我们。虽然本世纪以前的那些记载都不甚可靠，但至少近期的关于我们这个组织的历史的记载都是有可靠的史料来源的。许多原始文件都是从第二次大清洗被毁坏的旧档案中抢救出来的，这些文件包括过去的领导者及其下属们制定的机密备忘录、全体大会的会议记录、宣言、诉求、内部流通的宣传册、分支机构之间往来的信函以及一些重要会员的传记等等。作为一名深受信任的翻译，我获准可以去查阅那些保存在铅柜里的发黄的绝密文件。但使用这些材料并不必去查那些新的档案。三十年前，为了改善组织和外界的糟糕的关系，我们将那些文件做成了缩微胶片，这种胶片在任何一座城市或任何一所大学的图书馆里都可以找到。

一只狗在邻居的家里吠叫个不停，这叫声比楼下街道上驶过的救护车的警报声和楼梯上孩子们的喊叫声还要大。

在世纪之交的时候，有些会员指控说那些记载，那些只有正式会员才能看到的和那些公众也可以看到的文件都是伪造的。（他们的论据之一是：这些文件保存得太好了，太容易辨认理解了。像这样古老的文件有些地方应该是让人无法读懂的。）这些异议人士们声称，就连那些职位最高的会员也不知道我们的这个组织到底是怎么起源的，但他们却装出一副知道一切的样子，因为对我们来说，组织的起源是非常重要的。事实上，组织的起源是我们引以为傲的东西，所有的会员们都喜欢夸耀组织的悠久历史和光荣的背景。

但是，这些异端邪说在上次大清洗以后，在近些年里已经销声匿迹了。没有什么人认为质疑大家公认的组织起源的说法有什么价值。就算那些正规的记载只不过是一些猜测或谎言，在今天也没有什么关系了。深信不疑地对其表示尊崇的已经有好几代会员了。如果最初时的记载不真实，现在的记载也是真实的了。而且，随着我们组织起源的时间追溯到更遥远的过去，它也许还会变得更加真实。（当然，它也会变得更加沉重。）

有一次，我对领导者谈到了这种情况。“你说得对，”说话时慈祥的微笑扭歪了他干枯的脸：“它更加真实。”他一边喘着气，一边艰难地从他的橡木转椅上站起身，在书桌后面的一排堆满书籍的书架面前犹豫了一会，然后从上面取下一本沉重的旧文件夹，大声地读出了一条我从未读到过的评注——是对于评论员对第七篇经文所作的恰如其分的评论的评注。（需要解释的是，那八篇经文中的第七篇一直被认为是讨论如何回溯过去的真实的。）

我们现在要比过去成熟多了，就连我们中的那些最聪明、最好争论的人也认同回溯真实已经足够了。

确实，现在我们大家对组织起源的问题已经不再那么关心了。现在我们关注的是历史——首先是我们受苦受难的历史，而对于这一点的相关记载的真实性是没有人怀疑的。一名新会员首先要了解的就是这个运动的不幸历史，这项教育甚至安排在阅读四卷本的《评论集》和名言集《必做之事》之前。

李很快就要从医院回来了，接着就是晚饭时间了。我们的女儿的身段就像一个小小的赛马骑手，她正在客厅里做功课，同时观看着电视上的篮球比赛。我提到这一点是为了让你能够想象到我们的生活有多俭朴。

不同的意见必须有所区分，我的不同意见和别人的不一样。

我丝毫不想质疑那些细节情况，也不想指责领导者们不学无术或欺骗我们，我只是想弄清我们在历史中所扮演的角色。我们组织的历史悠久（这是肯定的），但对其起源的说法尚有争议（这是可能的），这些都没有问题。有问题的只是组织的延续性。我们的运动历史悠久，我们经受了许多误解、中伤和不公平的待遇，但在我看来，仅仅这些是远远不够的。

请理解我。我并不是说这个运动没有取得很大的成就，也不是主张在这么长的时间里它应该取得更大的成就，争取到更多的会员，渗入到更多的机构中，占领更大的地盘，统治更多的城市。组织的成就是不容抹杀的，虽然只有高层人士才了解组织真正的成就有多大（组织很谨慎地对这种事尽力保持低调）。我明白，引人注目的成就将危及这一运动的理念，损伤其凝聚力，因为运动本身要求组织的规模要小，会员们必须紧密团结。我只是怀疑我们的成就是否值得起我们已经为之付出的代价——除非这个组织成立的宗旨仅仅是为了表现人类在难以逾越的障碍面前的坚忍不拔的品质。但是，即使组织里那些最愤愤不平的会员们也不会这样认为。

现在到修理店去取回另外那台打字机已经太晚了。

我并不认为我们的组织是白璧无瑕的。许多不怎么正大光明的事情都是以它的名义干的：我们的历史确实有一些不光彩的篇章。我必须承认，一些对我们的指控，例如谄上欺下、排斥异己、故意与众不同等等，在一定的程度上都是对的。让我感到不安的不是我们的缺点，而是我们的优点。

想一想这个运动的真正的光荣历史吧。组织维持会员们的忠诚的各种方法，对会员们的细致灵活的教导，它的崇高的理想，所有这一切都是为了创造出一种特定类型的人群——会员们。这个运动并不像许多人所认为的那样是在阴谋推翻社会，它只是在对自己，而不是在对世界做手术。为了什么目的呢？为了让现有的会员们团结得更加紧密。

什么能够证明这种无限的自我永恒的正当性呢？我们拥有什么别人所不知道的秘密吗？但是，他们确实部分地知道这个秘密，我们已经让他们能够了解到它。他们已经模仿我们并利用我们的教义建立起了一些比我们规模更大，范围更广的组织。在这种情况下，我们为什么还要继续存在下去？为了那点还没有被他们拿去的残存的真理？但他们永远不会要它，永远不会。我们剩下的没有被他们模仿的东西就只有我们的真实了。

我的手指经常沾上油墨。我拥有五六千册书籍和期刊。李也有差不多相同数量的藏书，但他的书三分之一都是医学方面的。蟑螂喜欢在书里产卵繁殖。我们的女儿不喜欢读书。

有人在敲隔壁的房门。

在这个城市里，你可以根据墙壁的厚度来判断房屋的年龄。敲门声越来越响了。

我们蔑视在非会员人群中经常发生的公开的信仰改变，但我们的会员们却似乎需要经常改变信仰。（领导者们常常在私下承认说，许多会员都没有严格履行职责，对组织赋予的崇高责任漠不关心。）在最初的热情劲过去之后——这种热情一般持续数年——我们中的大多数人便把组织当成了进行社交和商业活动的场所，到这里来谈生意，或者找一个值得信任的律师，或者选择自己生活的伴侣。会员们有不信任外人的传统，但我必须承认，这倒也情有可原，因为事实上我们遭受着残酷的迫害。会员的数量经常在大屠杀中减少，而在这些屠杀中，会员们，不管是忠心耿耿的还是三心二意的，也不管是豪情万丈的还是死气沉沉的，一律受到严酷的对待。外人对我们是不加区别的。最终我们也成了这样，因为我们并不坚守什么明确的与众不同的教义，就连那八篇经文也是以其阐释范围而著称。把我们团结到一起的恰好是被我们排斥的东西。

我可以编一本新的名言集《必不能做之事》。也许那真正的标题是错误的。

把我们团结起来的是某种特别的性格，它把会员们亲密无间地拉到了一起。我们知道可以指望从会员们那里得到什么，虽然我们互相之间可以比外人对待我们更加尖酸刻薄，但最后我们总是能互相体谅。这种统一的特点也使得我们能够很容易地和外人区别开来。由于我们与众不同的习俗、誓言、精力、顾忌，甚至（人们这么说）共同的相貌和仪态，我们不管在什么地方都会被很容易地认出来。

有多少对于我们组织的疯狂的偏见仍然存在！显然，我们不可能都是一个模样，我们的会员来自许多国家，属于好几个不同的种族（我们是坚定的国际主义者）。再者，组织在同一个家庭里的影响通常也不会持续太久。就拿我家的情况来说吧，李当然也是会员，但我们的小女儿迄今为止却一点也没有显示出将来可能成为会员的素质和兴趣。说实话，我们有点失望——这一点李比我更甚。就我目前的心情而言，我应该为女儿的好运感到高兴。

侥幸的是，至少没有人一出生就是会员。让人一出生就做出这样的选择，让人的童年时代瘫痪在这种病态的偏好中，这未免也太郁闷了。我们的领导者们虽然在其他方面十分苛刻严厉，但他们在这一点上还心存人性：他们让我们自己来找到组织。

李今天回家要晚了，也许我应该开始做晚饭了。

你也许要问，到底是什么在吸引人们加入你们的组织呢？毫无疑问，是共同的理想。此外，还有一些虽然不那么崇高，但是一点也不可耻的动机。有些人参加组织就是为了我上面提到过的那种社交方面的种种好处。每一位会员都知道，他或她可以持我们的介绍信，在世界的任何地方得到那里的会员的热情接待和帮助，因为会员们都认为组织就是由他们组成的一个大家庭。世界如此危险，你不管在什么地方都能找到亲戚并得到帮助，这可不是一点小小的好处。吸引另外一些人加入我们组织的原因是组织里面有不少著名的作家、学者、科学家、演员、政治人物等等，这让人感到自己加入的是一个精英团体。还有一些人加入组织是因为他们被我们所遭受过的艰难困苦的故事所感动，我们的苦难经历在吸引会员参加方面起了很大的作用。

我想，所有这些都是吸引我加入这个组织的原因。甚至还在童年时期，我就显露出了潜在的会员的心理倾向。从九岁起，我就想当作家。但由于我一直没能找到写出自己心声的自由，我便进入了为别的作家服务的行当。就我来说，对大家和对我们的最高理想做出有用的服务使我的生命变得有意义。但似乎还没有哪种职业，包括我崇尚的作家职业，能耗尽我对真理的渴求和我想要过一种不仅美好而且道德高尚的生活的愿望。

而且，我记得我从小就想与众不同。小学时在上公民课打瞌睡时，我曾渴望自己生来就是个犹太人，幻想自己是个左撇子，想象自己长大后成为一名同性恋者，一名修士或修女，或是一名投掷炸弹的革命者，还梦想自己是罗宾汉。在我还小的时候我就模模糊糊地听说了这个组织，（我们这里有许多这个组织的分支机构，谁又没听说过它呢？）但直到我基本上长大以后我才想到了参加，这主要是因为我从来没有直接遇到过真正的会员。当然，面对面的招募是组织发展新会员的主要方法，很少有人仅仅是因为是读到了关于我们的报道或者是听说了我们便前来申请参加的。

如果你遇到的第一个会员很讨厌或很愚笨，这也许会让你打消加入组织的念头。这种情况差点儿发生在我的身上。我遇到的第一个会员是一个嗓音哀怨，长着一头沙色头发的戴眼镜的男人。他刚和我父亲的妹妹结了婚。他属于那种最枯燥乏味的组织成员，虽然每次组织的会议他都去参加，也按时交纳会费，但除此之外好像什么事情都和他毫不相干。乔治姑父对什么事情都缺乏一种严肃认真的态度，这一点从他愿意和非会员结婚也可以看得出来。我的父母常常自诩开明，那时我们住在郊区，家境还算殷实。在我姑姑第一次把她的未婚夫带到家里来时，他们立刻便同意了这门亲事。他们甚至容忍了他的吃相和他身穿的短袖运动衫，没有对其进行评论。他认为他加入我们的家庭给我们带来了无比的荣幸，而我们全家则觉得接受他成为家庭的成员是一件十分摩登和令人欢欣鼓舞的事情。怀着认识一位这个组织的会员的渴望，我向他提了一大堆问题（我当时十五岁），他却自鸣得意地耸耸肩，用老一套的夸夸其谈把我搪塞过去。我想他之所以这样做，大概是以为我是家里派来向他刺探情报的间谍，而他则受到组织的保密制度的限制，不敢向我吐露组织的秘密。失望之余，我后来才明白了，对于乔治含糊其辞的回答的最合理的解释其实是他对自己作为一名会员的马马虎虎的态度。

有一次我对领导者谈到了乔治，痛斥组织规章制度的松懈，连这样的人也接收进来了。这实在是一种天真的怨言，典型的会员心态。即使在我加入组织很久以后，我对组织的自豪感，我希望或相信会员一定比外人更优秀这一点还是没有改变。

我在将近十八岁的时候遇到了第二个这个组织的会员，他是我的一位大学老师。我在对克兰斯顿还一无所知时便被他所吸引。他身穿三件套的西服套装，两只衣袖的胳膊肘处都打着耐磨的皮革补丁。他在讲台上傲气十足。由于这一点，我年轻的心对他特别仰慕。他秃顶得很早，当时他虽然只有二十八九岁，但看上去他就像是个四十岁出头的人。这位在他的深奥难懂的领域里国际知名的专家出身贫苦，家里的人都是没有受过什么教育的屠户、理发师和警察。在完全依靠自己的努力完成大学和研究生学业的许多年里，他都处于一种半饥饿的状态，这使他显得特别瘦。当我从某个同学的嘴里得知他是一名会员时，我觉得自己解开了他的严肃庄重和献身精神的秘密。

当然，我不敢立刻就告诉克兰斯顿自己对组织的兴趣，我很害羞。我想给他点比好奇心更严肃的东西。在接近他之前，我认真研读了组织的历史。虽然由于无人指引，我对读了的东西理解得很少，但就基于这一点点知识，我打算写一篇关于这个组织在十九世纪初期时的宗旨原则的学期论文。克兰斯顿的助教很不情愿地批准了我的论文题目，下一步就是去见克兰斯顿本人了。这可不是一件容易的事儿，因为他总是在讲完课后便匆匆离去。我拼命要想出一个可以向他提出的适当的问题，我的意思是说，向他提一个既不因其无知而令人生厌，也不因其过分老练而显得不够恰当的问题。

“人们说这个组织的成员们抱成一团并不是为了讨好谁或是拉帮结派，而是为了在困难的时候互相帮助，您同意这样的说法吗？”一天下课后我在走廊上脱口向克兰斯顿问道，我的借口仍然是他的课程的学期论文。“我们主张四海之内皆兄弟，”他干巴巴地回答道。我遭到了挫败，但我为此而尊敬他。我没有灰心，一个星期以后，我再次向他发动攻击。这次我预先打印了一份问题的清单，然后塞到他的手里。“这些都是关于学期论文的？”他皱着眉头问道。他的手指修长，浅色细长的指甲十分漂亮。

“不全是，先生，”我说。“实际上这不只是个人兴趣。我想既然您……我是说，我听说您……”

我想，这个组织吸引我的另外一个原因（我应该把所有的原因都说出来）是我母亲竭力反对我加入。我姑姑嫁给乔治没关系，她并不是一个心胸狭隘的人，以及诸如此类，这些都是她说的。我知道她之所以这样说是因为她一直不喜欢我父亲这边的亲戚。她深信自己是出于无奈才下嫁给我父亲的，因此她丈夫的妹妹应该嫁给一个连我父亲都不如的人，于是她选择了乔治。她这样做对我姑姑是最适合的，但却不适合她的娇生惯养的早熟的独生女儿。她的女儿要成为作家，不应该和组织里的那些华而不实，令人生疑，拉帮结派的人们搞到一起。此外，加入这个组织也是很危险的，他们的一些活动不是违法的吗？我喜欢和她对着干，这起码让她有了一个担心我的理由（我曾是个很乖的孩子）。多年以后，她自己也加入了我们的组织，这搞得我有点尴尬。

令人感到意外的是，我看得出来，克兰斯顿突然有点喜欢我了。他笨拙地抓住我的胳膊问道：“你叫什么名字？”

克兰斯顿邀请我到他在学校附近的住处去，那是一处只有一个房间的小公寓。他为我冲了一杯速溶咖啡，我不再拘谨。那天我们无拘无束地谈了好几个小时。那是我们许多次谈话的第一次。他从书架上取下几本罕见的十七世纪的皮革封面精装的书给我看（其中一本叫《大洋洲》）。我简直受宠若惊。这个人才是我心目中的会员——充满自尊，讲话清晰，态度矜持，但与此同时（没有人能把这种东西隐藏起来），又浑身都散发出火一样的热情。

我还从来没有遇到过这种类型的会员：都太普通了，对自己属于那个组织感到羞愧，然而又把这一点隐藏了起来。

克兰斯顿笑了笑——为值得的事情而笑。他不笑的时候，瘦削的脸显得更英俊一些，而在他笑的时候，你会注意到他的齿龈有点问题。他开始给我讲一些有关组织的情况。他和姑父不同，一点也不夸耀自己是该组织的成员。他说的话都是客观的，符合事实的。对他来说，我还是个外人，但他并没有劝我加入组织的兴趣。我坐在一张破沙发上，完全被他的目的感迷住了，渴望着分享他的灵感。

…

我最好还是跳过我怎么加入组织的那一段，因为我觉得自己又滑回对组织的尊崇的心情中了，正是这种心情把我带进了组织。由于我现在是在尽力聚拢我准备退出组织的理由，我应该对这些解释一下——也许在我讲述的过程中，我的决心会得到增强。

虽然组织里充满了同志的情谊，但我却感到十分孤独，我想这是我打算退出组织的主要原因。这一点很难解释得清楚，因为在我的身边有许多会员。我在组织里得到了友谊、爱情和职业，而且在九年前还找到了自己的婚姻。我并非孤身奋战。虽然参加我们这个运动的人的数量很少，和占世界人口最小部分的少数民族差不多——我们在许多地方还根本没有立足之地——但我却觉得似乎全天下的人都是会员。我到过三个大洲，每到一处，都会遇到他们。这也许只是一种错觉，是成为会员后便自然会具有的一种特别的思维方式和世界观的反映——是加入组织后为了保护自己而产生的一种自欺的想法。有很多次在我遇到一位我以为不是会员的陌生人并与之开始交谈时，（但我必须承认，我从来没有坚信过跟我说话的那个人不是我们中的一员，这种意识有时候会增进我们的亲切感，但在更多地时候却会阻止这种感觉。）却发现这个人不是外人。他隐瞒自己的身份，可能是为了自身的某些方便，也可能是因为他害怕遭受到什么新的迫害。

他也可能是一名被终止了会籍的会员——一名不管是出于什么原因停止了缴纳会费也不再参加组织的会议的人。但即使如此，我也情不自禁地要把他当成一名正式会员，因为我们这个运动与众不同的一点就是，我们在对申请者的审查和新会员的吸收方面非常谨慎（或声称如此），但同时也从不认为有人真的离开了我们。即使对被开除了的人员，组织也保持着与他们的联系，细心地关注并在一定程度上关怀着他们。

有一次，我问领导者为什么我们的组织如此恋旧。是因为多愁善感吗？“我们已经去除了那些对组织不忠，”我说道，“那些对我们不再有任何贡献的人。”我争论说，我们最好制定一些清楚的关于不当行为的标准和断绝关系的程序——就像婚姻一样，虽然那也是一种永久性的约束合同，但也允许存在离婚的可能性。

这次谈话发生在四年前，那时我对组织除了感到自豪外还没有任何别的想法。当时老头第一次心脏病发作刚刚才好，我正在给他的第三部辩论术文集的译本修改润色。现在我突然想到，当时我的问题并不是与我毫不相干的，我在提前为我自己辩护——为我自己的退出辩护。

我并不是说被清除出组织是不可能的，这种可能性是存在的，但这只会发生在犯了确定、公开和极其严重的错误之后。有些人认为参加别的组织是开除的条件，而另外一些人则认为是移居到没有会员的国家去——连一个小小的细胞，一个处于萌芽状态的分支机构都没有的国家。（有少数人认为第二种情况和第一种情况同等严重。）还有一些人则认为凡是指责过组织或向外人泄漏组织秘密的人都应该开除——而宽容那些没有超越组织所能容忍的界线的不当行为。虽然如此，如果谁犯了背叛组织的严重错误，结果只能是被开除。有许多次，领导者的宽大为怀都令那些反叛的会员感到意外。这也是我为什么还在为该不该迈出特别的一步而犹豫不决的一个原因——当然不是唯一的原因。如果有先例表明我可能采取的步骤至少会造成某些后果，做出决定反倒容易得多。

你可能已经注意到，我把话题扯远了。让我难以离去的原因和促使我离去的原因并不相同，而那些正是我想要解释的。

我在前面说到过，虽然我的身边有许多组织里的同志，但我却遭受着孤独感的折磨。我不能准确地描述这种孤独感，只是强烈地感到自己被隔绝开来。被和什么隔绝开来了呢？虽然我参加这个运动的时间只有十二年，但我已经记不得自己在这之前的感受是什么样的了。请理解我，我一点也不否认作为会员所享有的种种好处和权利，但我知道，我在投身这个运动的同时也失去了什么东西，某种我即使退出也无法重新获得的东西，因为组织在你的身上留下了抹不掉的印记（我们的老师这样宣称的）。此外，我的年龄已经增大了十二岁，我已不再年轻了。我可能已经把自己最美好的年华都奉献给了这个运动。

公平地说，组织并没有隐瞒过要会员们做出各种牺牲的要求（除了为组织冒险牺牲生命之外——这对我显得十分遥远，因为我是迄今为止尚未受到这一犯罪行为诱惑的国家的公民）。“多难兴德”是组织要求每个成员认真思考的口号之一（另外一个口号是“读书求深”，但这只是加入组织一段时间以后对部分会员的要求）。虽然如此，我还是认为组织尽力轻描淡写了要求会员们所要承担的各种各样的牺牲。我们被不厌其烦地灌输世界的险恶和组织的传统对会员们的崇高的道德要求，但却只字不提我们要做的另外的种种牺牲。这些是在讨论中被忽略了？或者是被隐瞒起来了？我不这样认为。（不管我有多少怨言，我也不会指责领导者们虚伪或不忠实。）确实，我想我们大多数的最高领导人和普通会员都对那些东西一无所知，而这就是其最可悲之处。

我所指的是，例如成员们所过的生活方式的狭窄范围。虽然组织的建立者们都来自人口稀少的地区，但组织的影响却几乎全都在大城市里。这就好比是沙漠的荒凉和干燥给了组织诞生所必需的理想和经历，而城市的拥挤和湿润则是其永久生存的必要的条件。

电梯又坏了，李只好爬十六段楼梯上来了。邻居的狗已停止了吠叫，邻居们都在做晚饭。附近有人在一架钢琴的胡乱伴奏下练习小提琴。

会员们在乡下度假，有时候我们住在仓房里，但他们在那里很少有觉得自在的时候。他们不喜欢在地里干活，或是为了自己的快乐而开发自然。这在一定程度上可以用组织的非暴力原则（实际上更是一种传统）来解释。大多数会员不光不打猎、不捕鱼、不种地也不饲养牲畜，而且还本能地回避一切体育运动，因为从事这些活动在很大程度上不需要用脑子，而只需要屈从于自己的肢体，而这是不能容忍的。那些参加足球、猎狐、帆船、跳伞、赛车、跳探戈舞或者种小麦等活动的会员们则似乎在矫揉造作地进行着令人惊异和让人难以置信的作秀。

然而这并不是本能。同样是这些人，他们曾经——起码在童年时代——和别人一样自由地玩过拳击、骑马和网球。是加入组织后形成的性格特点（主要是通过言传身教，而不是明确的规章制度）导致了我们讨厌那些活动。我们甚至为自己的什么都不会而感到骄傲。我们学会了反唇相讥，“那些都是让外人干的”。

会员们在喜欢吃什么东西的问题上也是如此。毫无疑问，这些将来的会员们在年轻的时候都和别人一样吃过菠菜，抱子甘蓝和白菜，但这些人在加入组织以后，每当这些东西摆到面前时，他们都对其不屑一顾。“青草，”他们嗤之以鼻地说道。我敢担保他们这样做既不是出于那种对绿色的古老的迷信——那是外人对我们的一种愚蠢的看法，也不是出于某种宗教的禁忌。我们之所以成为一群肉食者是因为我们把吃草本蔬菜与脑子愚笨联系在了一起。而且，好像是为了补偿这一点，会员们都有吃得太多的倾向，我们的每顿饭都十分丰盛。

你注意到了没有，那些针对我们的责难——即使是有道理的责难——都是自相矛盾的吗？有些人说我们脏，而另一些人却说我们爱干净到了神经过敏的程度（会员们都很少把脏盘子留在洗碗池里）。有些人说我们自命不凡，而另外一些人却说我们贪图感官享受（我们喜爱食品；我们赞美性行为）。这是组织的特征：我们又分散又统一，又相似又不同。也许只有这样，我们才能在经受了这么多迫害之后依然存在。

嗯，你可能会说，那就到乡下去吧。躺在阳光下，晒黑你苍白的身体，做健身操，与人通奸，潜水，骑摩托车，养狗，吃莴苣。但事情并没有这样简单。我干过这里面的许多种事——没有当着别的会员的面，但我对这些活动依然陌生。我觉得是自己没有得到许可，但即使我自己允许自己，只要我还需要许可，就有什么地方不对劲。

不幸的是，我从来没有不带打字机就到乡下去。我总是有许多积压的工作要做。

根据原则努力地去享受乡下的阳光和肉体的愉悦比不去全心全意地这样做更加愚蠢。（应该努力去做的是尽力提高自己的思想，完善自己的原则。）我依然小心谨慎地追求着我可怜的目标。我在公寓楼的房顶上建了一个菜园，在里面种了一些菜豆——虽然城里的空气污染严重。

上个星期六我到母亲家去的时候，她正在专心致志地看一本有关战争的书。她不停地用手去揉那双充血的眼睛。我感到自己很顺利，身体很健康，觉得很自在。“你从小就有点自命不凡，”她说道，“这也是组织青睐你的原因。”她低头看着自己患有关节炎的双手，接着说道：“我们有许多自命不凡的会员。”我不介意她说的侮辱人的话，如果那可以让她感觉舒服一点的话。我注意到了她说的“我们”。

“瞧，”她放下书说道，“还有另外一个组织。”“什么？”我觉得她的发音有点含混，因此问道。“你听见了，”她说。

“你指的是某个竞争对手的组织？”我小心翼翼地问道。“不，我说的那个组织和我们很相似，”她回答道，“但比我们更开明，你会更喜欢的。”她闭上眼睛向后靠到椅背上。“我不是在买东西，”我几乎有点兴高采烈地说道，但其实这是在掩盖我的惊骇。

假如我犯了罪，那我就完了。

在这个国家的会员们已经开始松懈组织的纪律制度。如果有纪律制度的话，我宁可它更严格一些。

…

也许我应该讲讲组织的结构。我们有一种松散的等级制度，在每个会员多的地方设一名领导者。在有些国家，组织采用中央委员会的制度；在另外一些国家里，则由会员们选出一名主席。组织没有书面成文的章程，而且在很久以前就放弃了成立一个永久性的国际总部的打算，因为那样做太冒险。习惯的做法是每年在一个不同的国家举行一次代表大会。我们缺少中央集权的最显著的证明是那些分裂的组织派别仍然自称是组织的分会，而他们的追随者（他们坚称自己是组织的成员）每年还交纳相当大的一笔钱来维护中央的档案。很久以来就有谣言说还存在一些完全秘密的分会，例如在印度南部的分裂派别，他们自己编写自己的名言集和《评论集》。组织有一所培训高级会员的学校，除此之外，各处都有的唯一的常设机构就是组织的法庭。法庭由十名资深会员组成，其职责要求在可能即将发生对组织的迫害的时候召开会议，制定如何保护会员和他们的财产的计划。法庭做出的决定并不要求像通常法律意义上的法庭那样必须由陪审团全票一致通过。这我得解释一下，在这个组织里，从来就没有什么事情是全票一致通过的。

法庭还负责审查申请入会者并监督对新会员的教育。在本地分会的法庭里，老头的门徒们和门徒的门徒们经常上课讲我们的历史和应受的教导（因为有病，同时也因为准备另外一本书，他现在不能出门了）。课讲完后便开始公开讨论，组织在传统上一直很重视长时间的自由辩论。会员们并不是特别喜欢争吵，至少争吵没有引发暴力行为。但对外人来说，我们却以醉心于喋喋不休地打口水仗而名声远播。我们每周开一次会。按时间表的安排应该在午夜结束的会议却常常要拖到凌晨三点。会议结束以后，通常总是还有一些会员站在外面继续讨论直到黎明。

是这些讨论可以让我们永世长存吗？在我属于这个组织的十二年中，我想不起一件在会议上决定的事情。我们似乎是为讲话而讲话，我们花在讲话上的时间太多了。

也许这就是在我看来大多数会员的身体都发育不良，这么多生活在南方气候中的会员却对寒冷十分敏感，他们和非会员在一起的时候总是显得衣服穿得太多的原因。当我在凌晨时看到在下水道口冒着蒸汽的空荡荡的大街上，会员们还站在会议大厅外面争论一些鸡毛蒜皮的问题的时候，不管是在什么季节，我脑子里浮现出的都是他们身穿高领毛衣和长大衣的形象。

也许我有点夸张。

在我想象中和李一起移居去的那个热带国家里，我们也许会不停地抱怨天气太热。我们的女儿会对水虎鱼十分了解，她会和当地的孩子们一起光着身子在小河里游泳，她会在蚊帐里睡觉。我会在打字机前汗流浃背，打字机一旦出了毛病却找不到人修理。李则会在外面的灌木林中，向村民们分发奎宁药片，为那些肮脏不堪的婴儿治病，检查运水的村民们脚上的热带皮肤病。每隔几个星期，我就得乘木筏到最近的邮局去寄出我的译稿或取回我上次翻译的书所得的微薄的稿酬或收到新的书稿，书稿也许是用一种我在大学里学过但却从来没有翻译过的语言写成的。

近来我一直在训练自己的耐寒能力。我把窗户开着，书桌上的纸张在风中飘舞。外面好像有一辆消防车驶过，孩子们就像一群狼一样在楼梯上蹦个不停。

在我和李可能移居去的那个热带国家中，邮件要三个星期才能到达，而邮政服务也很不稳定。我和李可能会听说首都又发生了右翼政变，我们甚至连感到气愤都不会。我们是外国人，政变不政变和我们没关系。

但是，在那遥远的绿色的村庄里，我们得比在这里更加拼命地工作，以此来压制我们的陌生感。(我得翻译更多的书，李得为更多婴儿接生，安慰更多的临终病人。）会员们在远离另外的会员们——远离组织这个像家庭一样的庇护所——太久的情况下会变得灰心丧气，即使我们像孩子一样喜欢那里的自然环境，我们在那里也会觉得不自在。政变和我们没关系。

一点都不气愤？我们听说了政变的情况有多么可怕吗？有一万名工会领导人、记者、学生和另外的前政府的支持者被关在新建的现代化足球场里没吃没喝已经有十天之久，其中有六百人已被折磨致残并被立刻拖出去站在市政公园的水泥墙前被行刑队枪杀，这样的消息我们能听到吗?

显然，这就是会员们喜欢挤在城市里的原因。我们在城市里可以做最多的好事。城市是事件发生的地方，(我们觉得)城市需要我们。艺术在城市里创造，权力在城市里行使。关系到每个人的各种各样的决定，不管是有好处的还是有坏处的，都是在城市里做出的。对我们来说，乡村似乎是很美好的，但乡村在道德方面又似乎是一片空虚。乡村是检验体力而不是道德意志的地方，那里不利于道德的培育。乡村是不管什么道德不道德的，而城市则既说不上道德，也说不上不道德。

领导者的新书的几页手稿被风吹到了地板上，我要关上窗户。

需要我再多谈谈道德意志吗? 去年夏天，我几乎离开李和另一个人跑了。有时候我说我约好了要和编辑或和领导者会面，其实我是到城里一个画家的工作室去了。和尼基躺在床上时，我遭受着负罪感的折磨而感到非常痛苦。会员们比外人更严格地坚守一夫一妻的道德传统，我们以家庭的温暖和稳定而著称。

我这位翻译要开始谈性了。

我现在打算谈谈性的问题，不再继续讨论道德意志了。但这里存在一个障碍——关于我自己的性别。我告诉了你我结了婚，还提到过一次通奸的经历，但我不想讲得太详细。我担心你会不明白我的问题，把它不当成一个普遍性的问题。

就是由于这个原因，我特意不说清楚我的性别。我想接下去我也不打算把这个问题说清楚——因为不管我是男人还是女人，说清楚这一点都可能会干扰我正在做的解释。想想看吧，如果我是个男人，这个问题倒是清楚了，但我成了一种类型。我太具有代表性了，几乎就是一个寓言中的人物。如果我是个女人，我可以作为一个人生存下去，但我就不再是那样进退两难了：它反映了第二性别的不可靠性。如果我告诉你说我是个女人，你会把我的问题——仍然是那相同的问题——仅仅当成是“女性”的问题而记录下来。

假定我是个男人，也许这样可以让你更容易地理解我的问题是个普遍性的问题。例如，一个三十多岁，个子高高，相貌英俊，肤色灰黄，大腹便便，经常穿着西服，打着领带的男人。瞧，一个普通的男人。李和尼基都是女人。尼基也许是一个金发碧眼的美女，她胸罩的尺寸比李的大，喜欢嚼口香糖，读摇滚杂志，吸大麻。李则戴着一副眼镜。但情况也不一定是这样，我也可能是个三十多岁，相貌年轻，长发飘飘，小胸，皮肤白皙，纤纤素手，身穿牛仔服和带纽扣的衣领的衬衣的女人。如果我是个女人，那么李就是我工作繁重，说话声音柔和，彬彬有礼的丈夫，而尼基就是我衣服上溅满颜料，喜欢畅饮啤酒，说话粗声大气的无产者情人。你可以设想，不管我是男人还是女人，和尼基做爱都比和李更舒畅。不幸的是，我不得不同意你的看法。

作为一名翻译，我知道这种语言是世界上唯一的能模糊所讲述的人物的性别的语言（除了必须避免使用会泄露真情的“他”或“她”以外，但这不难做到）。我所知晓的所有的另外的语言都有严格的性别区分。这是个小小的胜利。我可以写出一点关于我自己的却无法翻译的东西，这让我感到十分欣喜。

但这也不是这种语言和另外的语言的唯一的区别。想想看，有多少词语有不止一种译法。

我不愿意描述我自己，因为我担心太多的细节会使你不那么认真地对待我的问题。但我可以为你描述尼基，这样做也相当于在倒过来描述我自己。尼基的身上有许多我明显缺少的性格特点。例如，尼基不愿意对别人下判断；没有什么事情能让尼基生气。

在这个闷热的夏天，一次在床上时，我想让尼基对我想退出组织一事表个态，但我所得到的只是一个微笑，虽然不是麻木的微笑（肯定不是那种外人听到关于我们的坏消息时的幸灾乐祸般的反应）。

实际上，我小时候幻想长大后要当圣人。真是荒唐，人们常常拼命地不是想当圣人，就是想当天使，不幸的是，天使不是圣人，圣人也不是天使，但（幸运地？）尼基是天使。

尼基曾向我讲解怎样才能不下判断而过日子。方法就是不要凡是遇到什么事情就去考虑它的对错。尼基说，判断是你无力的反映。人们在无力改变一种情况的时候，除了下判断之外还能做什么呢？我反问道，难道判断在我们理性地行动的时候不是必要的吗？难道在我们的行动中就没有某种内含的判断吗？“没有，”尼基回答道。按照尼基的说法，行动中内含的判断和无力中内含的有力一样少。

至于自我判断——这是我喜欢做的事——你可以想象到尼基对此会怎么看了。

在我们的关系快要结束的时候尼基为我画了一幅肖像画。那幅画不是对我的判断，只是对我的观察和记录——三十多岁，个子高高，相貌英俊等等，或者是长发飘飘，小胸，纤纤素手等等，这些都没什么关系。（对我来说，自己是个男人还是个女人十分重要，但对你们大多数人来说，是否知道这一点并不重要。）我要求尼基在画上再添加几笔。“你还想加点什么？”尼基问道。“脸上，”我回答说，“我不像你画的那样镇静。”

“你想让我把你画得疑虑重重，或者是悲痛难过？”尼基在转身到冰箱里取啤酒的时候问道。我摇了摇头，“我想让你画出一个人正在变成另外一个人的过程，但不要破坏画面的线条和人物形象，不要让颜料向下滴，也不要把画面弄模糊。”

“你不可能变成另外的什么人，只能在像不像你的程度上有所不同罢了。你自己不会走路。”

“我能，我能，尼基，”我小声地说道，“那正是我必须做的。”

当然，尼基是对的，但这也没能阻止我回到李的身边。我这样做并不是由于负罪感，而是由于一种很特别的想家的感觉——我渴望谈话。我和尼基的交谈总是很简短的格言式的，但我最终认识到了和李有血有肉的言语融合的重要性。回到李的身边后，我立刻投入了就像温暖的沐浴一样的谈话之中，这种交谈我今后再也不能没有了。

不用担心我和尼基在一起时所享受到的肉体的满足。会员们的生活最终是建立在交谈的基础之上的。我们对讲话就像对喝酒（对这个会员们是敬而远之的）和工作（会员们都是工作狂）一样上了瘾。

我在重读一遍迄今为止写下的这些怨言时觉得我们的确是

话太多。但我没有别的选择。如果我能保持沉默，那我就会自己走路了。也许我甚至能飞起来。但如果我真的沉默，我又怎么能推理呢？如果我不能推理，我又怎么能找到解决问题的办法呢？如果我不能说话，我又怎么能埋怨、控告和总结呢？我需要用言语来表达这一切。

…

我的总结："我控告组织夺走了我的天真无邪，使我变得思想复杂。

（我并不否认组织提高了我的思考能力，教会我更真实地看这个世界，不再对这个世界抱不切实际的期望。但是，如果这把你变得看不起别人，真实又有什么用呢？你看不起别人，实际上就是看不起自己。）

我控告组织夺走了我普通人的生活，向我灌输虚假的自豪感。

（我并不否认这里面有利他主义的思想，我不是为自己，而是为组织的光荣而雄心勃勃——要为他们增光添彩。但是，如果这把你变得爱慕虚荣，利他主义又有什么用呢？）

我控告组织夺走了我的力量，教我害怕外人。我控告组织夺走了我的愚笨，把我变得严肃深沉，能下判断……"

你还在听我说吗？我让你吃惊了吗？有没有人佩服得张大了嘴巴？有短短的一轮掌声吗？

如果我真的在某次每周一次的会议上说了这些话，我就应该得到掌声。但是，除了当另外的会员在发言时我不看他们之外，我什么也没有做。我在开会时很少发言，虽然我偶尔发言的时候，总是带着难得的热情。我曾经是一名很能干的演说家，主要是由于这一点，我在组织的等级制度中得到了目前这个不高的职位。但是，现在当我站起身来发言时，我觉得自己的脸在发烧，甚至连眼珠都在发热。我说话结结巴巴，总是在不恰当的时刻打手势，我说得太久，以至于受到那老头的温和的批评。

这一切内心的骚动都产生在我为最无可指摘的正统观念而表达奔放的感情的时候。但是，使我感情奔放的是羞耻感，因为我很清楚我是在欺骗我的那些轻信的会友，我背叛了他们的信任。我不应该在这里满怀自信地阐述那八篇经文或其他的信条，而应该把我的怀疑一股脑儿地说出来。“看着我！”我很想说，“我对你们已经没有什么好处了。我嘴巴里的真实都是谎言，别听我的话，我自己都不相信我说的话。我会传染你们，你们也会开始怀疑。请你们教育我，贬低我，赶走我。”当然，我没有说这样的话，我害怕听到大伙的嘲笑，或看到大伙充满怨恨的微笑，忍受不了人们面对一个暂时精神错乱的人表现出来的居高临下的同情。

也许我是害怕我会因言获罪，从而被开除出组织，那样我就将受到被驱逐的痛苦的折磨。我已习惯了组织内不同宗派之间的争论和斗争，一旦离开我会感到世界都是空荡荡的。我的名字将被从组织的通讯录中删除，我不再能收到组织出版的月刊和内参资料，晚上不再会有参加紧急会议的电话。我根本就不会再参加什么会议了，我成了孤零零的一个人。

我不愿意有这样的一项鲁莽的、不可撤销的决议案加到我的身上，那样我一定会后悔的。一项虚张声势的决议案，故作的姿态会造成事与愿违的结果。退出组织应该是我自己的而不是他们的决定。虽然我不想被他们劝告而继续留在组织内（我是在对自己撒谎吗？），但我还是希望我的离去不是会友们的愿望。

话已经说得够多了，只有重要的行动才能办成这件事。但即使我采取了行动，地方分会的领导者们也可能会拒绝承认我已经退出组织而继续把我当成一名会员看待。

我的主意：我退出时要拉上另外一个人（一名跟我一样忠诚可靠的会员）和我一起退出，也许这种精心策划的加倍的罪行起码能保证我自己的被除名。

也许我个人的不满还不足以导致任何事情的发生，这是符合组织的中心教义的，正如不能因为那老头的个人品质有缺点就质疑其领导者的地位一样。例如，他的手指甲和脖子后面都很脏，耳朵和鼻孔里露出丛丛毛发。他的领带上常常粘有蛋黄，裤子的前门总是没有关好。每当我俯身把翻译好的一篇他的文章拿给他看时，我都要遭受到他酸臭的呼吸的袭击。我不能看他住处墙上的那些油画，那些画丑陋得可怕，一点品位也没有。我讨厌他纠缠他太太的方式。但我个人的这些不满又有什么用呢?

他所担任的职位的尊严，他所象征的价值观念都和他下巴上的那颗大痣无关。

我上次到领导者的家里去见他是在星期三的晚上。李在头一天给他做了两个月一次的例行身体检查，他告诉我说老头心脏的情况还算稳定。确实，他的身体状况甚至比我月初时见到他时还要好些。但对他脆弱的健康情况来说，谁也不知道会发生什么事。我一到他家，他便开始抱怨腰痛。我表达了我的同情，他高兴起来了，一边向我夸赞李的医术高明，一边叫他太太沏两杯加威士忌的茶。我感到惊讶，并不仅仅是因为我从来没有看到过他喝酒，而且也因为众所周知，组织的纪律严禁喝酒。李应该和他谈谈。

我的母亲一直喜欢喝酒，虽然你还不能把她称为酒徒。这也是我从不指望她会喜欢我们的组织的原因之一。（她加入时已经快满四十一岁了。）如果她现在还喝酒——我猜想她还在喝——她就得悄悄地喝。她一定为此感到羞愧。可怜的、内心挣扎的不幸女人！她现在的负罪感一定比以往任何时候都更强烈！

为了从老头的手里接过茶杯，我只得走进他令人恶心的呼吸范围之内。他的心情似乎特别好，我们开始谈话。

我围绕着习以为常的主题，想让他给我解释我们的运动的正当性，一点也没有暴露出我的怀疑和不满。然而，和往常一样，我为自己向这位虚弱、可敬的老人提出疑问感到尴尬。他为组织的事业献出了自己的一生（在我们来到这个国家之前），他所有的亲属都为此被处死了。

隔壁的敲门声又响起来了。

实际上我没有谈论组织的事情，而是临时改变话题，谈了一通我自己的烦恼。老头听懂了一些我话中的话，竭力劝说我摆脱个人的郁闷情绪。“现在这些都算不了什么，”他说道。从他的观点来看，他是对的。确实，和组织所知的苦难，和全人类，和历史本身比较起来，我的问题太渺小了。最后，那是我们的秘密，为此我们才能在这个世界上骄傲地生存，才能被赋予那出名的幽默感和热辣的快乐。我们了解苦难。“保守秘密！”他在我起身向门口冲去时向我叫道。

他喝醉了吗？那对他的心脏可没什么好处，我得告诉李。

秘密！什么秘密？人人都要受苦？但人人都知道这一点。如果有人不知道的话，那是他的福气。我知道这一点，这应该受到诅咒，因为它把我和许多人的痛苦联系到了一起，不管是活人还是死人，不管是我不认识的人还是那我不愿触碰的肮脏老头。我诅咒几百年来的与我无关的苦难，除了我出于天性可以承认的以外；诅咒几千年的孤立和埋怨，诅咒捆住我手脚的纸的锁链。

“读书求深。”我想念李。

…

我又开始了。虽然我还不知道怎样才能退出组织，但我知道怎样才能帮我找到退出的方法。我需要找到一个能够分担我的困惑的人，一个和我类似的心怀不满的人。当然，我不能向外人吐露我的心事。（这对尼基来说是一件多么令人失望的事情！）别以为这是因为我觉得非会员不够精明或热心，以至于不能帮助解决我的问题。只要能够表明我并没有完全养成会员们的习惯，认为会员自然地比别人脑子更聪明，品德更高尚，反应更迅速，从而只在组织内寻找朋友的话，我原则上是十分乐意信任非会员的。不幸的是，我不能那样做，但我不能那样做的原因却大不相同：我是出于对组织的忠诚。尽管我非常尊重许多非会员的智力和人格，但我还是不能把我的心事吐露给他们。如果我听到一位外人表示赞同我对组织的批评，我就可能会想为组织辩护。尽管有一些原因促使我很久以来就想退出，但我仍然对组织怀有耿耿忠心。

假如明天又爆发新的迫害，会员们被从他们简朴的住处、办公室和图书馆召集到最近的警察局，又从那里被送到监狱然后被处死，假如发生这种情况，不管我在哪里，尽管我有许多不满，尽管我找出各种借口不去参加组织的仪式活动，甚至即使我是在生病，我都会毫不犹豫地急忙穿上衣服，乘电梯下楼，大步流星地独自一人从街上走过，好像在被枪托驱赶着一样迅速地赶到警察局，在名单的最下面签上我的名字，骄傲地和会友们分享死亡。

我不是在夸口。当然，我的行为完全可以预见，因为组织常常教导我们：为组织而生，为组织而死。我会有当叛徒的勇气吗？我不认为我有什么与众不同的地方，我必须打消自己的与众不同的感觉。

正是由于这个原因，我需要与一位和我一样被对组织的不满和忠诚撕扯着的会员谈谈心。只有会员赞同我的醒悟对我才有意义，我对外人对组织的批评只会看成是冷酷无情的偏见而不屑一顾。

我的女儿站在书房的门口，口里嚼着芹菜。她想知道李什么时候回家。

噢，从外部批评我们的组织太容易了。我们常常受人攻击：说我们顽固不化，爱慕虚荣，排斥他人。当我意识到我是在附和这些说法时不禁打了个冷战。我对自己说，我是会员，说同样的话意义就不同了。毕竟，我赞同组织的理想，应该遵守组织的纪律。对组织做同样的批评对外人来说毫无损失，而对我来说却要付出巨大的代价。但情况真是这样的吗？除了因知道了自己是个该死的伪君子而感到痛苦之外，我还会付出什么代价呢？我还什么都没有做，甚至连说出自己的心声都没有。

如果我在会上突然发难，发言谴责组织，他们就会让我走吗？

毕竟批评组织是我们的会员最珍惜的工作之一。我上次见到老头的时候，略微谈了谈组织和部分会员的一些不足之处，他却十分赞同。他说，确实，我们既狂妄自大又腐化堕落。

当时他喝了加威士忌的茶，也许他醉了。

我仍然看不到出路，我这位翻译走进了死胡同。

所以我需要一个可以吐露心事的知心人。但谁呢？不是李。和李的任何共谋关系都会被很容易地解释为夫妻间的互相忠实，而不是独立的互相信任。再者，李也没有流露出过一点后悔加入组织或对组织的规章制度有什么不满的意思。和这里的地方分会的某个会员谈，想到这一点都让我恐惧万分。我不敢。最好还是悄悄地干。

这就是为什么我写下这些话的原因。我明天还要去复印。

我向正在阅读我的这些话的你保证，我写的这些怨言只给会员看，但你会打断我说，一派胡言！

我同意，我写下的这些怨言似乎命中注定是要给外人看的，不然的话，我为什么要不厌其烦地解释一些每个会员都十分了解的问题呢？但是，不要被表面现象所欺骗！我怎么可能考虑把我写的这些东西送给外人看呢？（那是一种太严重的背叛行为。）我不会向外人吐露心迹。

我要把我写下的这些怨言寄给本地和国外的一百名会员。除了李之外（李有权知道我在想些什么），我要寄给那位介绍我加入组织的学者（不是克兰斯顿，而是我遇到的第三个会员），寄给我的母亲以及其他一些人。我的名单上的大多数人都是我在组织的档案里任意抄下来的，我根本就不认识他们。随便哪个愿意回信都行。

…

我预期可能会收到的回信。

有人，也许是克兰斯顿，将给我回信：“你的问题很一般，因此也没有什么解决的办法。那只是个很一般的人的问题，你追寻的是很一般的自由，就像你想要逃离的束缚一样。谁会在意你的这些小问题呢？你懂得什么是智慧吗？”

那么，应该怎么办呢？也许，对于智慧我确实不怎么懂，但是，请相信我，情况起码是这样的：我参加组织并在十二年中怀着极大的热情参加组织的各种活动，主要的原因就是我热爱智慧。

如果我对压制和自由的看法很一般，那也就产生了一个真正的问题，一个至少有千千万万的人都模模糊糊地感觉到了的问题：自由的创生。

一些人将给我回信，措辞简短地谴责我，骂我是个叛徒，懦夫，意志薄弱者，其中的一封也许来自我的母亲。

“究竟是什么让你的脑袋里有这样的想法的？”另外一封信也许会这样开头，“别对我说这些都是多年以来在你头脑里慢慢成熟的想法。一定发生过什么特别的事件，有过某种经历，或和什么人谈过话。是这些使你产生了这样的想法。”

“是的，”我会回答说，“确实有过某种经历，但我不愿意谈。”为什么？“因为那是我自己的事，”我将坚定地回答，“因为我无法描述，”我将接着回答，“因为，”我将最后回答，“那不是我退出组织的原因，只是一种刺激因素。”

有人，也许是组织的某位高官，很可能是乔治，将给我回信：“你不了解我。你以为我不过是个嚼着口香糖，拿着三十双鹿皮软鞋，娶了你姑姑的广告商而已。事实上，我是在你们这个愚昧的社区执行一项秘密任务，为此我必须娶你姑姑作为掩护。现在说说你。虽然你知道许多内部情况，但你什么都不懂。你从来没有想到过，你所描述的组织只是它的表面。不要埋怨，不要哭泣，不要只想到自己。相信我，我们投身的是最壮丽的事业，没有什么别的事业能与之相比，而我们的事业目前正处于极大的危险之中。”接下来便指示我去刺杀邻国的某位内阁部长，因为此人正在策划煽动利用那里无知的爱国群众，要对我们的会员进行一场致命的迫害。随信还寄来一张机票和一份伪造的护照。根据组织的最高国际委员会签发的命令，我必须明天便出发去执行这项危险的任务。

那样的话，我又该怎么办呢？

有人，也许是李的一位同事，将给我回信：“你讲的全是一些负面的东西。对你来说，组织就是一堆拖累你的职责，但我却可以证明它给人的心灵以慰藉的价值。首先，从历史的角度来说，其次，从个人的角度来说。”来信者继续讲述她的婚姻的不幸，她的丈夫对她如何冷淡，如何百般虐待她。“你一旦把自己的苦难交给了组织，怎么能想到要退出呢？”她接着写道。

有人，也许是组织在另外某个城市的分会的领导者，将给我回信：“我已经给中央委员会写信，提名你做我的接班人。你就是新的领导者了。”

有一封回信可能是我在十多岁以后就再也没有见到过的同学摩根写来的，她比我晚两年加入组织。（我在组织的档案库查看过她的案卷。她住在乡下，这对我来说似乎是个好兆头，但是我不知道她已经在一年半以前在一次组织的秘密仪式上被开除了，她是在这之后才买了乡下的这所别人不要了的房子然后把它修好的）。摩根的信并不是对我的直接回答，她的措辞和我恰好相反。信的开头是：“我想回来，但我做不到。”

如此等等。我尽力想象可能收到的各种各样的回信，但结果无法预测，因为并不是所有的回信都是刻薄挖苦的，有些回信也可能是充满同情的。

如果我了解到自己并没有什么与众不同，我苦苦寻觅的知己实际上到处都是，一点也不难找，这难道不是一件很奇怪的事情吗？也许打算退出组织的想法在会员们中普遍存在，成千上万的与我类似的怨言在全世界到处流传。如果情况真的是这样，我应该留下来吗？

不，除非领导者亲自挽留我（我要把我写的这篇东西也给他送一份去）。这一点似乎不大可能，但谁知道呢？从他的嘴里什么都可能说出来。

有一个关于组织在另外一个国家的领导者的故事。一次，他当着一位得意门徒的面裁决一件案子。两个女人发生了争执，他听了一方的说法，考虑了一会儿后对这位原告说道："你是对的。"那个女人走了出去，她的敌人走了进来。领导者听了她的陈述，停了一会后对她说道："你是对的。"这第二位原告也和前面那位一样满意地走了，她们都认为自己得到了公正的裁决。两个女人都走了以后，那位得意门徒忍不住大声说道："但是，老板，两个人的说法完全相反，您却说她俩都是对的。这样不对，这不可能，您错了！"领导者思考了一会儿后又对门徒说道："你是对的。"

我想起了老头那篇精彩的论述处理矛盾的原则的文章，那是第三篇经文的主题。虽然我可以很容易地想象到他会对我申斥一番，痛责我的傲慢无礼和浅薄无知，但我也能想象到他同意我的看法。

也许我会收到一封领导者本人写来的信，说他也想离开。其实他一直想离开，但是不敢。让他那些被谋害的亲属都见鬼去吧，让他的那些责任都见鬼去吧。虽然他已经很老了，但他还是想追寻生活的乐趣——跳舞，追逐年轻姑娘，冲浪，吹萨克管。他建议我俩一起辞职。

如果我发现情况是这样，我就会留下来。

…

我把迄今为止我已经写出的这些怨言又重读了一遍，注意到了其局限性。（作为一名翻译人员，我对文本有一定的知识。）我读得如坐针毡，因为我认识到自己没有本事做到既审查了自己的困境而又不将其具体化。那种真正的会员的沉闷呆滞，毫无生气的口吻！但不管怎样，别的会员都将会辨认出我的声音，它是我的身份证，就像我拇指的指纹一般。

噢，我要是能改变自己的文体（那样我就不必考虑改变我居住的国家了），从自己的躯壳里跳出来就好了。当尼基说“你不可能变成另外的什么人”时，我曾小声地说道：“我能，我能，尼基，那正是我必须做的。”如果我能留下来，我必须自豪地承担起责任，否则我就真得走了。

如果我把这里已经写下的这些话重写一遍，也许能够做到更有说服力。如果我能把文章写得诗意盎然，不可预测，简明扼要，能爱上那些事情就好了！但是，天哪！这个单薄，顾虑重重的声音就是我的声音，如果我能改变我的声音，把这些话写得大不相同，我就不再是我，也不会有那些问题了。

我这位翻译要纵容自己做出一些归纳了。

我的问题和我的语言是相同的。我的意思是说，假如我没有这种语言，我就没有这个问题；假如我没有这个问题，我就没有这种语言，也就不需要你的帮助。

因为我只能用这种语言，所以我被迫向你求助，希望得到你的同情。但也存在这样的可能：单凭这种语言无法唤起同情，起码是我所尊敬的人的同情。

请你对我说实话。由于我写作的方式，我已无法获得你的同情吗？你认为我毫无激情可言，一点也不自然，过于泛泛而谈，完全脱离实际吗？但我向你保证，我有我的身体。如果我没有告诉你更多的关于我自己和我的身体的情况，那只是因为我知道我的问题是一个普遍性的问题。

我要尽力保持镇静，我要尽力不歇斯底里。

这一大段拉拉杂杂的语言的迸发属于谁？属于我，是的。但是我不承认它。我的声音只是我自身的一部分。如果我藏身在一种僵硬，在一定程度上有点过时的声音后面，用不容置疑的口气对我的困境的细节毫不具体地泛泛而谈，那是因为我感到难为情，怕羞——害怕，因为我不自由，因为我是我，因为我是一名会员。但即使我是我，我也能希望有所不同，我想你会承认这一点。

也许我的职业也是造成我的语言不够地道的原因之一。我工作在两种（或多种）语言之间，但这似乎也没有什么不妥之处，因为在一定程度上，我的问题也存在于两个（或多个）问题之间。如果我自然而然的遣词造句并不很符合一种语言的规范——那给我提供了如此丰富的词语选择和节奏变化的漂亮的母语，而是包含了一些别的语言的因素，那也是合适的，因为我的问题也包含了一些别的问题的因素。

我用来向你讲述了这一切的语言是一种漂浮在地面上的语言，就像我的问题（我已经向你讲述了的问题）是漂浮在地面上的问题一样。也许我的语言有点蹩脚，这一点我并不打算为自己过多辩护。但我的问题是实在的，即使那只是一个大家熟知的问题，是一种旧怨，一种异教徒的怀旧之情，一份异议人士的致歉书，一个叛徒的感伤的流露。

我知道我的困境也许是被人不齿的，你可以想象出我的感觉，也可以想象它怎样地影响了我的写作。它破坏了我的习惯用语，抑制了我的声音。请别对我过快下结论。

如果我重新从头开始，你会更明白一点吗？不要笑。

我听说有些会员从来不开邮箱。他们太忙了，忙于谈话，忙于读书，忙于叹息，忙于挥手，忙于养育孩子，希望孩子长大后也参加组织，忙于自我完善和改造世界，忙于抚摸胡须，忙于逃离可能的杀手或留下来被杀，忙于写书，忙于挣钱，忙于用他们富于表情、沉重忧伤的双眼讥讽地四处张望。但所有这些都不是答案，这些事情我也能做。

对我说话！回答我！

我将等待你的回答！

（徐天池 译）

# 宝　贝

## 星期一

医生，我们决定最好还是把问题摆到一位真正有能力的专业人士面前。上帝知道，我们已竭尽全力，把能做的都试着做了。可有时候，人不得不承认失败。所以，我们决定和您谈一谈。不过，我们觉得最好是分别来。如果我们一个人星期一、三、五来，另一个就星期二、四、六来。这样您就能听到我们两个人的观点了。

几笔债。不多。我们设法生活得收支相抵。

我们当然付得起。我们不想节省必要的开支。不过，说实话，我们挑选您是因为您的收费比其他某些人更合理。而且格灵威医生说您是解决这类问题的专家。

没有，我们目前什么都没做。只是平安渡过难关。

当然没有。所以我们才来您这儿寻找答案。

您需要了解哪些情况？

是的，我们两个去年都做过体检。

都出生在本国，纯粹的本地血统。什么？您认为我们是外国人？您是外国人吧，是不是，医生？您不介意这类问题吧，介意吗？

开始的时候，您可以想象，我们都非常自信。收入丰厚，住房贷款全部付清，还是三家会员制——

有时候。当然。别的夫妻不这样吗？只不过他们忘得快罢了。那种时候我们会看场电影庆祝一下。我们从前还去“古罗马广场”看戏。但我们现在可没时间去那儿了。

噢，我们宠爱他。说到底，当你有一个——

相当正常。一个星期一次或两次感谢上帝，这方面一点儿都没问题。

不，是活动小组建议我们来咨询您的。我们可不想说这全都是靠我们自己。不过我们很可能迟早会想到的。

是的，当然。我们确实如此。但是这有什么不对吗？我们真的相处得很好，尤其考虑到我们不同的教育背景。

也许在您看来我们的问题挺可笑。

不，不，我们不是那个意思。

好吧。

那扇门吗？

## 星期二

真正的问题是宝贝，医生。

什么？

噢，主动把句子说完整。他刚刚开了个头儿。

我们轮流来。不远。

他喜欢。每天早上闹钟一响，宝贝就会把冒着气儿的热咖啡给我们送到床上来。

我们试着不干涉。宝贝的房间堆满了杂物。我们提出把大房间让给他，可他坚持——

去年春天我们去大苏尔野营了两个星期。我们想带宝贝一起去，可他不愿意去。他说要考试了得复习功课。

当然，他完全能够照顾自己，自己做饭。即使如此，我们仍然会时常担心。

他喜欢。

可我们担心宝贝在毁掉他的眼睛。他不愿和别的孩子们一起玩儿。

喜剧连环画、爱伦·坡、杰克·伦敦、百科全书，他什么都读。九点钟以后我们把灯关了，他就在被子底下用手电看。我们抓住他好几次。

我们不相信老式家庭。每个人都想高人一等。我们谈过分别休假的事儿，偶尔分开一段时间对彼此都有好处，您说呢?

不，我们决定不搞婚外情。说谎太可怕，而且我们两个都生性好忌妒，所以似乎最好别。

您对人性的看法相当愤世嫉俗，医生。也许您和有问题的人待的时间太多了。

是这样，一开始就是。我们不像某些人那样觉得诚实很复杂。说到底只是需要一点点勇气而已。还有自尊。不过我们可能是老派人。

一个梦。您说怎样就怎样，医生。可是这得等下一次了。

## 星期三

您大概见过很多吹嘘自己孩子的父母。可宝贝是真的早熟。在他小时候，我们想方设法不让他知道他比别的孩子聪明。我们不想让他骄傲自大。

也许我们如果年轻一些……

不是您说的事故。就我们而言。胚胎是有自己的权利的。不论你们医生怎么说。

不，我们从来没想过领养孩子。

宝贝很健康。

那会不一样的，是吗？

当然，有时候我们会希望宝贝擅长体育。可事实上他连游泳都不会。他在儿童池里也只会乱扑腾。到了真正的游泳池，他几乎连一米也游不了。

这种观点不是很庸俗吗，医生？高智商的运动员可能不多，所以这点我们就算您对吧。可是我们还是不明白为什么脑筋好的孩子就非得一天到晚待在家里，连野营都不去。

我们当然鼓励他。

您知道吗，我们两个人都记得怀上宝贝的那个晚上。

不。他从来都把他那些小小的麻烦事儿告诉我们，打一下就足够了。我们就再也不会遇到同样的问题了。

女仆。

是的，他过去爱咬指甲。不过早就不咬了。

我们想搬到一个更好的住宅区去。大概会超出我们的能力。可是和宝贝一起玩的那些卡达伊区的孩子们太野。那个星期天，我们开车经过托潘伽峡谷，看到了一个复式结构的庄园住宅，住宅里有一间三车房，宝贝可以用一部分来做他的化学实验室，还可以养他的鸭子和六只小鸡。

两只鸭子。

劳利和比利。听起来挺好笑，是不是？

没有，他还没给小鸡起名字。

今年是全A。我们答应过他，如果他上了优秀生光荣榜，我们就给他买辆自行车。

噢，学校不错。标准很高。老式纪律。而且他们采取所有必要的预防措施。宝贝昨天染上了麻疹。他的班主任早上十点左右就给家里打来电话。这所学校很细致，他们也是不得不如此，因为两年前发生过一起绑架案。

不，您的话我们之间从来不谈论。您告诉过我们不要谈，对不对？我们俩谁都不是聋子，医生。

已经到了吗？

## 星期四

我们在宝贝的床头柜抽屉里发现了一盒避孕套。您不认为这对他来说还太早吗，医生？

宝贝的老师到家里来，她想知道宝贝有什么不正常。

或许宝贝也应当看医生。

宝贝记日记。上着锁哪，告诉您吧。

什么都记。他记得去年的超市价目、烟尘指数、电视节目里的对话、股市闭市时的平均价。他还记得我们所有朋友的电话号码。每天晚上他都能把我们在快速路上经过的汽车车牌号一个不落地说出来。我们考过他。他简直是个无用信息的垃圾筒。

他曾在“温室”外面等过几小时，就因为斯蒂夫 · 麦奎恩有时候去那儿吃午饭。

篮球。他也擅长排球。

正常出麻疹，生腮腺炎，扁桃腺炎，很正常，在他小时候。戴了三年牙套了。

他睡觉打呼噜。他曾经有过两次……

您知道宝贝的怪事儿吗？他每天清晨四点钟都会笑出声来。他肯定在做梦。如果当时你试图弄醒他，他却什么可笑的事儿都没记住。

他笑起来真可爱。可爱极了。它使我们浑身上下都热乎乎的，即使是在隔壁听见他笑。

实际上我们试过一次。我们站在他的房门口儿，等待四点钟。一听到笑声我们就冲进屋去，把他推醒，问他梦见了什么。他睡得迷迷糊糊的。一开始他什么也没说，后来，您知道他说什么？

您永远也猜不到。

“鱼，”他闭着眼睛说，提醒您哦。然后他又笑了几声，重复说“鱼”。然后他就又睡着了，还打起呼噜来。

我们早上问起他，可他什么都不记得。

还有一次，我们实际上并没有叫醒他。那是去年春天，我们在大苏尔野营，睡一个帐篷。准得很，四点钟时笑声准时响起。为了证实我们还看了一下表。然后我们就轻轻地喊："宝贝？"

结果您知道他说什么？当然是在梦里。

他说："拿破仑坐在一辆驶往厄尔巴岛的密封火车里，"然后就笑呵，笑。特棒吧，您说是不是？这孩子就连做梦也做得棒。

也许为孩子这么操心挺愚蠢。您是不是这个意思，医生？

我们想方设法给他提供一切有利条件，可是——

是的，有时候。不经常。

您认为我们错了？

好吧。我们原来也这么想。不论怎么说，是女仆发现的。

噢，朱安妮塔喜爱宝贝。见过宝贝的人都知道他与众不同。尤其是孩子。

我们一直说不准您是不是应该亲自见见宝贝。这样您才会明白我们的意思。

## 星期五

宝贝昨天在学校流鼻血了。

儿科医生说他很健康，除了扁桃体增生。您认为他应该再做一次体检吗？

我们认为蛋白质非常重要。

我们按照格灵威医生的指导，设法自己应付。可为了个人问题占去小组活动太多时间似乎不公平。

当然，我们设法说服他去看诊疗师。可他拒绝去。

完全正确。我们也是这么想，通过和您交谈去帮助宝贝。

那么做没用。上星期我们增加了宝贝的零用钱。

用绿纸片。他做不到。

宝贝说他长大以后要当传教士。他睡觉枕木枕，底下压一本《圣经》。

此书从巴罗的一家“拱顶小屋”得来。这是一家印第安人拱顶小屋式的汽车旅馆。

热得可怕。您知道巴罗的夏天有多热。我们都快热得憋死了。可是宝贝对热却一点儿不在乎。

我们六月份去那儿可能是疯了。可我们一觉得闷得慌，就只好坐进汽车里开到什么地方去。

宝贝很擅长机械，您知道吗。那天晚上他还修理了书房里的电视呢，当时我们正忙着准备八位客人的晚餐。

有时候我们也因为他太偏理科而感到遗憾。有点儿像家里老有一位年轻的弗兰肯斯坦医生。不论人们怎么说，还是得承认科学使人冷酷。

比如去年夏天他的好友米奇因患骨髓灰质炎而死。我们试图不让宝贝知道这个消息，因为我们怕他太难过。可是我们告诉他时，他好像一点儿都不难过。

您真想让我们问他吗？如果他不同意怎么办？

您知道吗，医生，这可是自从我们来您这儿，您头一次笑。您应该经常笑一笑。

就这么说定了。您为什么不一开始就这么说呢？

## 星期六

比蛇牙还尖，诸如此类的。您不介意我们有一点儿粗野吧，介意吗，医生？能够谈一谈真是一种解脱。

我们想让他上钢琴课。

爱好没问题。

嗯，这取决于您认为什么是毒品，不是吗？

不。

只在学校。

一点点，小剂量，不过他保证已经戒了。

从来没有，感谢上帝！那会把脑子彻底毁了，对不对？

更难办的是宝贝好记仇。

等等。宝贝是不是想背着我们见您？

怎么不会？听着，您好像不明白他有多聪明。

宝贝说他出生在克里普顿星球[①]上，还说我们不是他的亲生父母。

嗯，一个只有五岁的孩子说他要获得诺贝尔奖，您会怎么想？我们会觉得认识他很骄傲。他是对女仆说的。

化学。

他第一次离家出走？是的。

带着一支气枪。

---

① 虚构的星球，美国电影《超人》中主角超人的出生地。

不，不太远。

海洋公园里一个卖日式炸虾的小贩让宝贝把学生乘车证拿给她看，然后她就给我们打了电话。她看见宝贝一连玩了四小时的翻滚过山车。

警察那次是第三次。我们特别不愿意给警察打电话，可好像再也没有其他办法了。

人人都有不幸的童年。起码人人都这么想。我们做了什么特别不对的事吗？当然，现如今没人尊重家庭了。我们知道宝贝在学校里会听到什么说法。但我们在家里还是想办法提供某种平衡，教给他——

不，他的表哥表姐表弟表妹们他全都不喜欢。当然他们都不如他聪明。可即使如此……

他的表哥伯特被加州理工学院录取了。

他一直喜欢别人把他当大人待，而不是孩子。给他一点儿责任和工作，他就会喜笑颜开。

每当他觉得我们把他当孩子待时，他就会大发脾气。

不，不严格。我们不忍心。不过有时候我们还是得严厉，为他好。

咳，这方面还真得承认他不错。我们知道对他来说反抗我们是必要的。

那不一样。

不管怎么说，早熟的孩子与众不同。您不会打算对我们说一个能读叔本华的八岁孩子是容易对付的吧。

好吧。我们明天再想办法解决。

那太好了。嗨，整整一天没有您我们怎么办?

当然，当然，我们会做的，而且不直接问他。您真把我们当傻瓜了，不是吗? 和宝贝一样。

## 星期一

昨晚小组活动后我们吵了一架。吵到一半的时候，我们发现宝贝穿着睡衣在门口听着呢。

我们早上发现他又尿床了。

呵，我们做过。我们想过睡单人床。宝贝有个习惯，星期六和星期天早上爬到我们床上来。

我们有时候会有婚外情。我们觉得我们不应当把对方看得死死的。但我们之间互相开诚布公。

听着，人人都应该过自己的生活。

也许太晚了。而且我们必须面对现实。我们现在的这个孩子还没管教好呢。

他从来不说。他喜欢大孩子。他的好朋友八岁了。她叫瑟尔玛·德拉拉，可他叫她花季。她叫他香草。他们在一起简直太可爱了。他对我们说要和她结婚。这两个孩子能坐在前厅的壁柜里叽叽咕咕地说上几小时。

我们去街南头的特乃尔家玩桥牌时，瑟尔玛就为我们看孩子。通常是星期四晚上。

特乃尔夫妇。他们是朋友，医生。

不，他们不是活动小组的。他们不是那类人。

您这是什么意思? 到底是谁告诉您这些的?

噢。这个么，不是真的。我们对这类事不感兴趣。当然我们也不反对。其他人可以做他们想做的事。

医生，您为什么要问这么多我们之间的问题？我们和特乃尔夫妇的友谊不会帮助您了解我们和宝贝之间的问题的。

宝贝不认识特乃尔夫妇。他们的孩子和他不是一个年龄。

当然有区别。您知道，抚养孩子是一门艺术。我们看到太多的父母对此并不认真。

## 星期二

您的病人多数都是某个小组的成员吧，医生？

只是好奇。

我们有过一次。我们决定离婚。可我们无法做完全过程。宝贝会非常不幸福。

首先要教会他如何照顾自己。宝贝对人太依赖了。他随时都会跟面带笑容的陌生人走，只要人家答应带他去迪斯尼乐园。

我们轮流送他去上学，怎么小心都不过分。

您住在城里哪个地方，医生？这里并不是您的公寓，是吗？

噢，您运气好。现如今找个好房子太难了。

宝贝去格利菲公园放风筝时遭到了抢劫。三个墨西哥男孩子。

他身上有七块钱。

只有一把刀。

不，他没受伤。

他刚刚得到那套化学用具时真是太可爱了。他说他打算发明一种神奇的配方，让我们长生不老。

我们偶尔也发愁，因为他出生时我们都不年轻了，不能像其他父母那样和孩子那么密切。并不全是过去说的那种代沟。可还是……

当然，年轻是一种心态。我们锻炼身体。我们跑步。我们也不吸烟。

我们赤身裸体地在宝贝面前走动？当然不！我们倒也不会反对。可宝贝是这么的美好。

有时候一想到时间过得这么快，我们的心就沉甸甸的。他已经变了很多了。

从我们每个月给他拍的成长记录照片里就能看出来。那个照相簿可能比我们在这儿说的所有的话加在一块儿还管用。

这么说就怪了，医生。您完全明白我们需要什么。

## 星期三

和他讲道理。我们就是这么做的呀。可是他非常——

他去年起就拒绝吃早饭。现在他又不喝牛奶了。我们提醒他这肯定会影响他的发育。

奶酪面、香蕉片、喷瓜、玉米片、比萨、玉米饼卷，您知道孩子们用来填肚子的那些垃圾食品。

宝贝说他不赞成有嗜好。想得到吗！不过当然了，他还是有嗜好的。和别的孩子一样。

飞机模型。可宝贝不买那些现在能买到的塑胶模型。他自己用西印度轻木做零部件，还做了一个设计新颖的螺旋推进器和一个用棒棒糖的棒棒以及橡皮筋做的尾柱。这鬼玩意儿看起来好像真能飞。

听着，宝贝对他的神童脑袋特别在意，绝不会涉及毒品。而且他还特别不爱交际。我们甚至怀疑他在学校不同别的孩子说话。

也许都一样。您应当去看看那所学校。乱得很。

没有监督。孩子们为所欲为。老师简直是害怕学生。

也许中国人的观念对，他们还有真正的邻里观念，婚姻稳定，孩子尊重父母。当然人们缺乏物质享受，也不允许思考。就是想一想也给我们带来不少好处。可是说到沉重的思想，看看它给宝贝带来了什么。

您不相信，是吧，医生？瞧您脸上那副自鸣得意的表情。您以为您把我们看透了，是不是？也许您现在看出来了我们并不像您想的那么类型化。我们是真正的激进派，尽管我们并不表现出来。

宝贝认为我们是激进派。

他现在正在经历保守阶段，就像时下许多孩子一样。

宝贝在床头插着一面联邦旗。

去年圣诞节时，我们送他一张皮特 · 西格尔的反战歌曲唱片。他能用他的小胖手把唱片放到留声机的座杆上。

他过去经常是一连几个钟头地放这些歌儿。在浴室里也唱，边唱边玩儿橡皮鸭子。

现在过圣诞节和生日时他只想要现金。我们不知道他把钱花在哪儿。

噢，我们不限制。听着，孩子们有权过正常生活。但是这并不意味着我们没有觉得被排除在外。有时候我们看着他做蠢事，真的不得不忍住不讲话。

可他好像不像别的孩子那样喜欢找乐子。老是学习。忧虑。他太犟了。

宝贝理平头，医生。更糟糕的是，您知道他怎么说吗？

他说他知道这种发式是有史以来最不漂亮的。而且就为这个他才喜欢平头。他说这意味着把注意力从人的外表转向内心。

一想到宝贝是这么个清教徒真让人感到奇怪。

我们劝他把头发留长点儿，和其他孩子一样。

您的头发挺短，是不是，医生？

## 星期四

他又故伎重演！昨天又逃学了。可又去看电影了。起码我们希望如此。

宝贝看了十三遍斯蒂夫·麦奎恩[①]主演的《胜利大逃亡》。您不会说这部电影代表了——您常去看电影吗，医生？

从来不。就是他把女孩子带到自己房间去，我们也装看不见。毕竟我们拿不出钱来为他租套公寓。现阶段还不行。但我

① 好莱坞六七十年代著名的硬汉派影星，出演的角色大都是比较边缘的“英雄人物”。

们觉得他不该为此受到惩罚。我们的问题。

后来有一天我们发现他偷东西。

呵，不，他不知道我们发现了。

不，还不能确切地说他好出事故。

可是他从不告诉我们哪儿出了问题。这叫我们总为他操心。

他一直想要一条狗，可我们觉得他责任感还不够。况且他总是隔一天上学就迟到一次。所以您可以想象一下如果他有了一条要遛的狗会怎样。

让他负责任从来都特别难。他以为我们就是跟在他身后替他收拾东西的。

您该看看宝贝的房间。他从来不扔掉任何东西。他所有那些破破烂烂的《国家讽刺文学》，还有《阁楼》和《滚石》。一缸缸的硬币，还有上帝才知道的东西，电影票、道奇计分卡、脏兮兮的纸巾、香烟头儿、旧糖纸、空火柴盒、可乐罐，还有扔了一地的衣服。还没算上那些藏起来的东西。

过去他一去上学，我们就去给他收拾房间。可当他一有什么东西找不到了就会大发脾气。现在我们什么都不动。

如果他想像猪那样活着，就得体会那有多么不自在。

有一些，我们承认。它们后来都成了收藏品。当然，宝贝不会卖掉它们。可您不会想告诉我们宝贝攒了六年的《电视指南》将来也能值钱吧。

人们不得不有所选择，是不是，医生？

## 星期五

您说体重逐渐增加不是一种好征兆吧，医生？

这六个月以来。

不比平时多。

不，他不吸烟。为此要感谢上帝。事实上，宝贝总拿吸烟和我们开玩笑。他有点儿疑神疑鬼的。从小就是。

我们当然试着戒过烟。谁没试过？

也许他是怕我们会在他长大前死去。

相当长寿，两家都是。但我们不能对宝贝谈长寿。一提这个他就发火儿。好像是在提醒他死亡。

宝贝最好的时候是搂着他的时候。回答问题时我们有时会觉得力不从心。可当他比较直接地表示需要我们时，那真让人太愉快了。

他要是更爱笑就好了。他笑起来真是美妙。

宝贝的牙齿长歪了。他生下来上颚就太高，不正常，产科医生告诉我们的。

不，可这正是引起扁桃体增生这个麻烦的原因。当时的预见是正确的。他后背上还有一小块蓝色胎痣，叫作蒙古斑。我们绝对没有东方血统，这是肯定的。产科医生说这在白人婴儿中非常罕见。

起码到那时候。直到青春期，他一直光着身子在家里玩儿。我们提示他，可他还是老样子，我们就不说了。我们当然不愿意让他以为我们——

非常正常。

十五。不，不对。十四岁半。

嗯，我们就这么看。那以后我们自然再也没见过他赤身裸体。

您可以说他很爱打扮。有时候他会在早上花一个钟头时间决定是穿“自然先生”还是“野人柯南”的T恤衫去上学。

我们总觉得宝贝在对我们隐瞒什么事。他羞于开口。尤其是他在新闻课老师伯格先生那里受到的打击。

宝贝是学校校报的编辑，也是初中部校报的编辑。

当然，是正常的，从一方面讲。您不必告诉我们这个。但您应当理解我们是有些忧虑。

我们不过是不想让宝贝受到伤害。我们看到过要是伯格不称赞他的哪一篇社论就会发生什么事。宝贝会气得一连几天眼泪汪汪的。

不，如果他将来干这行我们不会反对。我们学会了一件事，你只要快乐，就已经占了上风了。

这并不意味着宝贝结婚以后我们还不能解脱。我们对您说实话。

我们也不相信早婚。年轻人得首先找到自己的位置。

她父亲是洛克西的系统工程师。我们应当把她的情况告诉您。这次讲太晚了。

## 星期六

不提一些事意味着我们不想再回到上次咨询结束的时候，

对吧？

看上去坏了。

别管它，没什么。我们家里还有一个。

也许我们可以每天加倍。我们两个人可以每天都来。一个上午来，一个下午来。

那自然。那么星期一开始？

嗯，好像没什么好转。

不，也没恶化。

不，我们为什么要悲观，医生？

我们生性不是悲观主义者。我们不过是想现实一些。

劳利死了。

鸭子呀。记得吧？我们告诉过您。

在后院。烛灯下。

不厉害。挺令人惊讶。如果说宝贝听说乔治·华盛顿已不在人世就哭的话，我们觉得他起码也会为劳利哭。

我们主动提出来再为他买只鸭子，可他说更想要一条蛇。卡尔佛市有家卖蛇的商店，上星期四放学后他和朋友去过。他想让我们和他一起去，可我们说以后再说。宠他，要什么给他什么，没好处，对吧，医生？

真好笑宝贝现在喜欢上蛇了。从前我们在多西尼山上有栋房子，那时他还特别怕被响尾蛇咬着呢。

我们假装没闻到他房里的大麻味儿。他也假装不知道我们假装没闻到。

当然，窗户是打开的。

他在买大量的黄色书籍和性知识手册，我们觉得。您会觉得这类事他已在学校里学得够多了。

宝贝听录音带时戴耳机。我们不认为这是针对我们的。但这是他排斥我们的又一种手段。而且，他听音乐时脸上表情几乎是下流的。

您在把我们的谈话录音吗？好玩儿，我们从没想过要您这么做。您办公桌上没有录音机。不过当然了，这说明不了什么。

我们不介意。这可能是个非常好的制度，尤其是记忆力不够好的人。开始吧。

您肯定吗？

事实上，我们听一听自己的谈话说不定也会有帮助的。您可以放一部分录音给我们听，我们还可以就其发表评论。

真的，您应该想到的，医生。

## 星期一

什么压力？

一年后，当他从“西方”退学时，我们没坚持要他找工作。我们告诉他这里总有个房间，恭候着你。

他四处闲逛。

那是后来，他试着做了点儿事以后。

对。然后我们四处打听，找到了在长滩的飞行学校。但他因为鼻子退学了。

三次扁桃体增生手术。但他的鼻子仍然有问题。

我们找过没有？所有专家，只要是上帝和人类知道的。

我们肯定会继续努力。我们不能让孩子一辈子用嘴呼吸。

噢，有件事。趁着还没忘。昨天晚上活动时，他们要我们报告一下我们和您的咨询，医生。您不介意吧，医生？

不满意？当然不是。

有时候，不过说实话，我们的印象倒是您不满意。对我们。

噢，那就是不耐烦。对不对，医生？

听着，假如您认为我们有兴趣延长咨询，您就犯了可悲的错误。更别提浪费掉的那些钱了。

OK，可想想看我们有多么不耐烦。我们不得不每天面对这个问题，一天二十四小时。您不过就坐在这儿听我们说，然后我们一走您可以把我们忘了。

当然，我们也有高兴的时候。我们否定过吗？

宝贝今天长了一粒新牙。别以为这不令我们愉快。可这不能把其他的事一笔勾销呵。

怎么做？我们不能只从一个时刻活到另一个时刻，像野百合那样，医生。我们也许真愿意那样。我们有记忆和希望。还有恐惧。

怕您？我们为什么要怕您？

感觉是一回事。良好的建议又是一回事。

我们怕宝贝。

## 星期一

我们怎能有好脸色？他又开始酗酒了。龙舌兰酒、南方安慰，还有一种叫什么乔治亚月亮的坏东西。

道德力量？说说容易做起来难哪。

宝贝有他的个人意志，这一点您不理解。可怕的意志。设法制止只能使他变本加厉。

他曾坐在儿童学步车里摇摇摆摆、一点一点地走过整个厨房，然后把手掌放到烤炉上，那以后我们不得不在便携式烧烤架前面安上栏杆。

烧伤非常严重。他那两只小胖手被绷带一直绑到手腕，像戴了手套似的。不过儿科医生说不会留下伤疤。

说不准他是不是知道到底什么使他痛苦。或者——那就更糟了——宝贝使自己变成感情越来越少的人。

瑟尔玛·德拉拉搬走以后，宝贝伤心得无以复加。您记得我们对您讲过瑟尔玛吧。他在一年级时最好的朋友。

他已变得既冷漠又心硬。不论我们想做什么，他都要反对。我们重视的事物他都鄙视。

昨晚他爬到房顶上把一面黑色大旗挂到电视天线杆上。

忍耐！您以为我们这些年在干什么？您听到过忍耐极限吧？

我们一直四处打听特殊学校。不是医院，当然了。他不会觉得是被关了起来。只是一个有人知道怎么对付他的地方。那有什么用处？做了的已经做了，不是吗？

但我们仍在努力。您觉得我们到您这里来究竟是为什么？难道不是证明我们相信——

已经到了？

## 星期二

您伤风了吗，医生?

是离题了，当然。但我们特别想知道您的意见。您相信大剂量的维生素C吗?

宝贝信。他近来成了一名健康狂热分子。

宝贝每天要吃五十片维生素C。可他仍然会得感冒。

对一些事情神经质，是的。宝贝曾把一个没煮熟的鸡蛋吃下去又吐出来。他还拒绝吻蕾伊姨妈——伯特的妈妈——因为她脸上长了个黑痦子。

不，不是他的想象。她的确长了个痦子。这孩子可不是个一脑子糨糊的废物。

可我们觉得那不是真正的原因。

蕾伊是个好心人，可你得知道怎么和宝贝打交道。你得先赢得宝贝的信任。他不娇气却十分敏感，和所有早熟的孩子一样。

你不能直接抓住他不放。你得先跪下来，看着他的眼睛和他说话。然后才能触摸他。

宝贝从来不喜欢让人抱让人亲，或坐到别人膝盖上。他懂得的比你以为的多得多，即使还不会说话时。我们早就领教了。

您知道吗，医生，您刚才说的让我们有些惊讶。如果有什么误解，我们最好马上澄清，宝贝并不是不正常。

我们没有您的门诊经验。可我们知道正常与不正常的区别。

当然，我们可以给您举个例子。前不久宝贝告诉我们，两年来他每次坐车去学校，都会听到一个声音。那声音说："坐左边，不然你会死。"或者："坐右边，不然你会死。"每天早上他都无法知道那声音会给他哪种指令。

对。但等我把话说完。我们当然非常不安。那天早上宝贝告诉我们的时候他正在吃早饭，准备上学去，他很随便地一说，可我们的心都往下一沉。一旦开始听到声音，而且那声音说如果你不服从就会死，情况就相当严重了。

不过我们当时就想到问宝贝一个问题。我们问他，当你上车时那声音要你坐的那一边却已经坐满了人，这种情况发生过吧？而且你还不得不坐到了另一边。

"当然，"宝贝回答说，"发生过好多次。"那后来呢？我们问，心想不知道宝贝是否注意到尽管他没有听从那声音的指令，他也并没有死。

"噢，后来嘛，"宝贝乐呵呵地说，"后来那声音就说'今天没关系'。"

您怎么认为，医生？

其实这很明白。我们敢打赌，您就是在这行儿干了一百年，也找不到比这个更棒的例子了，它说明了机能性精神病和神经官能症之间的区别。精神病患者不会在最后一分钟听到一个声音说"今天没关系"的。

我们并不是非要您给我们多少希望。可他并不是不正常。那不是问题所在。

可能更糟糕。

## 星期二

宝贝已变成素食主义者了。我们逗他。他长大后就会过去了，您不觉得吗?

庄园牌奶酪和鲜菠萝。还有许多生豆子。他总在衣兜里放一些。

他从不照看自己的物品。衣服就该破掉烂掉，对宝贝而言。

他早就不穿内裤了。现如今这在初中生当中是一种时髦吧，医生?

宝贝有两个月不洗澡了。

1－Y级。他都说他已准备好了去加拿大。我们高兴极了。结果是扁桃体增生也还算好。当然，我们觉得4－F级会更安全。可宝贝说现在其实都一样，我们不必担心。

他现在一点儿不尊重传统观念。他们中学生在毕业典礼上演奏了《希望和光荣的土地》，我们都哭了。宝贝却根本没去参加。

他显然还在坚持。

我们只希望减少一些伤害。这个要求不高吧，对吗?

假如他能对我们说心里话，把他的一些问题讲给我们听就好了。

我们两个人一生都不容易。没人帮我们创业，必须自己努力才得到我们现在的地位。但起码我们可以对某些事物坚信不疑。

家庭。

可怜的宝贝！您一定要帮助我们去帮助他。他的生活刚刚开始，我们的生活起码过去了一半。这不公平，医生！

我们什么都肯做。

可我们还能做什么？

## 星期三

宝贝问过不止一次孩子是怎么造出来的。我们告诉他，可他总记不住，过几个星期还问。

准是因为他无法把它和自己的经历联系起来。几次三番地解释使我们觉得特别蠢。

可如果我们不回答他，他可能认为整件事很不体面。

他非常灵巧，只花了一个早上就用一双木鞋学会了系鞋带。

我们的一个朋友送给宝贝一件海军宣传衫作为生日礼物。

罗尼·叶芝。他有个直升机机场。他在直升机上受过伤。宝贝喜欢听他讲打仗的故事。

宝贝想要一套杠铃和一个健身器。我们觉得他的锻炼足够了。

他总在单杠上做引体向上。

宝贝想文身。在两个肩胛骨之间文一个黑太阳，比银币大一点儿的。

是的，可如果他腻烦了却没办法把它去掉。都说文身特别痛。

他也许不怕痛，可也不会那么不怕吧。

宝贝发现了一个使用幻觉剂的团体，他留长了头发很难看。还粘在一起。那个团体的成员住在一辆停在圣帕德鲁船坞的沙滩车里。宝贝计划和他们一起去瓜特马拉勘察，搜集草药。

几次三番吓唬他。我们当时就对他说要停止给他零用钱。可他们事先已警告他这会是他即将接受的启蒙教育的一部分。

可一想到对宝贝的权威最终只是我们在供养他这么一个简单的事实时，我们就气得不行。

他妻子显然也不想去。这是我们惟一的希望。她已安排四月份在农夫市场举行几场正午和晚间读诗会，而且并不想放弃这些机会。

是的，但这一切取决于宝贝是否真爱她。

坦白地说，我们认为宝贝还不知道什么叫爱。这是他的问题。

## 星期三

医生，我们害怕——说出来真可怕——宝贝在给我们下毒。那天夜里我们在他设在车房的实验室里发现他在试图合成硝苯硫磷脂。我们问他在干什么时，他神色惊恐，一时哑口无言。

您说得对。我们应该早就告诉您。但有些事情实在太痛苦了，让人无法正视。即使最勇敢的人也会偶尔充当鸵鸟，不是吗?

我们听说三滴就足够了。

我们说过他曾获得全市中学鲍什和隆伯科学奖的事情吗?而且他那所中学的化学俱乐部也是他成立的。

还有天文学。宝贝圣诞节要一架望远镜。当然,我们盼望他多读书。读文学。那样他就会继承我们两个中的一个。书里要不是印满了图表和公式您就别指望他会看一眼。不过对科学有兴趣还是很实用的。

宝贝怎么就这么一门心思呢。他一旦决定干什么,您就甭打算说动他。您无法想象他有多犟。

当然,人人都痛恨犯错误。可宝贝比大多数人还受不了。

改变专业?怎么改?

可我们能怎么办?我们没证据。我们不能去叫警察。

噢,我们把它们扔掉。趁他不注意。他对这还没说过什么。

唉,我们当然再也不会像过去那样睡觉了。

开着灯。

当然,我们今晚还得如约去特乃尔家。如果我们不去,宝贝准会起疑心。我们可不能表现出我们知道了。

这是我们现在惟一的有利之处。他以为我们糊涂。以为我们什么都没发现。

嗯,如果我们在明天咨询时间没出现,您起码会知道原因,医生。

您不喜欢俏皮话,是不是,医生?听着,如果我们对这件事始终都很严肃的话，我们会发疯的。

嗨，不用担心。您想让我们半夜三更给您打电话，让您知道我们还没有分别得到各自该得的那四十下和四十一下斧劈[①]吧？

不，宝贝应该和伯特一起去维尔舍·伊贝尔剧院参加一个玩溜溜球比赛。

宝贝幻想他有上帝般的全能。

不，具体得多。他的幻想是他觉得凡他看见过的人都受到了祝福，诸如此类的，可要他注视这个人。即使在人群中只看了一秒钟。所以他要尽可能多走一些地方，他的目光就可以覆盖最多的人了。他说这是他的职责。

嗯，确切地说不是祝福。而是只要他看了他们一眼，他们的生活就不一样了。他所见到的人都将得到他们应该得到的。好人会得到报答。坏人迟早会受到惩罚。

不。他说他还拿不定他对照片或电视上看到的人是否有作用。

这会使他的能力范围更大，是不是？他起码还在犹豫不决，我们也许应该从中感到一些鼓舞。

正义！这和正义有什么关系？世界上最让宝贝不感兴趣的事就是正义了。他想让我们难受。他想让我们在自己家里感到不受欢迎。

---

① 照美国法律，此类罪犯可能被判处的监禁时间最长是五年；但根据情况可以最短服刑一年即获假释。

## 星期四

您为什么这么咄咄逼人，医生？如果您认为您不能帮我们，我们可以去看别的医生。

嗯，当然，凡事都是相对的。不是吗，医生？

我们希望宝贝更独立。他从来不会有啥说啥。他一向什么都不告诉我们。

一张水床。我们不能让宝贝去，他会把床搞坏的。

他想让我们感觉被遗弃了。

我们在流血。您看不到吗，医生？帮帮我们。

您是医学博士吗？

是吗？那更好。

噢，我们是不是告诉过您宝贝衣橱里有一支枪？他是全国康复管理局的少年神枪手。

那么您认为用一整套化工实验工具是可能做出毒药的。很贵的一大套。

他在车库里安装了所有东西。这起码会限制破坏力。就像他用本生灯头烧伤自己一样。宝贝参加在长滩海军基地的反战游行时被喷了麻醉气。

他始终是个和平主义者。他四岁时，我们给他读儿童版的《伊利亚特》，听到帕特洛克罗斯死了他就掉眼泪。在他长大前我们一直藏着这本书。

宝贝把斯蒂夫·麦奎恩的照片放在钱包里。他现在崇拜的是这种人。

也许他已经厌倦当敏感的孩子了。可您不认为他朝相反方向走得太远了吗？我们虽然从没要求他当天才，可也从来没要他做懒汉呵。

宝贝的老师今天上午来告诉我们他欺负班上的一个小孩儿，还拿走了人家的午饭钱。

他就是加入了地狱天使甚至更糟的团体我们也不会感到惊讶。

只要他们肯收他。宝贝并不像他想象的那么坚强。

噢，医生，对孩子提要求是可怕的。宝贝是对的。我们该像对待一位外星人那样对待他。我们应该不理睬他到底在做什么。我们应该管好自己，换个活法儿，而不是一而再再而三地把钱胡花乱扔。

不是您，医生。

## 星期四

我们不得不砍掉宝贝的右手。这是惟一的办法。他总是自慰。我们给宝贝做了个小轮椅。一个两边带栏杆的小床，这样他就不会掉下去了。我们不得不砍掉他的左脚，因为他又想出走。我们对他的期望不过是生活快乐，自食其力，结婚生子，有益社会，还有别惹麻烦。

我们对您说的您都相信吗？医生？

这不是一个真正的回答。也许含糊其辞就是您职业的组成部分，可我们只向您提一个直截了当的问题。您为什么不回答？

我们当然对您说实话。

关于脚吗?

是的。

还有手。

可我们已经告诉您了情况非常糟糕，医生。

也许您遇到过太多的人，他们为了得到您的注意而不得不夸大其词。

如果您想知道实情，我们的问题是我们一直倾向于弱化事情。我们喜欢从乐观的角度面对生活。世上的恐怖已经够多了，不用再去发明了。您不这样看吗，医生?

没错。当然了，您可能对生活的看法过于悲观。因为您的多数时间都花在倾听人们的抱怨上。我们一向觉得如果您能乐观地面对一种情境，就更有可能得到一个好的结局。

没有将你致死的事物会使你更坚强。

完全正确。我们正是这样对待宝贝的情况的。

宝贝说没能杀死你的事物会留下伤疤。他也对。

原来您不相信我们吗?

天哪，医生。现在告诉我们这些真是再合适不过了——已经过去了这么多星期。然后您冷静地看一看表，说今天时间到了。您替我们设身处地想一想呵。

毕竟我们今天也许有所收获。

## 星期五

是格灵威医生挽救了我们的婚姻。在参加小组活动前，我们整个陷入了一团糟的境地，彻底互不交流。只去每周一次的聚会——

您说的对。

换个话题谈谈我们自己真是一种解脱。我们羡慕您的其他病人，医生。

嗯，回去工作。

当然，我们都这么做。这不正常吗？

他可以在邮局里做半天工，或去开卡车。吉姆·特乃尔在他开的范·奴伊仓库里给他找了份运输数据职员的工作。可他说什么也不想干。我们提出让宝贝去日本或墨西哥过夏天，只要他答应回来以后在秋天找份工作。可他说他不喜欢旅行。这是不是挺可怕，在他那个年纪？

不是厌倦享乐，的确。他这一代的孩子都有点儿厌倦享乐。但问题不在这儿。

他似乎很愤怒。有时好像根本不值得。我们俩小时候都没机会去旅行。可他好像毫不心存感激。

您常旅行吗，医生？除了生在国外，我的意思是。

什么时候？

那么快吗？

您大概希望到那时您就可以结束我们的咨询了，是不是？

听着，每天两次咨询的经济负担有些超出我们的承受能力。我们还得减到一天一次。

明天？

## 星期六

关于旅行和及时行乐——

不是您，医生。是宝贝。

宝贝以为他会长生不老。我们不想让他失望。年轻而不了解世界其实是再好不过了。

也许应该有人告诉他他不会长生不老。

不行。我们说的话他不会信。应当是年长智慧型的人。如果他认识您这样的人，医生，您就能告诉他了。

告诉他他不会长生不老。告诉他我们也一样。告诉他我们当中会有一个先死但我们已留下了一个新遗嘱。告诉他别记恨我们。告诉他我们所做的一切都是为他好。告诉他我们无能为力了。告诉他我们不是恶魔。告诉他他一向对我们有多凶。告诉他他没有权利指责我们。告诉他我们不必非在一起生活，如果他不愿意。告诉他他是自由的。告诉他他撇下我们不管。告诉他他在往死里折磨我们。告诉他不能就这么一走了之。告诉他他不是我们的宝贝。他出生在 K 地。告诉他我们恨他。告诉他我们从没有互相爱过我们只爱他。告诉他我们知之有限。告诉他我们永远不会回来了，房子和旅行车都归他所有，钥匙就在门口的脚垫底下，而且我们修改了遗嘱，否定了伯特的继承权，对他完全有利。告诉他他永远也找不到我们。告诉他我们会在圣米格尔 · 德 · 阿兰德那座可爱的小屋前面，在喷泉旁边的露台上面等待他。告诉他我们会为他找一个算术补习老师这样他就再也不会四年级考试不及格了。告诉他可以养一条狗——阿拉斯加雪橇狗、萨摩耶狗、救冻犬，什么都可以，多大多蠢都可以，只要他喜欢。告诉他我们的确想过做流产，可那时医生却在墨西哥的阿卡普尔科。告诉他我们毒死了劳利，也想毒死比利，可没有毒死。告诉他要穿内裤，因为不穿内裤太让人恶心。告诉他要吃维生素药丸，还有酵母片和蔷薇果。告诉他瑟尔玛·德拉拉的母亲是个同性恋。告诉他他不比我们好多少。告诉他我们本不该有孩子，可我们当初以为应该有。告诉他我们从没想要他和我们一样。告诉他抚养孩子长大真是太难了，尤其是独生子，等他长大那天他就会明白了。告诉他必须喝牛奶。告诉他留胡子的样子太可笑。告诉他睡觉时不能把牙套摘下来，否则牙齿永远也长不齐。告诉他狗会在客厅地毯上到处撒尿，否则我们才不管呢。告诉他等他有了自己的孩子那天他就会理解我们了。告诉他我们是出生在克里普顿星球的，装作是他的父母，但我们已经厌倦把自己的超能力隐藏在逆来顺受、举止温柔的外表下，已经飞离地球了。告诉他当他不得不自己应付一切时他会想念我们。告诉他应该感到自责。告诉他别纠缠过去，把他的超人衣服烧掉。告诉他他不会得诺贝尔奖，就是得了，那时他也已经老得不在乎了。告诉他我们一向为他自豪。告诉他我们知道他偷了那笔钱。告诉他要打扫自己的房间。告诉他要给蕾伊姨妈写信，谢谢她买的那双旱冰鞋。告诉他我们非常抱歉。告诉他我们也是牺牲品。告诉他我们的童年一点也不比他的好。告诉他他出生时我们高兴得直掉泪。告诉他从他出生那时起我们就开始死去。告诉他我们曾想杀掉他。告诉他我们知道我们在做什么。告诉他我们爱他。

噢上帝，医生，我们的宝贝为什么非死不可？

（申慧辉 译）

# 杰基尔医生[1]

杰基尔在思考。在另外的某个地方，加布里埃尔·阿特森正在查看杰基尔的卷宗。那是一个有点脏污的厚厚的棕黄色的文件夹，封口处印有这位医生的姓名，是用紫色的油墨很整洁地印上去的。杰基尔躺在倾斜的海滩上，他的舌头在嘴巴里转来转去，要把钻进嘴里的一粒沙子找到后吐出来。这是五月的一个星期六，海滩上的人不多。他幼小的孩子在水边蹒跚而行，他的妻子到车上换下湿泳衣去了。杰基尔仰卧在滚烫的沙滩上，骄阳下他的肚子显得平平的，他在思考战争；阿特森蜷坐在一把老式的椅子上（不会转的椅子），他在想着杰基尔。在这两个人之间可以画出一条线，一条像尼龙绳一样实在的线条将他们连接起来。阿特森今天系着一条让城里格外虔诚的信徒们感到诚惶诚恐的花哨的牛仔腰带，腰带上系着线的一头，而线的另一头则一直拴到了远在东汉普顿的杰基尔的右脚踝上。阿特森戴着一副浅色的双光眼镜，假如杰基尔突然使劲拉线的那一头，阿特森就可能会一下子被从椅子上拉下来。如果他真的摔下来了，他的眼镜就会被打碎。

杰基尔看着自己白色的脚趾，把它们屈伸了一下。用词语表达的信息能沿着这条线传过去吗？当然，要用密码。或者，只有暴力才能被传送吗？杰基尔感到右脚踝有点发痒。传送信息的想法实际上反映了杰基尔几个月以来一直在仔细考虑的一个问题。显然，阿特森有杰基尔所不知晓的信息来源。杰基尔漂亮的右腿开始发抖：他也想得到这些信息。有没有他可能插入的渠道呢？一只沙蟹在夹他的脚趾，杰基尔狠狠地蹬了一下右脚。

杰基尔一家在加拿大东部的拉布拉多半岛租了一所小房子来度过整个六月。杰基尔是一名好医生，他一年到头在诊所里每天工作的时间都很长，在这里他也并没有利用假期来放松他绷紧的神经。他在想着阿特森。屋子的木头墙壁散发着香气，但用手触摸时你会感到很粗糙。床单散发出樟脑的气味，屋外的冷杉树过滤了北方清新的热气，四周耸立的高山缩短了白天的时间。白天的时间太短了，太阳在上午八点钟时才在山顶上露脸，下午不到五点时就滑落到积雪的山峰下面去了。

到了户外，杰基尔就不再那么随时都在想着阿特森了。另外的一些冒险活动变得更具吸引力。他在树林里悠闲地漫步，嘴里嚼着辛辣的树叶。快到三点钟的时候，他违背了自己对妻子许下的不去冒险爬山的言不由衷的诺言，几乎爬到了一座陡峭的高山的顶峰。这对杰基尔来说算不了什么，他在维也纳的

---

① 典出R·L·斯蒂文森的名著《杰基尔医生与海德先生》（即《化身博士》）。

医学院读研究生的时候就是一名优秀的登山运动员。今天有点冒险的倒是另外一件事，他还带了一位没有什么登山经验的人和他一起爬山：他妻子的表弟理查德 · 英菲尔德。英菲尔德是一个星期以前才来和他们一起住在这所小房子里的。

杰基尔双手交替抓住岩壁，用坚定的意志控制住身体，敏捷地攀登着，英菲尔德跟在他的后面。杰基尔回头望时，看到英菲尔德正在和一块大岩石进行着决斗，想要慢慢地爬过来。杰基尔立刻停下了，以便让拴着两人的绳子保持一定的松弛度。杰基尔能确定妻子的表弟并没有遇到什么严重的问题，因此他也没有给他指出一个很容易就能爬过障碍的方法，以免让他觉得难为情。他很快地转过头去。

杰基尔愉快地吸着气，只要他的左胳膊牢牢地嵌在岩石表面的缝隙中，他的身躯就是自由的。他沉重的双脚让人放心，他的登山靴的靴底牢牢地站稳在，不，简直就是牢牢地焊接在他站立的狭窄的岩壁上。他等待着英菲尔德把另一条腿抬上那块大岩石然后爬到他的身边。他把拴在腰间的绳子的另一头挽成了一个圆圈向上面使劲一扔，绳圈套在了上面的雪檐上。他检查了一下绳子的松紧度。绳圈套得很牢。他抬头向天空望去，太阳还很高。他感到口干舌燥，很想抽烟，但心里又很鄙视这种愿望。他使劲把更多清新的空气吸进了自己修长健壮的身体里。他没有想阿特森。如果能把英菲尔德替换成同样笨拙的阿特森，同样用拴在腰间的绳索和他连接在一起，他也许会想到阿特森。如果那样，杰基尔就可以在想象中砍断绳索，让阿特森自己去完成最后的一段最艰苦的攀登之路。但他不会想象阿特森满脸惊恐，手一下子没有抓住，像杀猪一样尖叫着，双手在空中乱抓，从一块块的岩石上滚落到下面的峡湾里的情景。那样的想象未免太过分了。

从加拿大度假回来，杰基尔的皮肤晒黑了，身体也更强健了。他在纽约世贸中心北塔下面的一条空荡荡的街上闲逛着，他在等候海德，后者要给他带来一条消息。海德通常都要迟到，但一般不会迟到这么久。为了和海德会面，杰基尔午饭都没有吃。海德坚持要在星期天和杰基尔会面，并且把会面的地点定在世贸中心，因为这里比较僻静，这表明他对这个风光别致的会面地点还没有丧失兴趣。阿特森今天上午带着一名随从驾车进了城，他在三十年里从来没有错过午饭，现在正在一家俄罗斯餐厅吃午饭。他吸着一根没有点燃的烟斗，眼光里显出饥饿的神色，不耐烦地等待着他点的第二道罗宋汤。完全可以从阿特森略显平坦的后脑处拉出一条线，系到杰基尔脖子上的条纹领带或他脚上的新鞋的鞋带上。但杰基尔没有考虑这个可能性，他的思绪完全被海德占据了。

杰基尔等候的这位随时可能出现的年轻人现在不再经常进城来。如果他今天来了，那完全是他给可敬的潜在的知己的一份殊荣。此外，如果他来了，他今天的模样也会和通常的情况大不相同。过去海德身上有许多城市的恶习，背着个子大，行动笨的名声。但这只不过是十九世纪的中产阶级关于住在郊区的贫穷移民的形象在他们的恶梦中的胡思乱想，这种胡思乱想在我们这个世纪又被好莱坞的魔怪巨兽影片扩散开来了。曾经让杰基尔感到困惑不已的真实情况是：海德个子不大，健康状况也不好，年纪比杰基尔小一些。“自然地，”阿特森曾解释说，“你性格中的善良多于邪恶。”杰基尔对阿特森对他们俩的不同之处的寓言式的看法并不服气，他觉得这种说法是拔高了自己，而贬低了海德。杰基尔没有那么好，难道海德有那么糟？杰基尔疑心造成海德个子小体力弱的原因很简单：他小时候患过严重的风湿热，但学校的医生误诊了疾病，他的父母也没有重视。与其说海德的身躯巨大，不如说是发育不良。虽然在他二十岁刚出头的时候，由杰基尔出钱给他的牙齿做过全面的矫正术，但他的两颗犬齿仍然突出，虽然不像野兽的獠牙那么吓人。时至今日，他的牙龈还经常出血。海德身上的体毛的数量和分布也被夸大了。诚然，海德多毛而杰基尔作为一个高加索白种男人，体毛要相对稀少一些。杰基尔满头棕色的头发理得很整洁，他的头上看不到一丝白发，额头和鬓角上的发际也没有后退，而海德多油的齐肩黑发已经开始掉落。阿特森已经秃顶，完全秃了。杰基尔没有戴帽子，因为风会把戴在头上的帽子刮走。

杰基尔竭力在大风中站稳脚跟，以免被风推到塔根的墙壁上去。七月份本不应该有这么大的风的，也许一场加勒比海的飓风快要到来了。杰基尔正打算放弃约会回家去，正在这时他瞥见了他的被保护人的弱小的身躯。海德穿着那件多年前从东村的一家服装店偷来的黑色斗篷，迈着笨重的脚步向这边走了过来。杰基尔向他招了招手，海德急急忙忙地走近了，更近了，然后快步从他身边走了过去，好像根本没有看见他似的。

“等一等！”杰基尔喊道，同时伸手去抓那在风中不断翻腾的黑斗篷。海德突然加快脚步跑了起来，但杰基尔在前面的街角处追上了他。

“我有事，”海德诉说道，“我不能停下来。”

“我必须和你谈谈，”杰基尔说道。

“那到我乡下的住处去吧，”海德喘着气嗓音嘶哑地大声说道，“有个家伙现在正等着我——”。

“是阿特森，对吧？”

“见鬼，不是！别烦我！”海德做了个假动作，从杰基尔的手中挣脱出来，一下子冲过了街角。失望之余，杰基尔让他逃走了。他若有所思地穿过大街，走进一家自助餐馆，在靠窗的桌子边坐了下来，要了一份冰咖啡。就在女招待把他的咖啡送来时，他看到那身穿黑色斗篷的瘦骨嶙峋的身影又气喘吁吁地快步转过了街角。杰基尔点燃一支香烟，但又立刻把它掐灭了（他已经几乎戒烟了）。他呷了一口咖啡，坐在椅子上等待着。这份饮料的三分之二都是冰，他用手指把其中的大部分都拈出来扔进了烟灰缸。过了一会，海德又再次从街角那边转了过来。

杰基尔很愿意设想海德会在那街角转悠一下午。还想看他转悠得更久。但是女招待拿着账单过来了，要他付了账走人。杰基尔很生气，他向女招待指出，餐馆里几乎没有什么人。但她却不为所动。“一份饮料相当于十五分钟，”她背诵道。“这是老板制定的规定，我不能制定规定。”

“但你可以违反规定，”杰基尔道。

“我怎么能那样做呢？”她回答道。

杰基尔停了停，内心里进行着斗争：是坚持自己的原则呢还是再要一份难以喝下口的冰咖啡？可以想象，有那条一头拴在杰基尔可能背在背上的降落伞上（用以防备万一杰基尔愚蠢到了抵抗不住诱惑而从世贸中心顶上跳下去），另一头拉到阿特森的左手腕上的绳索，再假如阿特森此刻在他在牡蛎湾的家里（但事实上他正在曼哈顿城区中心咂着嘴巴大吃大喝），就可能会发生什么事情，使海德停下来立刻死掉，因为假如绳子拴得合适，阿特森又在他通常所在的地方，就是这家餐馆的西北偏北的地方，杰基尔就可以在海德下一次冲到这边来时把他绊倒。但这样做需要阿特森的配合，而杰基尔不知道阿特森和他的关系如何。

“你对我的信心怎么啦？”这是阿特森在说话，那是他在杰基尔在牡蛎湾的仿中世纪餐厅的长椭圆形桌边坐下后说的第一句话。阿特森在招待一位叫凯鲁先生的人。凯鲁先生是阿特森的摇摆不定的崇拜者和潜在的学生，是一家重要出版社的普通版图书的编辑。他正在策划阿特森已经停印很久，长达千页的皇皇巨著《该隐、亚伯奇案》的平装本的重印发行。杰基尔和三位教职工以及少数几名住校的学生也被召去一起吃午饭。阿特森坐在他通常坐的椅子上，饭快吃完的时候，他开始喋喋不休地计算起他的书将要挣得的巨额版税并哀叹起他的债务来。杰基尔坐在一张直背椅子上，这种椅子是阿特森专为他的学生设计的。

“我的孩子，我要告诉你一件你无法知晓的事情。只有那些在这项训练中发展更好，进展更快的人才知道这件事。”两名在桌边徘徊逗留的学生用渴求的眼光注视着阿特森，又用妒忌的眼光看着杰基尔。阿特森目不斜视，指示一名学生到学习室去等他，又叫另一名学生去修剪门前的草坪。直到他们小心翼翼地把椅子推到身后，站起身来准备离开时他才又接着说道：“我收到了来自将来的信息。”

即使杰基尔在被阿特森宣称自己有先于别人知晓一切的习惯弄得沮丧不已的时候，他的心里也充满了疑惑，因为阿特森常常表现出具有一种沉着冷静，无法解释的超人的洞察力。虽然如此，杰基尔还从来没有听到阿特森如此厚颜无耻地说话。

“嗯？”阿特森说道。

“我不胜荣幸……”

“你对人的身体考虑得太多了，亨利，”阿特森不耐烦地说道，“对一名医生来说，这是很自然的，但这只是问题的一方面。你没有能理解精神方面的真理。”

杰基尔在阿特森的批评面前低下了头，但他仍然固执地认为这批评是不公正的。这样的姿势弄得他的肩膀有点抽筋，于是他挺了挺身子，问道：“那秘密？”

阿特森跷着二郎腿坐在圆形的学习室中央的台子上对一些学生讲话。“做你们愿意做的事，”他说道，“你们就会明白原来你们想做的事情其实很少。”

他讲英语时带有一种庄严而且富有音乐性的语调（英语不

是他的母语，就像阿特森不是他的真名一样）。“你们的生命只有很小的一部分在你们的掌控之中，”他大声说道，“你们其实没有什么意愿。”

他又说道：“设法弄懂你们自己的感受。”接着他又解释道：“观察自己，对，但要把自己当成一部机器来观察。除了自己的行为以外你们什么都没有。”

他又换了一种比喻方法说道：“你们的行为和你们的言语都是像猿猴一样模仿来的。”

过了一会儿，他又说道：“内省不好，你们没有什么可省视的。”

又过了一会儿，他接着说道：“从你们的身体开始，那是你们自己拥有的惟一的工具。”

与此同时，杰基尔已完成了下午在诊所里的工作，正穿着运动裤和拖鞋在列克星敦大道的一家私人健身房里锻炼身体。站在屋子另一边的尼加拉瓜教练恭维他击打沙袋的技术有了很大的进步。杰基尔每打一拳都感觉到身体里的血液流动得更加欢畅。他想到了海德。海德仅凭体力很少能够打败对手，只能依靠某种肮脏的武器。即使是这样，他也得先用他绷得紧紧、丑陋不堪的脸，弓腰曲背、营养不良的身体和稀奇古怪、新魔鬼似的装扮来吓唬、削弱对手。他一直希望海德长胖一点，个子长大一点，高一点——如果不能随着时间的逝去而让这种变化发生的话，那就依靠海德在短暂的住校时间内所进行的锻炼（阿特森称之为“活动”）。杰基尔在向沙袋狠狠地打去最后一记钩拳时总结似的想到，单纯的精神锻炼是不够的，这种想法在他并不是第一次。阿特森在学习室里一刻不停地讲了一个小时，他宽大的脸涨得通红，现在微微地低下头，揉了揉坚硬的头皮，然后放声大笑起来。现在轮到他总结似的想到自己有点粗心大意了，从今以后最好多想想杰基尔。

海德对杰基尔和自己的差异无动于衷，那是一种丑陋对于斯文的冷漠；与此相似，杰基尔妒忌海德，就像准中年人妒忌年轻人一样。尽管杰基尔对自己反应灵敏的身体充满信心，尽管他的工作日程安排得满满的，他还是认为自己活力不够（阿特森有一次在他的背后嘲笑他，说他是“五十瓦”）；虽然他已经成为一名优秀的内科医生，但他依然自责缺少创新精神。海德同意他的看法。阿特森的“人类潜能开发学院”吸引了太多这种类型的人。

当然，海德可以被看作已经经过了阿特森的手，因此是个例外。虽然他身体孱弱又长期患感冒，但他总是能很快消除疲劳。他一直都很有胆量和魄力。杰基尔第一次见到他是因为工业贸易学校的一位精神病医生介绍他到诊所来治皮肤病，那时海德似乎已经是成年人了。他当时只是干着偷车的勾当，同时在手下聚集了一群有利可图的十三岁的男女娼妓。海德出生在一个贫穷的家庭（他的父亲是个看门人），家里孩子很多，很小的时候他就得学会为自己想要的不管什么东西而斗争。杰基尔出生在相当富裕的家庭（他父亲现在还每天从达林到华尔街去上班），他只有一个姐姐，没有兄弟。姐姐是一位杰出的生物化学家。阿特森自称是一名弃儿，他很久以前就把自己的名字从加弗利尔·尤尼亚蒂斯改成了加布里埃尔·阿特森。如果有人说他可能有兄弟或者姐妹（除了他在遥远的西藏的精神上的兄弟之外，他四十年前在那里学习过藏医），他就会愤慨地予以否认，但他却喜欢抓住一切机会吹嘘他在纽约州有一大群私生孩子。杰基尔猜想，那个在阿特森门外的行军床上睡觉，充当他的贴身男仆，快要进入青春期的少年学生普尔实际上也是那些杂种之一。

给阿特森作清洁工作占据了普尔大部分时间。每天早晨，阿特森都大声把普尔喊进屋。普尔会看到床上湿漉漉的一片狼藉，家具和地毯上有许多气味难闻的污迹，更衣室的墙上沾满了排泄物。至于卫生间——普尔可以想象夜里在更衣室和卫生间发生了多少不由人控制的重大的生理事件。如果不是这样，那就可能是阿特森故意要毁坏这些房间——也许他要以此来考验普尔的意志，用阿特森在普尔忙着收拾的时候说的原话来说就是他的"真正的意志"。不管情况是怎样的，真正意义上的收拾都要等到阿特森吃完早饭之后才能进行。阿特森的早饭是在床上吃的，仅仅喝咖啡就会带来灾难性的结果，床上和房间里都会溅满咖啡。有时候，阿特森在下午晚些时候和一些教职工和学生在房间里时，他也把咖啡拿到房间里来喝，如果是这样，他的床铺就得换上新床单，重新整理过。虽然有些无礼好奇的人问过普尔，但对自己有幸侍候阿特森深感荣幸的普尔总是拒绝描述阿特森的住所的具体情况。一直流传着一些谣言，说这里上演的远远不止是阿特森喝咖啡和他食物消化的终端过程，具体描述能否澄清这些谣言也很难说。普尔根据每天早晨看到的混乱狼藉及其种类和厚度所能证明的只是：在前一天的夜里几乎人类所能进行的任何活动都可能在这里发生过。

阿特森的早饭有鸡蛋、牛排和咖啡，这些东西都放在一个托盘里。他的身旁还躺着一个人，深埋在毛毯和弄脏的被单下面。训练有素的普尔看不出那是谁，也不去猜测。他走进更衣室观察那里的墙壁，以确定今天是否需要一把梯子。与此同时，杰基尔轻轻地起了床，尽量不惊醒还在熟睡的妻子。他蹑手蹑脚地走出房间，到厨房里去做早饭。他走路时赤着双脚，这并不是因为他担心打扰在牡蛎湾的阿特森——阿特森这时已经醒了，正大口大口地直接从他破旧的保温瓶里喝着咖啡——而是因为他，杰基尔，特别喜欢脚下厚厚的地毯松软的感觉。

傍晚时分，杰基尔在中央公园跑步，他跑得满头大汗，嘴唇发白。街道上笼罩着一层薄薄的灰褐色的雾气，雾气不断地被阵阵微风扰动着。杰基尔在色彩和深度不断变幻的暮色中有节奏地跑着，黑色，深绿色，红棕色，各种颜色在五号大街的坚实的建筑物上越来越多的方形灯箱里不断地闪烁着。杰基尔沿着蓄水池继续跑步。他球鞋下的砾石发出有节奏的声响。想象有人在跟踪他是愚蠢的。公园里还有一些人在跑步。海德过去就是埋伏在公园里，袭击这里的散步者、疯子、带孩子的保姆和跑步的人的。但是，杰基尔不管什么时候都可以在这里散步或者跑步，他不害怕。杰基尔知道，一个人最终害怕的只有自己。他已经掌控了海德的恐怖，他已经掌控了自己。和别的在大城市居住的人一样，杰基尔的时间表上也总是排有危险的时刻。杰基尔继续跑着，这时有一个声音对他说话了。

是我自己脑海里的声音吗？杰基尔问他自己。

过去他也曾听到过一些指责他的声音，但在经过复杂的鉴别过程之后，他确定这些声音都来自他的内心。他驱散它们，它们也就消失了。但是，这次他不能确定。

杰基尔放慢了脚步。他瞥见在两丛灌木之间有一双穿高跟鞋的人脚。继续跑？不，停下来。他顺着来时的路线走回来，他的嘴抿得紧紧的，脉搏剧烈地跳动着。一个身穿红色紧身裙子和粉色绸缎衬衣的黑女人脸朝下躺在灌木丛的后面痛苦地呻吟着，在她的身边有一个打开的钱包。杰基尔弯下身跪在她的旁边，把她翻转过来。她看上去四十五岁左右，很胖。她的脸和左臂上都有伤口在流血，左臂上的伤口还很深。杰基尔站起身回到路上，他向四周张望，看能不能找到一个帮手。那女人呻吟着。暮色渐渐加深，天快黑了。他一个人也没有看见。

杰基尔躬下身体，想把那女人抱起来，但却两腿一弯一下子跪倒在地上。他竭尽全力站了起来。就在不久以前，杰基尔还抱起过和她差不多重的病人，但今天却出现这样的情况，他纳闷是不是自己的健康出了什么问题。尽管如此，他也比阿特森如果遇到这种情况时干得好些。阿特森看上去很强壮，但那主要是因为他长得胖。而且他身体左侧的痈疽有时会很疼痛。如果阿特森现在要把某个听话的学生举过头顶（阿特森喜欢炫耀），他很可能会栽倒。想到这里杰基尔心中暗暗高兴。杰基尔抱着那个女人慢慢地走到路上，想找一辆警车或出租车。

杰基尔坐在大厅里那十二英尺高的壁炉的一侧——牡蛎湾的主要建筑是一座法国南部风格的城堡，城堡是一位长岛的百万富翁在二十世纪二十年代建造的。阿特森的一位慷慨大方的崇拜者每年为这整片房产付租金，那是一位得克萨斯的石油巨头的遗孀，现居住在百慕大。阿特森穿着餐服，坐在杰基尔对面的一把很大的椅子上玩着水枪，他硕大的屁股把那铺着垫子的椅子塞得满满的。在房间另一端的玻璃窗上有十幅描绘圣杯故事的装饰派艺术画，一名学生正在窗下的阴影里忙着记笔记。杰基尔是来抱怨说有人监视他的，他敢肯定他的电话被人窃听了，他的信件也被人拆开过。

阿特森对别人告诉他的事情从不表示惊讶，也从不表示反对，但这次却冷笑了笑说道："也许你干了什么事引起了内政部门的注意，例如你对战争的看法，或者是在工作中做了什么不规范的事情，例如给病人开了什么非法药品，或对患晚期癌症的病人没有尽最大努力延续其生命。或者——"

杰基尔摇了摇头，说道："没有这类事情。我敢肯定是学院内部的什么人干的。"

"如果是那样，我会不知道吗？"

"你会吗？"

"如果我能看到将来——"阿特森瞥了正低头忙着记笔记的学生一眼，向杰基尔眨了眨眼睛，说道："你可能认为我也能看到目前。"

"但你没看到危险，没看到有人盯我的梢，监视着我的一举一动，企图把我吓得放弃我自己想做的事情？"

阿特森用讥讽的目光瞟了他一眼，这种目光是很有名的。“你的朋友海德怎么样？我跟你说过，他对你来说是很危险的。”

“废话，”杰基尔说道，“我再也没有见到过海德。再说，你知道他现在的情况，嗯，他——”他顿了顿，又接着说道：“他就在那里转圈。”

“别傻笑。你没说什么好笑的事。”

“我说了。”杰基尔说。

“我，我，我，”阿特森吼道：“你听到自己说了吗？”他把水枪瞄着杰基尔：“谁有权利说‘我’？”他使劲把水枪向门口扔去，“不是你！你听到了吗？那种权利是要挣来的！”

杰基尔挑战似地看着他问道：“艾德·海德呢？海德能说‘我’吗？”

“为什么不能呢？只要他——就像你说的——只要他在那里转圈。你现在明白了吗？”

杰基尔不明白。他想起了某种比明白更重要的事情。阿特森让杰基尔产生了一种想法，但由于那并不是他自己固有的想法，他硕大的秃头并没有变得轻松一点，反而变得更沉重了。假如杰基尔从椅子上跳起来，向对面坐在铺着垫子的椅子上的那人扑去，用自己沉重的脑袋去撞阿特森的脑袋——他必须现在就去做，趁现在体力的天平还微微地倾向杰基尔一边的时候——可以想到阿特森的脑袋一定会开花，他脑袋里所有的主意和想法都会溢出来，那时掌握人类和谐发展的秘密的人就不再是阿特森而是杰基尔了。但杰基尔还不能确定自己是否愿意承担起掌握那些智慧的责任。看看阿特森变成了怎样的一个令人生厌、自相矛盾的怪人了吧：寡言却又健谈，贪财却又禁欲，油滑却又明智，平庸却又高贵，下流却又单纯，懒散却又活跃，狡猾却又天真，谄媚却又民主，冷漠却又热情，轻浮却又精明，易怒却又耐心，易变却又可靠，病弱却又强健，年轻却又衰老，空虚却又充实，像水泥一样重却又像氦气一样轻。

阿特森曾说过："我是一个不打引号的人。"杰基尔并不把自己看得这么高，杰基尔已盗来了关于海德的新想法，而且如果第一种想法不奏效，后面还有另一种想法，关于海德的。

杰基尔带着他的第一种想法到洛克菲勒大学去找他姐姐。他想请她或她的同事利用业余时间研制出一种可以改变人的身份的药（做成片剂、胶囊、栓剂或者糖浆）。他心里想的是这种药可以让他有时候变成他的年轻的朋友海德，他是想让自己的身体变成海德的身体。有时他确实想变成海德那样矮小的样子，因为有时候他觉得那样也许很有用或很刺激，或者感到自己的身体在逐渐衰弱。那样做的好处是可以增强精力——海德所拥有的那种不同物种的精力。与此同时，带着兄弟般的情谊，他也很乐意把自己的身体和智力借给海德，条件是交换时间的长度必须事先确定。如果不是真正的交换，那就是不公平的，虽然杰基尔并不想让海德把自己毛茸茸、被尼古丁熏黄的手指伸向自己的爱妻。

可以这样理解，他想变成的其实是数年前的一条恶棍：犯下惊人罪行的海德，失去胆量或改弦易辙之前的海德，被阿特森驯服之前的海德，搬到州北部乡下的贫民窟去之前的海德，当然也是坠入情网之前的海德。那时海德爱上了一名红头发的原歌舞女郎，女郎不久前刚改换了一件体面的工作，在莫霍克航空公司当空姐，但两年以后，她又厌倦了海德的溺爱，离他而去另找了一个大内克的沃尔沃汽车经销商。杰基尔认为，海德的精神最终被击垮是因为他出人意料地坠入爱河——那刀枪不入、淫荡好色、精疲力竭、残酷无情的海德居然坠入了爱河——而不是通常宣称的阿特森调教的结果。杰基尔很想重新看到过去的海德，看到海德磨着牙，轰着油门，驾着车在切尔西的码头边黑暗的街道上横冲直撞。他小脑袋上戴着一顶安第斯山区的印第安女人的圆顶帽，古怪的黑色斗篷被风吹得在身后飘荡着，一名身穿皮夹克，带三把弹簧刀的小喽啰在他后面抱着他的腰。他无所不为：撞倒老太太，运送毒品，向反战组织的窗户里面扔燃烧弹。

杰基尔解释说他在自己的实验室里研制这种药已经作了许多前期工作，并说明了他为什么不能继续把研究做到底的原因。他姐姐掌握了最先进的基因破译技术，一定能够帮助他。他姐姐身穿白色的工作服，和杰基尔一样坚实的后背靠着实验室的金属门框。她和善地拒绝了杰基尔的要求。国防部刚下达了新的研究任务，她的团队太忙了。她看上去很漂亮，这让杰基尔想起了他家里的人都很漂亮。杰基尔很懊恼，在那里又逗留了一会儿，想说句什么小笑话来掩盖自己的窘态。“盖斯特教授，这是我的弟弟杰基尔。”她对从他们身边挤过的一位助手小声介绍道。那人提着一个插满了试管的架子，试管里装着红色、深紫色和水绿色的液体。在和盖斯特握手的时候，杰基尔想起了自己答应过顺便去看看兰杨，在回诊所之前给他大致检查一下身体，还要给他打一针。三十分钟以后，杰基尔到了兰杨在城里的律师事务所。在弯下身子给这位老律师检查身体时，杰基尔想象中在听诊器里听到的似乎是阿特森的心跳声。

在伦敦郊外的某地，一位过气的著名歌剧演员在对一位心存疑虑的朋友讲阿特森："虽然他可能会让你发狂、发怒或痛苦，但只要你和他真正接触，就一切都是值得的了。"

"但他是一头猪！我的上帝，我一想到你给我讲的那可怕的故事，他要你——"

"是的，是的，"阿特森的前学生打断道。"我知道这很难理解……"她叹了口气，又接着说道："这要我怎么解释呢？刚开始的时候……我第一次见到阿特森先生的时候，我就感到自己和他捆绑到了一起，这种感觉随着岁月的流逝变得越来越强。这不是催眠术的结果，相信我。阿特森先生的教导使你不会接受什么暗示。这种内心的联系（我想你可以称其为磁性联系），这种看不见的联系，使阿特森先生成了真正意义上和你最接近的人。这种接近很多时候是……一种痛苦。你偶尔也会看到'真正的'阿特森，你希望和这个阿特森永远在一起。这不是那个'日常的'阿特森，'日常的'阿特森有时温文尔雅，有时又脾气暴躁，你只想从他身边逃跑。"

"小丑，"她的朋友脱口而出道，"醉汉，虐待狂，骗——"

"就算是这样，"阿特森的前学生继续说道，"你还是得和他待在一起，因为你的训练要靠他。”

“但你最后还是走了，”她的朋友说道。

“是阿特森先生叫我走的。他说我的能量已经足够了，不大可能再增加了。”

“你想念他。”

“当然，”阿特森的前学生叫道，“但只要我活着，我就再也不想见到他。”

另一天，阿特森坐在牡蛎湾的大厅里，和隆·纽康门谈了十五分钟。后者原来是一位天气预报员，最近才又从地下冒出来，背着自己所有的财产搭车从东海岸来到学院，希望能成为阿特森的一名学生。阿特森拒绝收他，告诉他说他不适合这项训练：“你只能做到这一步，然后你就会放弃。”阿特森不给纽康门做出反驳和承诺的时间，又继续说道，“别求我，也别对我说你不快活。”

“但我确实是不快活呀！我简直绝望了。”

“如果你开始和我一起训练，你会更加不快活。你现在还坐在椅子上，舒舒服服地坐着。”

“我不舒服，”纽康门叫喊道。

阿特森不耐烦地挥了挥手，说：“如果你从椅子上站起来却又不能用这种方法进行训练的话，你就最好别起来。你一旦离开了第一把椅子，就得站一辈子。”

又是另外一天，同样是在这间辉煌的大厅里，一名阿特森的信徒——一位住在华盛顿的记者——向阿特森要求推迟他到这里来住的时间，他要等到写完他的书后才能来。“忘记你的书吧，”阿特森皱着眉头说道，“你如果现在不来，以后可就太晚了。明年春天你就会像不可能吻到自己的胳膊肘一样地不可能再来了。”

与此同时，杰基尔在他在纽约布朗克斯区南部的诊所的急诊室里检查一名哭哭啼啼的孩子的病情，这时他突然感到自己的胳膊肘一阵剧痛。

杰基尔赤着脚和另外九个学生围成一个圆圈站在一个又大又高的空荡荡的房间一端的一道小门边，这个房间被称为“练习厅”。杰基尔不停地跺着脚。房子是用桁架支撑的，看上去就像一个旧飞机库。门里有一个小间，里面摆放着一张床，墙壁上有一个小小的窗户，透过窗户可以看到外面的郁郁葱葱的果园。很多年以前，一位相当著名的立陶宛诗人曾在这里度过她短暂生命的最后几个月的时光。在来到牡蛎湾之前，她已经染上了肺结核。阿特森最初把她安排住在牛棚里，但后来随着病情的加重，她变得十分虚弱，不能再继续工作，便被转移到了这里。她在嘴里充满鲜血之前在这里所经历的这段孤独的生活构成了学院最珍贵的传说故事之一。阿特森偶尔还会在醒来时的讲话中提到她，虽然有些异议门徒认为阿特森应该为她的死亡负责任。“要记住我们失去了的兄弟姐妹们，”他说。即使她的身心健康真的被忽视了，杰基尔也无从知晓，因为在杰基尔遇到阿特森或听说这个学院之前她就已经死了。

缓慢有节奏的跺脚还在继续着。杰基尔（他在学院上周末进修班）在进行阿特森发明的哑剧表演“魔术师的挣扎”。剧情要求十位参演者分别扮演五个坏魔术师和五个好魔术师，每个人都一言不发地做自己的动作。这些动作都比较舒缓轻松，和杰基尔在健身房进行的又要打沙袋又要举杠铃的锻炼刚好相反。阿特森是不赞成健身房的那种锻炼方式的。此时阿特森坐在房间远端的一把折叠椅上，他戴着一副可以减少强光刺激的有色双光眼镜。他又应该被归入哪种魔术师呢？

杰基尔扮演的是一个好魔术师，他感到阿特森在捉弄他。他想搞清楚自己实际上有多好。他所做的全部好事，他前后一致的高贵的习惯，他作为医生的献身精神与作为丈夫和父亲的喜悦，这些都是他好的方面；不可否认，他与海德沆瀣一气，这至少是他的一点不足之处。在杰基尔为自己建造的美德的城堡里面是他对浪漫平凡、无拘无束的生活的向往，这种向往使他到了为海德的罪行打掩护的地步。杰基尔诅咒自己的弱点，这个弱点阻止了他热爱自己的美德，使自己在这么多年里渴望听到那厚嘴唇的海上女妖的召唤。

“够了，”阿特森轻声叫道。他站起身来，走到他们面前，把手放在杰基尔的背上。“你练得太猛，不要再跺脚了。”一种神秘的平和感一下子传遍了杰基尔的全身。

阿特森走到一名身材丰满，表情严肃的女孩面前，揽住她的腰，贴着她的脸小声说了几句话。她突然放声大哭，接着又笑了起来。阿特森走到一边去了，另外的八个人都围到她身边，抚慰地轻拍着她。杰基尔很想海德也在这里，那样他就可以像兄弟般地紧紧地拥抱他。他们扶起那个哭哭啼啼的女孩，把她抬到屋子中央，把她放下，然后坐在她的周围。有人哼起了小调。杰基尔看着那女孩容光焕发的脸，他宽恕了海德，也宽恕了自己。阿特森站到了他的身后。

杰基尔很少这样焦虑不安。这种感觉只发生在他停止了在阿特森这里的训练活动的时候。他也不能彻底地摆脱阿特森，他有一种被禁闭的恐惧的感觉。大多数阿特森的学生最后都满足地继续留在一间屋子里，他们到阿特森这里来是为了获得更多的能量，但那老头在他们身上施了什么魔咒。杰基尔拼命挣扎，想从那魔术师的咒语里解脱出来，但他需要帮助，需要爱情，需要轻拍。

在牡蛎湾新建的石头砌成的浴室里，阿特森正在讲淫秽故事，讲完了一个还要讲一个，这是他晚上睡觉前的习惯。他倍感尴尬的门徒们都在竭力让他开心，这是他们的习惯。与此同时，杰基尔在林肯中心附近他的家中正温柔地注视着他的妻子，他把自己湿漉漉的脸贴到她的金色长发上。“我爱你，”他气喘吁吁地说道，“你知道我有多么爱你吗？”

他们俩拥抱着躺在客厅的沙发上。孩子们都睡了。在牡蛎湾的浴室里，一群男学生在阿特森的指导下，把一种从土耳其进口的特殊的黄泥涂在身体上，这种黄泥可以除掉体毛并且使皮肤变得柔软并富有弹性。他们赤身裸体，只在腰间围了一块毛巾，排成一行鱼贯进入了蒸汽室。爱会使人发胖，杰基尔心想。爱也会让人变得很瘦很瘦。

杰基尔觉得能量在从他身上漏走，这也是爱。这种缓慢但不断的泄漏，这种躺在注满了热水的浴缸里，所有的血管都张开了的感受。他站起来把身体擦干。与此同时，阿特森用湿毛巾当鞭子在一名年龄较大的学生屁股上抽了一下，那头发灰白、肌肉松弛、猝不及防的男生疼得跌跌撞撞地向后退了好几步，阿特森则放声大笑起来。“这是你们从来没学到过的，”阿特森兴高采烈地叫道，“怎样玩！”那名性格诚实晕头转向的学生站在蒸汽弥漫的屋角，不知道自己是该笑还是该哭。“不要这么哭丧着脸！”阿特森叫道，同时把湿毛巾在自己的秃头顶上挥舞着，就像西部牛仔挥舞着手中的套马索。“玩！”杰基尔烦躁不安地又在沙发的边上坐下来。在他用一只手解开妻子衬衣的纽扣时，很想用另一只手抓住那湿毛巾，用尽全力使劲一拉，让阿特森在温暖的地板上摔个嘴啃地。

身体放松，心平气和。躺下，漂浮，睡觉，触摸，滑进，爬动。黑暗，强光。温暖的气味，破旧的床单。但这些感觉都不持久。

杰基尔和妻子在床上，但他心不在焉，各种思绪在脑子里激烈地翻腾着。不消说，这意味着他人在心不在，他抱紧妻子的节奏也渐渐放慢了。他妻子起初还不明白这是怎么回事，便自己做出调整来适应，这样又过了一会儿。她感激地紧紧抱着他，但杰基尔似乎不懂得，动作变得更缓慢了。他的妻子失去信心了，她叹了口气，轻轻地叫着他的名字，又拉了拉他的耳垂，问道：“你人在哪里呀，亲爱的？”

阿特森在自己巨大的床边做着晚间的俯卧撑。对他这个年龄这么大，身体这么胖，又从不节制饮食的人来说，他的体型还是不错的。这一点杰基尔经常注意到。杰基尔想象不到在那新铺好的床上是谁在等待着阿特森。

“亲爱的！”

和刚才不同，这回杰基尔笑了笑。“我想我听到了什么声音，”他小声说道。

“孩子？”

“不是。在我的脑袋里。没关系，”他继续微笑着。

“有关系。”

“那只是因为我总是在想你，”杰基尔沮丧地说道，“即使你就在我的身边。”

“但就算是那样，”她说，“你也离我很远。”

阿特森突然感到左胸有点疼痛，他赶紧爬上了床。床上的人期待地翻了个身，同时掀起了盖在身上的被子。与此同时，杰基尔打开床头灯看了看手表。

杰基尔思考着阿特森把能量从自己身上传到别人身上的不可思议的本领。他除了亲眼看到阿特森在别人身上这样做之外，还亲身经历过好几次这种著名的能量传递。

回溯过去没有那么多麻烦的日子。那时候，杰基尔觉得阿特森说话十分逗乐，那时他的话也不是让人喘不过气来地充满智慧。多年以前，有一次杰基尔心情非常沮丧，甚至想到了自杀，于是他开车到牡蛎湾去。他事先并没有给阿特森打电话。那天阿特森态度非常温和，他就像父亲一样地在自己的卧室里接待了客人。杰基尔一看到他就感到十分兴奋，浑身发烧，脑袋里像有什么东西开始“咚咚”地猛敲，和今晚他和妻子在床上的情形一样。

“你病了，”阿特森用一条手臂挽住杰基尔的脖子。“别说话。”他让杰基尔在一把椅子上坐下。“我给你一杯咖啡，”他说，声音非常温柔，“你趁热喝下去。”

杰基尔记得那天自己坐在餐桌边，阿特森从他放在床边的热水瓶里把咖啡倒进一个长柄锅，然后把长柄锅放在一个滚烫的盘子上。杰基尔记得，当时自己简直不能把眼光从阿特森身上移开，他觉得阿特森十分疲惫，他还从来没有看到过这样疲惫的人。杰基尔记得自己无精打采地靠着桌子，呷了几口咖啡，这时他突然感到有一股能量在自己身体里骤然上升，就像一股强烈的电流带着蓝色的电光从阿特森的身体里流出接着又流进了他的身体里。杰基尔不再感到疲惫，但他却看到阿特森沉重的身体软了下去，脸色也变得十分苍白，就像身体里的血液被抽干了似的。杰基尔惊奇地看着他。

杰基尔记得阿特森说道：“你现在好了。我得走了。”他的话音里饱含着急切的催促。杰基尔跳起来去扶阿特森，但阿特森向他摆了摆手，自己一瘸一拐地慢慢走出屋去。

杰基尔记得自己当时脑子里一片空白，只是体会到一种美妙的健康的感觉，他等候着阿特森。那时他确信（现在也如此），在阿特森把自身的能量传给别人时，自己会受到很大的损害。但是很明显，阿特森懂得怎样迅速地恢复自己的体力，因为杰基尔记得，自己在阿特森十五分钟以后又回到卧室时感受到了同样的惊奇：阿特森看上去就像是个年轻人，面带微笑，机警灵活，兴致勃勃。他说这是一次幸运的相会，杰基尔迫使他用力去做了一件几乎是不可能做到的事，但这对他们俩都有好处。接着，他宣布要和杰基尔一起吃一顿丰盛的午餐，就他们俩，他要开一瓶储藏了很久的最好的法国白兰地。

杰基尔记得，在他们吃着这顿丰盛大餐的时候，阿特森叫他说说自己有什么不如意的事情。杰基尔想了半天，却想不出用什么来开头，因为他那时觉得自己什么问题也没有了，他一辈子还从来没有感觉这么好过。他记得在他终于讲到一些自己的悲伤和恐惧的时候，阿特森聚精会神地听着，一句话也没说。在杰基尔讲完之后，阿特森才告诉他说他的那些问题都没有什么大不了的，一点也用不着担心。回溯到此为止。

现在，杰基尔在抱着妻子的时候感到很疲惫。他在想象中可以扔出一条绳子，一头拴在自己的胸口，一头连到阿特森结实的右手上。他要拉动绳子，那是痛苦的信号，而阿特森不管在哪里，不管是在牡蛎湾还是在城里，都会感觉到绳子的拉力并且意识到是杰基尔遇到麻烦了。他会打开那强烈的蓝色电光，电光会沿着绳子直接传入杰基尔的胸腔里，他就会感到一股新的，纯粹的能量在自己身体里骤然上升，他会感到美妙无比，他会觉得自己的问题都没有什么大不了的。但如果要这样，就需要阿特森眼下不是太忙，不管是忙于神圣的还是世俗的事务。此外，他还得准确地了解杰基尔的信号的意义，弄清这信号究竟是他反叛的前学生中的哪一位发出的。阿特森将不得不起码在短时间内使自己的力量受到危害，让自己起码在短时间内变得非常疲惫。

杰基尔仍然穿着外科医生的工作服，身体后仰坐在诊所三楼的医护人员休息室里的椅子上。他刚做完了一个长达两个小时的手术，拯救了病人的生命。他点燃了一支香烟。与此同时，在世界的某个地方，一场战争正在进行，炸弹在下落，血肉在横飞，竹篱笆墙壁稻草屋顶的医院被瞄准当作了轰炸的目标，而此时杰基尔在注视着自己能干的双手的手背，注视着从每一个毛孔里长出的短短的白色汗毛，注视着将每个毛孔连接起来的线条，这些复杂的线条就像是一幅航线图，或者是某种游戏图形。

在一名护士来向杰基尔报告病人的最新情况（很好）并趁此机会和他调情的时候，战争还在继续进行着——这是一种骨骼的疼痛，肠道的疼痛，心脏的疼痛。为了弥补每天对战争暴行进行的电视报道的不足，平民可以乘直升机到现场去做第一手的直接观察。无数骨骼小巧，五官纤细的人们——面部平滑无毛的男人和黑发垂肩的女人——这些扛着步枪和长矛，看上去仍然十分年轻的中年人每天都在被屠杀。他们又如何得到补充呢？

杰基尔向来奉行一夫一妻主义，他此时想到了妻子的双腿，确定他妻子的双腿不但比这个护士的腿更漂亮，而且也许是他所见到过的最美的人腿。护士带着他给病人增加 5cc.新药的指示，回到还躺在术后恢复室里尚未苏醒过来的病人那里去了。

阿特森说为战争烦恼是浪费精神，还说人类的愚蠢行为会永远存在，大多数人是一辈子都在睡觉的傻子，那些挣扎着要醒过来的少数人的惟一职责就是自我修炼。阿特森介绍了几种紧张的体力和精神的锻炼方法来治疗因考虑战争而引起的忧郁症，并让人再读《该隐、亚伯奇案》的第109章。杰基尔已经厌倦了自弹自唱，他觉得即使自己不能变成海德，也可以去寻求他的帮助。

“嗨，看看是谁来了！”海德透过一扇破窗户看到一辆出租车开到纽约的普拉茨堡城外路边的邮箱旁停下，杰基尔从车里出来时高兴地叫道。邮箱大张着嘴，里面塞满了各种各样的广告和小册子。杰基尔大步走过野草丛生的草坪，踏上门廊，跨过一大堆湿漉漉的报纸。用橡皮筋扎着的报纸都还没有打开，堆在起泡的门槛边慢慢腐烂。又是一个刮风下雨的日子。

海德在门口转过身（那门上既没有门铃也没有门环），他一把抓住杰基尔的华达呢大衣，挂到他狗窝一般乱糟糟的屋子角落里他的一件黑色斗篷旁边的钩子上。海德砰的一声关上门时，杰基尔期待着听到门锁和链子的叮当声。

“咱们来好好看看你，伙计，”海德大声说道，“还是那么漂亮挺直，你一点都没变。”

杰基尔无法回应这句恭维话，如果那是一句恭维话的话。自从三个月前杰基尔看到这个年轻人在世贸中心转圈以来，海德已吓人地老了许多。他头上本来就稀疏的头发又掉落了不少。他一脸憔悴，好几天没刮胡子了，看上去和杰基尔的年龄差不多。杰基尔猛然感到一阵像父亲看到儿子受苦一样的心痛。

海德以极快的速度将杰基尔推到一个装货箱上坐下，在两个略带蓝色的高脚玻璃杯里倒了一些橙汁，又兑了一些杜松子酒（是从一个装松节油的瓶子里倒出来的），然后兴高采烈地在另外一个装货箱上坐了下来。

“有什么事吗，大夫？”

杰基尔觉得破藤桌上的两个略带蓝色的玻璃杯有点古怪。就杰基尔所知，自从海德的女朋友离他而去之后，他就一直独自一人生活，但这两个杯子似乎说明海德在等什么人。等他？杰基尔既没有给海德写信，也没有给他发电报（海德没有电话）说自己今天要来拜访，难道是有人告知了海德自己今天要来？

杰基尔呷了一口杯里的饮料，又问了问他房子的情况。

“你这么大老远地跑来不是为了跟我聊我的破房子吧？”

海德经历过许多城市生活的刺激和危险：追逐猎物时的刺激兴奋，被警察追赶时的紧张激动。不知道他现在对乡村生活是否已经感到无聊了。“别催我，”杰基尔说道。

“对不起，伙计，”海德沙声说道，“我还以为我刚跳下自己的院墙，还喘着气就要听你说你的心事呢。”

“你好像已经知道是怎么回事了，”杰基尔试探地说道——万一海德掌握了阿特森的超人的洞察力呢。

“我知道。”

杰基尔拼命压住自己的焦急。“那样的话你就没有理由不耐烦。”

“屁话，那并不说明我了解了一切，”海德有点委屈地说道。

“我还是不明白你为什么要住在这里，”杰基尔说道。

“不要太挑剔了，伙计。你应该看到过我刚搬来时的那个垃圾堆，”海德沉思地说道，“我把它搬走了，就像在学院时那样，用我自己的双手。”

“我知道，”杰基尔心烦意乱地低声说道。说这话的时候，他注视着海德那双掠夺者的手，那双手肌肉突起，手背上长满了黑毛。杰基尔注意到，宁静的乡村生活并没有改变海德咬指甲的习惯。

“瞧，”海德沙声说道，他的小眼睛里闪着胜利的光：“你也什么都知道。”

“考虑到我的问题，”杰基尔郁闷地说道，“这句妙语的品位实在不高。”

“品位不高——”海德嚷道，“那正是我的特点。”他握紧了干瘪的拳头叫道：“想从中悟出点什么来吗？”

“不，”杰基尔回答道。

品位不高也是阿特森的特点。海德生长在贫民窟，缺少追求美德的志向，他有这个特点是很自然的，然而阿特森也有这个特点，这就让杰基尔有点不解了——不光是杰基尔，每个阿特森手下的人可能都有同感。阿特森同时具有粗俗、施虐狂般的幽默感和作为精神领袖的严肃和庄重，就像他身上明显地散发着混合在一起的动物的气味和狡猾但不可否认的圣洁的味道一样。对海德来说，这是毫无问题的。杰基尔对这尿臭熏人的肮脏的客厅安之若素。他是医生，对脏臭的场景早已见惯不惊。海德就是海德。但阿特森总是高于或者低于阿特森，而且阿特森坚持要他的崇拜者们不折不扣地接受他的一切。

从阿特森的嘴里滔滔不绝地流出的话语也是如此，他的嘴巴即使在说话的时候也从不闭上。他的讲话通常包含三种内容：冗长乏味的污言秽语，关于美好生活的老生常谈，还有真正微妙，几乎不是人类所具有的智慧。但阿特森不会让你扔掉前两种而只保留第三种，你得全部保留。这就是让你和谐发展，具有全面的人格和不片面的看法的秘密吗？如果是，那么杰基尔就永远做不到：他无能为力。然而，很可能这不是那个秘密，阿特森从来没有要求别人模仿他。恰恰相反，他对学生们的冷嘲热讽表明他的这种做法完全不是要让他们学的，不然的话，为什么他可以很晚还不起床，躺在床上享受早饭，而在学院里的其他人，不管是学生还是教职员工，都得在早晨六点钟就起床，一天的大部分时间都花在干各种各样的杂活上：修剪树木、照管菜园、挤牛奶、做饭、缝衣服、剪草坪、铺路、修建新房子。对他们来说，阿特森的基本教学方法就是“训练”，而他自己则享有在自由的海洋上漂浮的变化无常的权利。

杰基尔注意到海德家徒四壁的房间墙壁上挂着一条鞭子，想必是他的越轨行为的纪念品。阿特森对待他的门徒就像是个驯兽师，虽然他对精神和身体施虐狂般的惩罚一点也不陌生，但他却不赞成使用鞭子。在观察到每个人都放射出毫光之后

（照阿特森的说法，这毫光是人的精髓构成的），阿特森便使用他所能发射出的高八度的放射光芒来制服、压倒、折磨、束缚并最后解放他在远近各处的每一个门徒，使其成为一种真正的意愿。相比之下，杰基尔宁可挨鞭子。

此时，杰基尔已沉着冷静地从装货箱上站起身，到一张占了半个房间的紫色沙发上坐了下来。沙发很软和，但上面却有许多香烟烧的焦痕。与此同时，海德也从他坐的箱子上一下子跳了起来。海德生性好动，难以保持安静，在一个地方最多只能坐几分钟。他又拿来一些橙汁，倒了一些杜松子酒：这次杜松子酒加得比橙汁还多。杰基尔观察着海德的口味及其透露出的从凶暴到古怪的变化。他赞成海德多喝点橙汁，因为海德一直缺乏维生素 C。杰基尔挥了挥手，谢绝了第二轮饮料。

“该死的爱情，”海德带着哭腔说道。

“你说什么？”杰基尔问道。

“我说的是——”海德压低沙哑的嗓音抱怨道，“该死的爱情。”

海德两口喝干了杯子。看来海德不但已丧失了大部分对道德堕落的爱好，而且这猛喝的两口还表明他要变得温和了。这让杰基尔感到灰心丧气。“该死的爱情，”他想自己听到海德用嘶哑的声音又说了一遍。

海德生性好动，难以保持安静。他在客厅里从放着酒瓶的藤桌跑到他的包装箱，然后又跑回藤桌，就像一只烦躁不安的大猩猩。杰基尔身体向后仰靠在紫色沙发上，他看海德跑来跑去看累了。他觉得很困，就像在水下一样。他要追赶海德多久呢？他们要像走马灯一样转个不停吗？他永远也追不上他。海德虽然步态古怪，但却令人难以置信地轻巧灵活。你不能像在想象中对付阿特森那样用绳子把他捉住，阿特森笨重得像头熊，行动缓慢，更喜欢坐在椅子上或者只要有可能便躺在床上。杰基尔想象着自己用套马索套住阿特森，把他拖到这里来，继续这场谈话。但是，他要继续与之交流的不是阿特森，而是这个像躁狂症患者一样不断地在屋子里转圈的笨蛋。

杰基尔身上医生的职业敏感在海德的古怪行为面前起码还没有变得麻木。他注意到海德的体格现在看上去很瘦弱。他皱巴巴的衬衣掉了两颗纽扣，可以瞥见他鸡胸突出的体型。他的体重减轻了很多，咳嗽起来和卡米尔不相上下。

杰基尔费了很大的劲才定下神来。他坐在沙发上开始滔滔不绝地向海德倾诉自己的雄才大略和长期遭受的折磨。在杰基尔倾诉自己的不满，阐述自己改变生活的热望的时候，海德又喝下了一些杜松子酒。杰基尔说到了他和那一群乱七八糟的门徒和杂种们住在牡蛎湾“人类潜能开发学院”时，阿特森对待他们是如何的粗暴野蛮。

“但那种训练对你很有好处，对不对？”海德一边跑来跑去，一边咕哝了一句。

杰基尔怎能否认那种训练对自己有很大的帮助呢？如果没有经过那种训练，他就不可能成为今天这样一位能干的医生，不可能如此镇静、沉稳、富有自制力和观察力，不可能如此轻松地信任自己的同事、下属和病人，让他们按照自己的意愿行事。“问题不在阿特森，在我自己，”杰基尔承认道。

“我不明白，”海德嘀咕道。他一下子在屋子的角落里趴了下来。

“我的意思是……我想放弃一切，我想变成……别笑！我想变成你。”

“噢！”海德用手掌在自己老鼠般的额头上拍了一下，“简直是一堆中产阶级的废话！你想变成我？”他和以前一样笨拙地站起身来。“你想过我这种无聊的日子？伙计，你简直疯了！”

“但是，”杰基尔说道，“如果你的生活让你感到无聊，你为什么不搬回城里去呢？”

“去被抓起来？太谢谢你了！”

“可以想办法的，你也知道。我可以告诉兰杨。”

“那个笨蛋？”海德手里拿着酒瓶，身子在地板上旋转了一圈，说道：“他太老了。”

“他还不老。你喝醉了。”

“他还没死全靠你给他打针，你不必为他的健康辩护，”海德大声说道，“兰杨无法让地方检察官减轻对他将一个偷了一块尿布的孩子送进了坟墓的指控。”

“别喝了，我不愿去想象你的肝脏已经变成了什么样子了。”

“冷静点，伙计！”海德叫道，他停止了在屋子里一瘸一拐的转圈。“想看我的针孔？”他摸到左手的衣袖，把它卷到了胳膊肘的上方。“嗯，我已经戒毒了，瞧！这全靠——好酒！”他拍了拍酒瓶，然后使劲把它放在藤桌上。阿特森向餐厅里的椭圆形桌子扫了一眼，拿起装满法国白兰地的酒杯举杯祝酒。他喜欢祝酒的对象是某种白痴。几年前在一次兴致很高的宴会上，阿特森发明了一整套大脑发育受阻的分类学。他所说的“白痴”可以被分成机灵的类别和亚类别，关键是看在场的每一个人应该被归入哪一类。这个游戏他现在还在玩，学生们紧张地互相讯问，而阿特森却握着宣布最后判决的权力。阿特森呷了一口白兰地咧嘴笑了。

杰基尔继续说道：“如果你不愿意回城里去，可不可以考虑换个地方住？我们可以……”说到这里他犹豫了一下，然后又接着说道：“我们可以一起到某个地方去，我的意思是说，我和你一起去。”这句话让海德立刻停止了转圈，起码是暂时停止。他惊讶地问道：“你为什么要那么做？伙计，你真的是头脑发昏了！”杰基尔突然感到自己结实的发根下的头皮一阵刺痛。

“我知道这听起来像是发疯……”杰基尔停了停，又接着说道：“我们不必总待在一个地方，一年的大部分时间里我们都可以在路上。”

“嘿，这是什么？是个提议吗？别对我说你结婚这么多年后突然发现自己是个同性恋。噢，伙计，那就太过分了！”他扑通一声坐到地板上，然后像狗一样伸开四肢，仰面朝天躺了下来，笑得快要抽筋了。

“别笑了，艾德！”杰基尔被笑得很不好意思，他在沙发上向前欠起身子喊道。“你知道不是那么回事。只是因为……因为我意识到了我没有足够的……足够的想象力。你明白我的意思吧？”

海德抬起一双细腿乱蹬一气，同时用双手使劲压住胸口，试图止住自己的大笑。“你以为和我一起混——”他笑得咳呛起来，赶紧坐起身来接着说道：“你就会更有……想象力？”

“快喝点水。”

海德紧绷着脸摇了摇头，摇摇晃晃地站起身来。“我不明白，”他喘着气说道，“你想把你的工作扔到垃圾筒里去，搬出有政府租金管制的公寓，丢下你的老婆——”

“不，”杰基尔打断他道，“我想和老婆一起走。”

“妙极了！”海德哼着鼻子叫道，“嗯，你想扔掉你的公寓，把你老婆从她的朋友们那里拖走，躲开阿特森，让在你的诊所里排队等候施瓦策医生的穷人们大失所望，扔下所有那些你还从来没有干过的护士……”杰基尔点点头。“为什么？”

“因为我不自由。”

“自由！”海德醉醺醺地喊道，“快长大吧，你这个大孩子。”

“但我说的是实话。我过的日子……全都是规划好的。什么都不会发生在我身上。我是说，我知道什么会发生在我身上。我今年三十八岁，从我的健康状况和家族情况来看，我可能会活到九十岁，但我几乎现在就可以写出我的讣告了。”

“妈妈的大孩子！”

“你已经说过这个话了。”

“自由！”海德用拳头揉了揉眼睛说道，“伙计，你有没有脑袋？”

“对！”杰基尔说道，“这就是和你待在一起对我有好处的原因。”

“唔，别指望我能帮助你！天哪，我自己也有许多问题。”他又在屋子里转起圈来。“再过一分钟，你就会跟我谈幸福，”他停下脚步，两眼狠狠地盯着杰基尔说道，“或者爱情。”他说话时不停地眨巴着他的小眼睛。

“喂，艾德，我确实感到难过，她那样做……”杰基尔看到海德黝黑的脸由于痛苦而变成了铅灰色。“我对发生在你身上的事感到难过。”

“该死的爱情，”海德呻吟道。他用左手背擦了擦鼻子，又给自己倒了一杯酒。

但没有什么东西——特别是绝望——能够让海德停下他笨拙的脚步。杰基尔感到一阵睡意袭来，他开始意识到时间已经很晚了。他从沙发上站起身，伸了个懒腰。

“别走！”海德叫道。他在杰基尔放下双手的时候跳到他身边。“不管怎么说，今晚你得在这里过夜。”他把紧绷绷的脸颊凑到杰基尔的胸前有点含混不清地小声说道：“你赶不上最后一班火车了。”

杰基尔点了点头，但他没有坐下来。

“怎么回事？”海德挑战般地问道。

“我想吃点东西。”

“怎么会呢？”海德斜睨了他一眼道，“我一点都不饿。”

杰基尔把他推到一边，然后朝门道那里的厕所走去。在他正要给马桶冲水的时候，海德来敲门了。杰基尔拉了拉冲水的链子，但一点动静也没有。

海德继续砸门。“嗨！”他朝门踢了一脚，说道，“我去叫我妈来做点什么吃的。”

“你母亲和你住在一起？”杰基尔隔着门问道。

“当然，”海德又踢了门一脚。“自从……自从那个婊子走了以后。”

“但是你讨厌你母亲，我记得几年以前你对我说过。”

“那又怎样？”海德叫道，“她做她的事，我做我的事，她不妨碍我。”

杰基尔开了门。“我不该用我的问题来烦你。”

海德依旧站在门外。“没关系！”说话时他的嘴巴皱成了嘲笑的模样，露出满嘴长满牙石的牙齿，他是在表达友好的感情，“你来了我很高兴，汉克。我也很喜欢你和我这么亲近，虽然你发疯了。”

杰基尔又说了说自己的想法，虽然他现在已经放弃了劝说海德的希望。“你站在我的立场上来想想，”他说道。

“你在开玩笑吧？我为什么要那样想呢？”海德叫道。与此同时，阿特森——不管此时他是坐着还是躺着——正在对一名女门徒说只要她认真听讲，她就会了解所谓真理是多么的可笑。

第二天早晨，海德的母亲把一份松饼和一杯速溶咖啡送到了杰基尔床边。与此同时，阿特森也在享用睡眼惺忪的普尔给他送去的早餐。杰基尔本想问问海德的情况——他醒了吗？他酒醉好些了吗？——但他还是决定算了，于是他翻了个身脸朝下趴在床上，假装又睡着了。最好别问老太太，她很可能会唠叨个没完。杰基尔想起了军事史上的一条规则，珍珠港事件给这条规则作了最好的注解：由于周围有很多噪声，即另外的信息，你很难听到真实的信号。

她离开阁楼之后，杰基尔咬了一口松饼，翻身下了床。窗外几株高大的梧桐树耸立在褪色了的屋顶上方，落下的树叶塞满了排水沟。阿特森身穿羊绒晨衣出现在走廊里，大声叫学生到外面去清扫落叶。此时杰基尔穿上了他的法兰绒裤子和灯芯绒上衣，走下后面的楼梯，穿过厨房（海德太太正在那里看有关战争的电视节目），来到了客厅里。海德正跪在屋子的一角修理自行车。想到海德骑自行车而不是驾驶他那杀人的哈雷机车让人感到有点奇怪。

“醒了多久了？”

海德抬起头咕哝道。他现在和昨晚简直是判若两人：现在的他眼光清澈，人味十足，显得更加残忍，更加年轻，更加可怕。他举起手里的一把螺丝起子挠了挠他的秃头。

“今天天气挺好，”杰基尔接着说道。

“别在我的面前摆谱，哥们儿，”海德用威胁的口气说道。“如果我愿意，我随便哪一天都可以像你们这些大学生一样侃侃而谈。”他回过头去，用钳子在自行车上鼓捣着。

杰基尔犹豫了一会儿，然后向海德走近了一步问道：“你记得星期天的火车时刻表吗？”

“想走了，嗯？”

“我晚饭前必须回去。”

海德一下子把钳子扔在地上，双手叉在瘦骨嶙峋的腰间，嗓音提高八度问道：“你是说我们不要像邦妮和克莱德那样一起私奔，一起去抢银行，从此一起过快活日子了？”

“对，”杰基尔说道，“火车时刻怎么样？”

“三点四十有一班慢车，乘这趟车你可以及时赶回家去。”

杰基尔恼怒地转过身去。

“不，等等！”海德站起身，跳过工具箱和自行车链条叫道，“我在想咱们昨晚聊的事……”

杰基尔转过身来。

“你听我说。我想明白了，你不需要我，你自己干吧。”

“什么意思？”

“干点什么，暴力的！”海德用嘶哑的声音说道，“抢劫瞎眼的送报人，骚扰儿童，欺负低年级学生，掐死阿特森，把——”海德看到杰基尔脸色发白，便停了停，拍了拍细细的大腿又接着说道：“我懂得你的意思了，对不对？噢，那个可恶的老东西让你烦透了。你应该像我一样，从他那里把对你有好处的东西弄到手后就一走了之。”说话时海德用一只脚在屋子里跳来跳去，好像是在为他的话作注解。

“嗨，伙计，你犯过罪没有？”

杰基尔没有回答。他的脑子里翻腾着自己在想象中犯过的所有的罪行和自己从未想象过的真实的罪行。要是自己有那种力量——不是体力而是道义之力——来掐住阿特森青筋暴绽的脖子就好了。

“你知道，暴力，日共水——”海德嘲讽地说道。

“我知道暴字是怎么写的。”杰基尔呻吟道。他感到心脏一阵紧缩。“什么暴力？”

“嗯……”海德顿了顿，做了一个模仿某个戏剧人物（或者是大猩猩）思考的动作。“你并不打算杀了阿特森，对吗？那么……干点什么容易点的来开头怎么样？像放火把学院烧了之类，没有人会死的。”

“你认为我干得了那个？”

“你可以试试，”海德已经停止了跳来跳去，在用手挖着鼻孔。“也许你可以找个帮手。”

“我不需要帮助。”

“你不需要，嗯？那你昨晚来干什么？”

杰基尔急着要走，他站到了挂衣服的钩子附近。

“假如，”海德又来了精神，“假如我告诉你已经有人在计划要毁掉学院了呢。”

“你在告诉我吗？”

“你不相信我的，”说话时海德的脸红了。

“我可以相信你，如果你能解释你是怎么知道的。”

“我不能透露消息来源，”海德清了清嗓子，吐了一口痰后接着说道，“但我能告诉你时间。就是这个月，十月十六号的夜里。”

杰基尔此时的感受是妒忌还是恐怖呢？他问道：“你要告

诉……告诉阿特森吗？”

海德没有回答，只是在他的自行车边跳来跳去。

“你必须告诉他！”

“为什么？”海德怒道，“他不是会通灵术而且还有超人的洞察力和其他各种本领吗？让他自己去发现吧。”

对此杰基尔不必回答，这似乎是一个廉价的恶作剧。我们不是都住在同一个地方吗？杰基尔在思考着犯罪，他在想着阿特森。

阿特森说过：“魔鬼被关得太久，出来就会咆哮。”杰基尔感到，从他透过破窗户看到的阴沉的天空中云块之间的片片蓝天和外面的各种声音、气味和此时的温度那里有什么东西正在向他袭来——某种他竭力要避开的东西。他不再试图躲避，一个很小的声音在他耳边不停地叫着：“自由，自由，自由！”

杰基尔曾经目睹过这样一件事：在一个夏天的深夜，一名头发灰白的老人——也许是一位在哥伦比亚大学讲学的流亡德国犹太人学者——正沿着滨河路向前行走。与此同时，一名身穿黑色皮夹克的小个子年轻人从他的对面走过来。当两个人走到互相离得很近的时候，老人对年轻人很庄重礼貌地点了点头，停下了脚步。他用手向前指着，看上去似乎是在问路。老人有一张漂亮的脸，脸上带着满足的表情。矮个子年轻人面对着他站着，拨弄着手里的吉他，没有回答老人的问话。过了一会儿，他开始发怒了，浑身颤抖就像一架旧飞机的螺旋桨。他挥舞着手中的吉他，同时不停地跺着脚，他脚上的靴子沾满了稀泥。老人向后退了一步，脸上的表情与其说是吃惊或害怕，不如说是厌恶。他一定听说过街上有疯子，但也许认为自己永远不会遇到。他又向后退了一步。年轻人开始用手中的吉他使劲殴打老人，一直把他打倒在人行道上。雨点般的重击不停地落到老人的脑袋、胸口和双腿上。老人呻吟着，抽搐了几下，然后躺在地上不动了。那矮个子年轻人嘴里哼着带鼻音的小调，还继续对躺在地上毫无反抗的老人又是刺又是捶地拼命殴打着。

杰基尔站在街道那头的门道上看着这一切，他觉得那小调似乎也到了自己的嘴边。“那有什么呢？”那声音说道。他曾毫不动容地看到过那么多人死去——那些被遗弃的穷人，也挽救过无数人的生命，修补过无数的人的身体并让他们恢复健康，也许他不被情感所左右，就当这是一场梦而袖手旁观一次——就这一次——是可以原谅的。打断老人骨头的人是谁？如果是海德，那就必须制止。

杰基尔寻求自己行动的能量，他在内心里已经开始草拟一份准备明天就向兰杨口述的新遗嘱。海德的援助似乎是虚无缥缈的了，杰基尔意识到自己孤零零地生活在这个到处都是恶魔的世界上。好魔术师和坏魔术师的斗争如果不是一种幻觉，也只不过是一场让人分散注意力的游戏而已。他必须跟随他们的首领，那位使他迷惑并引诱了他的超越了好坏的魔术大师。让阿特森把他所有的能量都传过来，不管通过什么管道。这次他再也不会还给他了。

当身在牡蛎湾的阿特森在床上翻来翻去，看着普尔刷地毯的时候，身在普拉茨堡的海德又在他的自行车前蹲了下来。与此同时，也身在普拉茨堡的杰基尔正在穿上大衣。海德再次抬起了头。“等等！”他叫道，“我改主意了。”

杰基尔此时正在想着自己的心思，想着那道可能会也可能不会从阿特森的身体里发射出来的蓝光，海德的话惊了他一下。

“什么？”

“也许你是对的，你昨晚说的那件事。”海德的声音里有一种奇怪的，让人反感的讨好的味道，“关于搬回城里去住的事。”

“你母亲呢？”

“让她唠叨去吧，”海德兴高采烈地叫道，“我跟你走！”

他蹲在地上绕着自行车跳起了哥萨克舞。他左手高举在头顶，右手握着锤子在自行车的挡泥板上敲击，两条细腿交替向前踢出。“我得先把这修好——”说这话时海德用锤子在后挡泥板上狠狠地敲了一下，挡泥板上立刻出现了一个大坑，“然后还得上楼去拿我的毛衣和另外一条牛仔裤。”

“不要来！”杰基尔大声叫道。

“你听我说，哥们儿，”海德叫道。他拿起一把大钳子，把自行车前轮的辐条一根一根地卸下来，“如果我愿意，我可以乘火车。这是一个自由的国家。”

杰基尔从钩子上扯下那件黑斗篷，向海德猛冲过去，他把黑斗篷扔过去罩在海德头上，又从地上抓起了自行车的链条。

一下、两下、三下，海德在杰基尔打他——杰基尔想要把他打死，但却没有成功——的时候，就像一只母鸡一样拼命地挣扎着。与此同时，阿特森在牡蛎湾自己的房间里拿起了拖着长长的电线的电话，拨通了警察局的号码。

阿特森站在学习室的黑板前。杰基尔坐在阴湿的牢房里的床边上，他已经被单独关押两个月了。他被单独关押，并不是因为他杀人未遂的罪行太重，而是因为他在进了牢房一个星期以后，参加了一场囚犯们为争取改善伙食的抗争活动。抗争演变成了暴动，两名被扣作人质的警卫被割断了喉咙。牢里的囚犯大多数都是比他不幸得多的黑人和波多黎各人，杰基尔认为自己有责任和大家共同行动，结果他受到了比别的犯人更加严厉的惩罚。警卫虐待他，囚犯们怀疑他，虽然他们在和从奥尔巴尼来的谈判官员进行谈判时选他做发言人。他们怀疑是因为他过于激进，毫不让步，结果让州长能轻易地命令国民警卫队从监狱的西翼发起进攻。混战中有十三名犯人被打死，其中包括除了杰基尔之外的所有的暴动的主要领导者。

天气非常寒冷，是多年以来最冷的一个一月份。杰基尔以为还在十二月。不管是十二月还是一月，目前还看不到一点天气转暖的迹象。从技术上说，监狱是有供暖系统的。煤炭定期运来，这些煤炭也都被投进了供暖的火炉里。但暖气不能到达杰基尔的牢房，也不能到达所有的被单独关押的犯人的牢房。他最担心的是鼻子和双脚总是冷冰冰的。虽然每个犯人在刚到时都发了一双拖鞋——杰基尔惊奇地注意到，这又旧又破而且尺码大了一号的拖鞋居然是真皮的——但是囚犯们都不准穿袜子。曾经爱好健身的杰基尔现在身体非常虚弱，体重只有一百四十磅。如果阿特森在讲台上过多地走来走去，杰基尔一定会晕倒的。

阿特森在学习室里对一群求知若渴的年轻学生讲："请记住那些我们失去了的兄弟姐妹们。"杰基尔以为那天是十二月十四号，他想起了上个星期天是他妻子的生日。

杰基尔妻子的表弟理查德·英菲尔德前来看望他。杰基尔现在已经从单独关押牢房转到了监狱的东翼，这里的一间牢房关押着两名囚犯。杰基尔的右脚裹着石膏，那是因为昨天他从上铺跳下床来时摔伤了脚。他获准可以在牢房里会见客人，而不用到那里面隔着一道从上到下的铁栅栏的长方形的会客室去。"你真的干了一桩蠢事，"英菲尔德尽力用随便的口气说道。杰基尔开头还以为他指的是自己扭伤了脚踝并造成脚后跟骨折的事，后来才明白英菲尔德说的是他想杀死海德。但他并没有生气。下午早些时候，他的妻子来看过他，给他带来了一盒巧克力和一只烤鸡。他很高兴，但也不得不让他的同室囚犯分享他的巧克力。那是一名贩卖海洛因的毒贩，就是他在暴动中割断了一名警卫的脖子。幸运的是，那家伙对烤鸡不感兴趣，杰基尔因此可以独享美味。现在杰基尔已经增加了一些体重（他现在有一百五十磅重了），牢房也有暖气了。虽然如此，英菲尔德还是认为他的样子看上去非常糟糕。

在杰基尔的想象中，他双手戴着手铐，手铐的铁链从他的手腕处一直拖到了阿特森的卧室门把手上。假如他把双手猛地一动，就可以把门拉开——但要小心别让门在打开的时候撞到阿特森的贴身侍从普尔的脑袋。普尔今年十四岁，他在阿特森的门边睡觉——并亲眼看到在那屋里半夜时分发生的淫秽的一幕。

“需要我给你带什么东西来吗？”英菲尔德问道。

“当然，”杰基尔回答道，“你可以给我带来某个人的死讯。”

真是又可怜又可恶，英菲尔德心想。他转过身去，请警卫打开牢房门。“把门关好，”杰基尔说道，“那里有一股穿堂风。”他的同室囚犯——现在被赶到上铺去了——把糊满巧克力的嘴巴贴在枕头上，不高兴地嘟哝了几句什么。阿特森此时正在睡下午觉，他在自己肮脏的大床上翻了个身，大声呼唤普尔给他送点新鲜咖啡来。是起床到学习室去的时候了，他要去给学生们讲如何内省和恰当利用自私的问题。杰基尔看着牢房门砰的一声关上了。

最后，是衰弱的兰杨给杰基尔带来了他期待的消息。海德自杀了：他吊死在自家的地窖里。

这是英菲尔德来看他之后两个星期以后的事了，杰基尔本来应该能够去会客室见兰杨的，但今天早晨他在一瘸一拐地从床边到马桶那里去的时候被自己的拐杖绊了一跤，左脚踝的一块骨头完全摔折了。监狱里的医生刚刚离去，他左脚上新裹的粉红色的石膏还没有干。

“从你的律师的角度来说，我不知道这对你的假释有没有什么影响。”

我的双脚，杰基尔心想。不，不是我的双脚。兰杨还在说话：“杀人未遂依然是杀人未遂，即使受害者在不久以后不管因为什么原因而死了。”

“他给我留有信吗？”杰基尔嗓音沙哑地问道。

兰杨递给杰基尔一个小信封，杰基尔接过来撕开了。里面是一张从学生用的笔记本上撕下来的一页，纸上是一个大嘴巴的口红印记。兰杨想从杰基尔背后窥看信的内容，但杰基尔在他还什么都没看到时便很快地把信纸揉成一团，塞进了右脚上的石膏套里。

“他说了些什么？也许这对你申请假释有用。”

杰基尔摇了摇头。“他还留有什么别的话吗？”他冷冷地问道。

“给阿特森的。”

“他说什么？”

“他承认打算在十月十六日放火烧毁学院的人就是他。”

“可怜的自鸣得意的杂种，”杰基尔说道。他竭力掩盖自己的失望。

“闭嘴！我要睡觉！”躺在上铺的杀人犯抱怨道。

静默了一会。杰基尔看着自己漂亮的瘦骨嶙峋的双手，问道：“阿特森对此怎么说呢？”

“你了解阿特森的，”兰杨笑道，那是一种听起来很不协调的老人的笑声。“他说如果海德成功了，他一点也不觉得有什么关系。他说每个人都有做自己想做的事情的自由。”

“噢，自由……”杰基尔津津有味地嚼着上午他妻子给他送来的香草软糖说道。他向后舒服地靠在床上，把双脚伸进多给了他的一个枕头里。他的两只脚都裹着石膏，一只干的，一只湿的。他笑了笑说道：“别对我谈什么自由。”

（徐天池 译）

# 心 问

……一位长发妇人，长着一头蓬松的、泛着红光的、像演员一样不太自然的棕发，我第一次见到她时，她才二十三岁（我十九岁），当时她的头发焕发着青春的活力，无需染整，可眼下尽显老态，失去了往日的光泽。娇小疲弱的身躯，略微宽大的手腕，平坦的胸部，宽胛骨的双肩，以及海鸥双翼一般的盆骨，一个空荡荡的躯壳，人们或许不愿多想一下她赤裸时的样子，这就是为什么她常常衣着华丽却不免造作的原因。她有过一个丈夫，长着浓密的髭须，因为黑手党人的惠顾，出人意料地成了东区[①]一家饭店的老板。他们分了手，接着吵吵闹闹地离了婚。两个淡黄色头发的孩子被打发到了绿草丛生的寄宿学校，孩子们看起来像是另外一对父母所生。她说："为了呼吸新鲜空气。"

几年前的一个秋天，我们在中央公园的一棵枫树下闲逛。我们的自行车双双并排着，朱莉那辆是她自己的（过去她经常骑自行车），我的是租来的。朱莉承认，最近能用来干活的时间越来越少：上合气道[2]班，做顿便饭，打电话给孩子们，继续谈情说爱。但用来疑惑的时间，仿佛全世界的时间都在这里了——几个小时，整整几天。

疑惑？

“关于……”她看着地下说：“噢，我或许开始对那片落叶与别的落叶之间的关系感到疑惑了。”她指着一片叶子，又指向旁边的一片也已经发黄了的叶子，它那残缺不全的叶尖同第一片的叶脊几乎形成直角。“为什么它们躺着恰好是那个样子，为什么不是别的形状？”

“要我解释，是因为枫叶从树上飘下来便是这个样子。”

“可是，它们之间有一种关系，一种联系……”

朱莉，我的姊妹，可怜而富有的迷失者，你是疯了。（这是一个疯狂的问题；一个不该问的问题）可我没这样说，只劝慰她：“你不该问一些自己回答不了的问题。”她没有回答。“即使你可以回答这样的问题，你也不会知道。”

看，朱莉。听，彼得·潘[3]。与其聊枫叶——那太荒唐，不如来谈谈人。毫无疑问，今天下午两点至五点之间，八十四名愁眉苦脸的越战老兵正在闹市区的无窗办公室里排队接受福利体检，与此同时，十七名妇女正坐在派克大街[4]某外科医生

① East Side，纽约市曼哈顿区的东部。

② aikido，合气道，日本的一种自卫拳术，利用对方的力取胜。

③ Peter Pan，苏格兰剧作家 James Barrie 所著剧本的名字，其中的主角是一个不肯长大的小孩，后用此名泛指天真无邪的成年人。

④ Parlk Avenue，派克大街，美国纽约市曼哈顿东区一条南北向的宽阔的街道，街上多豪华的大公寓，常作奢华时髦阶层的代称。

诊所里的紫红色人造革椅上，等候做乳癌检查。然而，要把这两件事情联系起来，是毫无道理的。

或许有几分道理？

朱莉并没有问我对什么感到疑惑，诸如：

**有什么不对劲？**

一块厚厚的黄褐色的东西在每个人的肺叶上沉淀——是抽烟过度日积月累的后果。胸腔感到压迫，饭后常常伴随着恶心。

朱莉本来就很削瘦，最近又设法减了不少体重。她告诉我，上个星期只有面包和咖啡才没有让她恶心。“噢，别这样！”我喃喃地说——我们正在通电话。那天晚上，我去她家，查看她那有气味的空冰箱，想把窝在里边、装有发霉的汉堡的塑料袋扔掉，她却不让。她嘟哝说：“连鸡肉也不便宜了。”

她冲了一些雀巢咖啡，我们盘腿坐在客厅的榻榻米上，先聊了聊她现在的情人，那个畜生，然后争论起列维·斯特劳斯关于封闭历史的观点。我一直很虔诚地捍卫历史。朱莉虽然穿着华贵的长裙，抽着十分名贵的香烟，但她节食的另一个原因就是她太小气了。

每一次都是剧烈的痛苦。也许朱莉根本就不想出门，许多人都这样，喜欢蜗居在公寓里。

这座城市既不是原始丛林，也不是月球，更不是高级酒店。远看它是宇宙的一个污点，一个正在释放能量的圆球；近看，则是一块非常清晰的印刷电路，一个遍布污迹的晶体管迷宫，一个储存哮喘声纹[①]的资料库。只有某些市民的声音有权被放大，并被聆听。

一位五十多岁的黑人妇女，身穿一件颜色比她的棕色购物袋还要深的棕色外套，上了一辆出租车，她轻轻地叹了口气。“到第143大街和圣·尼古拉斯大街的交叉路口。”一阵停顿。“开车吧！”寡言少语、体毛茂密的年轻司机打开计程器。她把购物袋搁在肥胖的双膝间，开始哭起来。伤痕累累的塑料隔板的另一边，埃索可以听见她的哭声。

人越多，就有越来越多的声音被淹没。

那位黑人妇女很有可能就是多丽丝。她是朱莉的女佣（每个星期一上午去干活）。十年前，她到圣·尼古拉斯大街去买六罐装的食品和一些通心粉沙拉时，她的两个小孩双双死在了一场大火里，这场火灾在一定程度上毁坏了他们的两居室。但

① voice-prints，声纹或声印，用仪器对人的说话声所作的等高线状记录，声纹因人而异，如同指纹。

如果是多丽丝，她不会问自己，为什么他们的房子不多不少刚好烧到那里呢？为什么两个孩子的尸体躺在电视机前恰好是那个角度？如果是多丽丝，那么今天肯定不是星期一，到朱莉女士家干活的日子。因为那只棕色袋子里装有她刚打扫过的那套七居室的女主人不要的衣服，而朱莉从不扔掉任何衣物，也从不送人。

连打扮自己也变得艰难起来。自从复活节那天，布鲁明德尔[1]三楼的时装区发生爆炸，凡是去大商场购物的顾客进门时都要搜身。这个满是裂痕的城市！

如果她不是多丽丝，不是朱莉的女佣，那么也许是多丽丝第二。她的女儿（1965 年，亨特学院的文学学士）醉心于巫术，正跟一位与她母亲年龄相仿的女士住在一起。这个女人比她母亲更胖，但很结实，拥有万贯家财：罗伯塔 · 乔瑞尔，黑人艺术皇后，国际著名的独幕剧作者，诗人，布景师，制片人，发音指导，“乔瑞尔肢体意识、运动及功能协调体系”的发明者，传授伏都教[2]的三级法师。这个多丽丝也是女佣，已经七年没有女儿的音讯了。女儿成了这神圣七年的俘虏，期间做过“罗伯塔 · 乔瑞尔黑人戏剧协会”的舞台助理，乔瑞尔在达喀尔、海地角和费城等地不动产的记账员，两卷本的罗伯塔 · 乔瑞尔与伯特兰 · 罗素书信集的辨读员和打字员，还做过

---

① Bloomingdale，纽约一家著名的百货公司。

② voodoo，一种西非原始宗教，现仍流行于海地和其他加勒比海诸岛的黑人中。

这个任何人——包括她丈夫——只能称之为乔瑞尔小姐的女人的贴身女佣。

出租车载着多丽丝——如果的确是多丽丝——朝第 143 街和圣·尼古拉斯大街之间的街区开去。司机在第 131 街停车等候红灯时，三个棕色皮肤的男孩（两个十一岁，另一个十二岁）用刀子对准他的喉咙，洗劫了他的钱。下班的标示灯一亮，司机迅速把车开回西区第 55 街的车库里，在一个离可口可乐机老远的角落里，抽了支大麻烟，松了口气。

但是，如果她不是多丽丝，而是被带到第 143 街和圣·尼古拉斯大街交汇处的多丽丝第二，那么司机没有遭到抢劫，而且很快有一位乘客要求去第 173 街与威斯大街的交叉路口。他应允了乘客。但是他害怕走失，再也找不到回去的路。这个乱七八糟、无法无天的城市！这些年来，自从市政府不再为摩瑞萨尼尔和杭波特两地提供收垃圾服务，街头的流浪狗不知不觉地变成了郊狼。

朱莉不经常洗浴。一股难闻的味道。

几天之后，一位中年黑人妇女，提着一个棕色购物袋，钻出格林威治村的地下隧道，同遇到的第一位中年白人妇女打招呼：“请原谅，夫人，去女子拘留所怎么走？”这是多丽丝第三，她惟一的女儿才二十二岁，却已经是第三次为了这样或那样的原因，服九十天的拘役了。

我们所知晓的超出了我们的应用范围。看看我头脑里的这些东西吧：火箭与威尼斯教堂，大卫·鲍伊与狄德罗，越南鱼露与巨无霸汉堡，太阳镜与性高潮。你翻阅过多少份报纸杂志？在我看来，它们对于我，就好比是邻居的糖果、安眠药或尖叫疗法。每天我都从第110街的一家小烟店取报纸，这是那个脾气很坏的林肯旅退伍老兵办的，而不去找离我更近的，百老汇大街木屋报亭的盲人报贩。

而我们知道的还远远不够呢。

**人们在努力做什么？**

我们周围的人，就我所见而言，都力求过平淡的生活。但这要付出巨大的努力。一般看来较为可靠的平淡，也求之不易，远不如从前了。

昨天朱莉来电话说，她在一个小时前下楼取了她洗的衣服，我为她感到高兴。

人们努力去关注外表。男士们不带枪支，就涂抹睫毛油，亮晶晶的，洋洋得意。人人都陷入了某种道德障碍。

人们努力不去计较，不去过多计较。努力不让自己感到害怕。

多丽丝第二的女儿，确实曾亲眼目睹罗伯塔·乔瑞尔神色庄严，毫不畏惧地把双手伸到了滚烫的油锅里，直到手腕，从锅里取出一些玉米条，揉成一个小薄饼，接着迅速把薄饼和双手重新浸入油锅。没有疼痛，没有伤痕。她需要二十个小时进行准备，不停地敲鼓、吟唱、行礼、拍掌；把微微发咸的圣水盛在锡杯里传递和吸饮；四肢涂满羊血。仪式过后，多丽丝第二的女儿和另外四名信徒，包括亨利——罗伯塔·乔瑞尔的丈夫，护送她回到北迪维耶酒店的房间里。这次旅行，亨利不许和她们同住一层楼。乔瑞尔小姐吩咐，她要睡二十个小时，不得以任何理由吵醒她。多丽丝第二的女儿冲洗完乔瑞尔的血袍，坐在卧房外的柳凳上，等候她醒来。

我试图邀朱莉出来陪我玩玩（我们认识已经有十五年了），去看看市容。好几个白天和晚上，我请她到布鲁克林[①]看速滑旱冰，游名犬博览会，逛施瓦茨[②]儿童玩具店，参观斯塔腾岛上的西藏博物馆，参加妇女游行，去新开张的单身酒吧，到埃尔金看通宵电影，逛派克大街的星期日集市[③]，或者参加诗朗诵会，可她总是加以拒绝。有一次，我约她到老麦特剧院看歌剧《佩利亚与梅丽桑》，可我们不得不在幕间休息时退场，朱莉当时浑身发抖——据她说是因为厌烦的缘故。其实，第一场戏的大幕刚刚拉开，出现一片漆黑的林中空地时，

① 美国纽约市西南部的一区。

② F.A.O.Schwarz，美国一家著名的玩具连锁店。

③ La Marqueta，公共集市，位于纽约市东区第 115 大街与派克大街之间，多卖食品和日杂用品。

我就意识到犯了一个错误。“别碰我！别碰我！”女主角呜咽地哀求着，身子正危险地倾向一口深井。这是她的第一句台词。那个出于好心想救她的陌生人同样迷惑起来，他后退几步，用淫亵的目光盯着女主角的长发；朱莉吓得瑟瑟发抖。这次得到的教训是：不能带朱莉去看《佩利亚与梅丽桑》。

多丽丝第三的女儿出狱后，一直试图放弃以前那种生活。但她做不到，一切都变昂贵了。从鸡肉——甚至包括鸡翅和鸡胗——到乌木屏风，20 世纪 30 年代为一位著名服装设计师收藏的屏风，莱尔的母亲在帕克 · 波纳拍卖行以 18 000 美元买了下来。

人们在节省开支。那些爱吃的人——包括大部分人在内，朱莉除外——不再只花个把小时在某个超市购买一周的东西了，买满一推车的食品，得花大半天的时间，在十来个商店仔细权衡。此刻他们也正在这个城市转悠。

那些投资袖珍计算器的富商们，正在琢磨着让人们使用他们的产品。

即使没有像多丽丝第二的女儿那样痴迷于巫术，人们也开始响应江湖术士和郎中登载于报纸的广告。“不必等死后才得到虚无缥缈的幸福。如果现在就想拥有覆盖冰淇淋的乐园，不妨通过电视看看和听听艾克牧师[①]，或者亲自拜会他。”艾克

① 美国一黑人牧师，通过电视、广播、集会，宣讲成功、致富及为人处世之道，拥有众多的追随者。

牧师的教堂不在——重复一遍，不在——哈莱姆①。没有建筑物的新式教堂②正从西部移师东部：人们正在崇奉那个恶魔。在现代艺术博物馆西侧的第 53 大街上，一个头发蓬乱的金发男孩，长得很像莱尔，试图让我对“末日审判教堂”③感兴趣。“你听说过这个教派吗？”我说听说过，他继续喋喋不休，好像我说的是没有听说过。如果我停下来和他交谈，就无法赶上五点半的电影了，我递给他一块五毛钱，买了一本他的杂志，可他还跟在我后面念叨“末日审判教堂”为穷孩子实行的免费早餐计划，直到我进了博物馆的旋转门里。早餐计划，真的吗？我想他们是要噬食这些孩子！

人们正在录制他们的性爱技巧，窃听他们自己的电话。

11 月 12 号这天，我做了件好事：隔了三个星期后，给朱莉打了电话。“喂，你好吗？”“坏透了。”她回答说，咯咯地笑了。我也笑了，说道：“我也差不多。”这样说其实并不准确。我们哈哈笑了一阵，听筒在我手里摸上去又光滑，又温暖。“碰碰头怎么样？”我问。“还是你来我这里吧？最近我讨厌出门。”亲爱的朱莉，我早知道这个。

我尽量不去责备朱莉抛弃她的孩子。

---

① Harlem，纽约市一区，位于曼哈顿北部。自 1910 年以来，迅速增大的黑人居民使该地成为美国最大的黑人聚居地。
② 应当指艾克牧师的电视教堂。
③ 美国一个新兴的宗教组织。

莱尔现在十九岁了。一天早上，他从百老汇大街和第96街的公用电话亭给我打电话。我叫他来一趟。他给我带来了刚刚写好的小说。这是好几年来我读到的莱尔的第一部作品，不像他十一岁发表的小说那样完整。那时的莱尔还是个面色苍白、奶声奶气、尚未发育成熟的男孩，被誉为《党派评论》的莫扎特；莱尔十一岁时还没有染上吸毒的习惯，没有患上短期失明症，没有成为走南闯北的滚石乐队的发烧友，没有被父母监禁两次，也没有试图三次自杀——总之，这一切发生在他结束布朗克斯科学高中[①]的初级学业之前。在我的鼓励下，莱尔答应不焚毁这部小说。

塔基183，断肠人145，涂洛克137，魅力星65，沉思者160，小蛇128，本州第二，云中漫步149，眼镜蛇151[②]，跟几个朋友一起，给西蒙娜·薇依[③]寄去一些不礼貌的信件，大意是“你又不是犹太美国人的公主”。她告诉他们，苦难是永无止境的。他们回答说，你那样想是因为患了偏头痛。她反唇相讥，你们也一样，只是你们不自知罢了。

她还说，只有一件事情比“我们”更可恨，那就是“我”[④]——他们继续把自己的名字涂抹在高速公路的汽

① 纽约一所高中，全称为“Bronx High School of Science”。

② 可能是一帮喜欢在公共场所乱写乱画的人。他们有些自称 griffiti artists（涂鸦艺术家），喜好在墙面、列车以及其他表面即兴创作，以吸引公众的注意。

③ Simone Weil（1909—1943），法国女哲学家，一位身体力行的圣女，主张以心灵拥抱上帝，拒绝受洗和参与圣事，并置身于教会和基督教团体之外。

④ 西蒙娜·薇依关心大众甚于个人，而这帮涂鸦者只关心个人的感受。

车上。

**是什么帮我们解脱、抚慰和帮助？**

分享别人的记忆是一种愉快。记忆中的一切都亲切、可爱、动人和珍贵。至少过去是安全的——尽管那时我们意识不到这一点。现在我们意识到了。因为它属于过去；因为我们挣扎过来了。

多丽丝，朱莉的多丽丝，用两个死去孩子的照片、玩具和衣服点缀客厅，每次你去看望她时，头半个小时只能仔细观看这些东西。她那泪水枯竭的双眸向你展示了一切。

一阵冷风颤悠地刮过城市，气温骤然降低。寒意袭人。不管怎样，冷风至少清除了污浊的空气。透过清新的空气，从河畔大街我家的屋顶上，竟可以越过新泽西州，望见拉马波山的边缘。

说“不”也能有所帮助。一天晚上，我去朱莉的住所拿本书，她那位做精神病专家的父亲来了电话。朱莉想让我接电话，我捂住听筒，小声说：“坎布里奇来的！”朱莉在屋子那边轻声说：“就说我不在。”他知道我在撒谎，气呼呼地说：“我知道朱莉从不出去。”我说：“如果她知道您来电话，也许就出去了。”朱莉孩子气地令人心碎地咧嘴一笑，咬了一口我带给她的石榴。

能给我们帮助的，是一生不变的情感。在彼克曼广场举行的为民主党市长候选人筹备基金的舞会上，我同一位年长的犹太记者打情骂俏。他不想讨论昆斯区的政府限额和学校罢课等问题，而讲述了自己在离华沙十英里远的一个 shtetl 度过的童年（“当然你从未听说过 shtetl 吧，你还年轻，它是犹太人聚居的村子”）。当时，他同另一个小男孩形影不离。“没有他，我就活不下去。他对我来说比兄弟还重要。可是，你知道吗，我并不喜欢他。我打心底里恨他。每次我们一块玩耍时，他总能把我弄得气急败坏。有时我们还用棍子互相抽打。”接着他讲到，上个月有一个衣衫褴褛，长着一对僵硬的红耳朵的老头，走到《前进报》办公室要见他。这个老头走到他的办公桌前，站住了，说：“瓦尔特·阿布拉姆逊，你知道我是谁吗？”他盯着老头的那双眼睛，上下打量他那光秃秃的脑瓜和像购物袋一样的身躯，突然认出来了，“你是艾萨克。”老头说：“是的。”

“整整五十年了，你能想象得到吗？说实话，我也不知道怎么认出他的。”这位记者说，“不是因为他的眼神，但我却认出了他。”

然后呢？“于是我们互相拥抱。然后我打听他的家庭情况。他说他的家人全被纳粹杀死了。他又问我的家庭情况，我告诉他也都被杀害了。……你知道接下去怎样吗？十五分钟后，他的每一句唠叨都让我恼火。我不关心他的家人是否全被杀害，也不关心他是否是个穷老头，我恨他。”他激动地颤抖起来，“我想揍他，用根棍子狠狠地揍他。”

有时情感整个地发生变化，也有帮助，就像把你的血液抽出来，换上新鲜的一样。你变成另外一个人。但这不是魔法的作用。给人带来幸福的变性手术，在道德上不存在对等物。

幽默感是有帮助的。我一直没有说，朱莉很有趣，很滑稽，也很机智——她能让我捧腹大笑。而我此前的描述，使她听上去好像只是一个负担。

有时妄想症也能派上用场。密谋的好处就在于制造意义。发现敌人也是一种宽慰，即便你得先凭空杜撰。像罗伯塔·乔瑞尔，就一本正经地指挥多丽丝第二的女儿和其他雇员，如何利用药粉、符咒，以及被一位古巴女祭司在迈阿密海滩施过魔法的一种超自然的扁平光滑的石头，对付她集资建立的南费城黑人救助中心的敌人们——白人银行家，美国医学会的精神病专家们，黑豹党[1]，警察以及中央情报局。不过，朱莉不认为她有什么敌人，即使她现在的情夫再次拒绝离开他的老婆，她还是不明白他并不爱她。可是，当她上街时——这种机会越来越少，她发现汽车神出鬼没，十分恐怖。

据说逃离也是解脱之道。莱尔的父母迪安和雪莉，去年从

---

① Black Panthers，美国激进黑人民权组织。

市场抽身出来，在佛罗里达州萨拉索塔市买了一所公寓。该市的市政要员，最近投票同意拆除五年前在闹市区安装的停车计费表，以增强城市对旅游者的吸引力。莱尔的父母不知道一年之中他们能在林林兄弟①的家乡住上几个星期；但是从没出现过房地产的价格在十年之间不上涨的情况，对吧？还有他们的儿子，那个疯狂的天资聪慧的男孩，如果他想要的话，在那儿总会有自己的房间。

无愧于自己的性取向，也有帮助，尽管我们不清楚是否多数人真正做到了这一点。那位司机最终找到了路，从杭波特回到灯火通明的、更多熟悉的掠夺者居住的城市，他就是那个把多丽丝第二拉到第 143 街与圣 · 尼古拉斯大街交叉路口的司机，此刻，他拉上了一个头发蓬乱的金发男孩，长得很像莱尔。那男孩上车时说：“到西大街货车场。”

最近我的性生活变得很纯洁。我不想让它像一部三级片。(虽然看过不少三级片，可我自己不愿那样。)

让我们一起躺下来，相互爱抚和拥抱。

与此同时，真正的莱尔又逃了四点钟的课，即文学系 203 号课程（“萨德与无政府主义传统”），此刻他正慵懒地靠在

① Ringling Brothers，林林兄弟，美国马戏家族。

宿舍的躺椅里看电视。最近他坐在电视机前的时间越来越多，喜欢看《秘密风暴》和《世界在旋转》之类的肥皂剧。他开始在学生舞会抛头露面，不再一口回绝室友善意而笨拙的邀请。一条金科玉律：只要想一想，任何舞会都令人郁闷，但你不必去想。

跳舞时，我很幸福。

抱住我。

**是什么让我们烦恼？**

当我阅读《斯大林格勒的最后信札》，从恶魔般的敌人中传来的已消逝的、充满人性的声音，并且为之唏嘘悲恸。如果仔细聆听，他们之中并没有谁是魔鬼。

当我发现人人都疯狂——比如，莱尔和他的父母。发现耳边充斥着狂人之语。

当我心悸不安。

当我听说罗伯塔·乔瑞尔下周将在纽约大学演讲，随后，在休南区特意为她举办的盛大舞会上，莱尔会被引荐给她，成为她新招募的成员；从此他将辍学，至少七年杳无音信。

当我体会到人人都如此绝望。多丽丝，朱莉的多丽丝，正被人赶出公寓。她不仅付不起比这更昂贵的租金，更重要的是，她想继续住在她孩子死去的地方。

当我得知政府——动用现在法律要求录制的，说不定存在哪个银行、电话公司、民航局或信用卡公司的信息——对我的了解比我自己还多（至少更清楚我的社会活动）。如果有必要，我可以列出我乘坐的大部分航班；旧支票簿的票根放在抽屉里的某个地方。但我记不起四个月前一个上午的十一点，我给谁打过电话，而且永远也想不起。我想不会是朱莉吧。

当我发现在我心灵深处，不愿再听人们的苦痛。

当我不知如何运用我确实拥有的能量。

朱莉一度曾受一位灵异研究者的蛊惑，这位声称能够帮助她的人，那时是北美印第安秘教的专家。大多见过朱莉，为她的孱弱感到惊愕的人，都试图帮她一把。当然，她那楚楚动人的姿容——朱莉惟一能馈赠给别人的礼物，也起了一点作用。玛莎·伍顿，这个出生于西切斯特的颇受争议的白人巫师，行事干脆利落，像一个一流的网球手，更像一位体操教练。我原以为她对朱莉能有所帮助，直到有一天，作为驱邪仪式的一部分，她让朱莉匍匐于地，朝着圆盘似的明月像狗一样号叫。于是，我又闯入了朱莉贫乏无味的生活，重操我那套与驱邪仪式背道而驰的古老仪式——理性！自我保护！保持理智的悲观，意志的乐观！玛莎·伍顿消失得无影无踪，更准确地说，摇身变为西部“恶女巫”之一，以拉姆达女士之名，在大瑟尔扎根下来，成为那个地区惟一以深呼吸和生命能量练习为修行方式的邪教势力的头领。

让她脱离巫术，我这样做对吗？

当我无法改变生活。多丽丝第三的女儿又回到了监狱。

当我生活在污浊的空气中，过着令人窒息的生活，感到脚下没有根基：有的只是空气。

**我们的前景？**

我们的前景在随机地重复。星期一，出租车司机将多丽丝（朱莉的女佣）从打扫干净的朱莉寓所送到她的住处，在第111大街与第2大街交汇的路口停下，拉上三个十四岁的波多黎各男孩。如果他们不抢劫，就会坐上车，要求司机把他们带到第59街大桥附近胡同里的酒吧，然后给他一大笔小费。

我们的前景并不乐观。第90街和阿姆斯特丹大街交汇的拐角，一处住宅工程裸露的砖墙上，齐眼高的地方，贴着一张手写的标语，在悲哀地呼吁：停止杀戮。

这个满目疮痍的城市！

尽管让生命更富有生机的规则一个也不起作用，然而，坚持不懈地制定这些规则，仍然是有益的。

歌德在与艾克曼的谈话中，提出了一条坚实可靠的保存生命的原则：“每一种有益于身心的努力，都应当由内而外地寻求。”把这个搁在你的大麻烟枪里，好好吸一吸吧！

然而，如果说，我们无法达到理想的健康状态，那么，就只剩下一条路通往这个外部世界。假如我们奔向它，是为了寻求避难所，倒可以为之感到欣悦。

可事实上，世界并非只是当下这一个，正如这座城市其实是许多层城市累积而成一样。在一层层的痛苦背后，别忘了把痛苦与追逐快乐的个人意志联系起来，这种意志甚至在大街、床帷、监狱和剧院的暴力行为中流淌不息。

艾克牧师说：“你们现在可以拥有幸福。”有一天，出于惊人的巧合，多丽丝、多丽丝第二和多丽丝第三——她们彼此不认识——可能站在同一个屋檐下：在艾克牧师的联合教堂和生命科学学院里，参加星期日下午三点举行的康复仪式与感恩会。至于说到她们的幸福前景，三个多丽丝都不相信。

朱莉……有人在吗？喂，你好！糟糕透顶，是的，可你笑了。

我们当中有些人踌躇不定，但也有敢于勇往直前的。一位穿棕色大衣，提棕色皮箱的中年黑人妇女，走出银行，上了一辆出租车。“我要去港口管理局。”多丽丝第二乘公共汽车到了费城，七年之后，她终于要面对罗伯塔·乔瑞尔，努力找回她的女儿。

有些人则变得更胆怯。而与此同时，我们中的多数人永远也不知道正在发生什么。

让我们来挖掘过去。让我们来欣赏值得欣赏的一切。可现在的人们对过去怀着如此吝啬的同情。

如果我穿上宇航服出去吃饭，你也穿吗？我们看上去也许很像戴尔和福莱施·戈登，可谁会在意呢？现在人人都想着：只有未来跟我有关。

前景大都如此。一如往常，但我拒绝接受。

你这沉重的灵魂，假设你——仅仅是假设——打算过一种模范的生活。善良、正直、受人尊敬、乐于助人。可谁来做裁判呢？

况且，你永远不会知道那条路，你最想知道的东西。理智需要一种另辟蹊径的独特生活，即反常的生活。为了知道更多，你必须思考一切既有的生活方式，然后清除所有让你不满的东西。理智是一件冷酷无情的工作。

可我所爱的人呢？虽然我不相信，朋友们没有我就活不下去，但生存毕竟不容易；若没有他们，我或许无法生存。

如果我们不相互扶持，就像绝望的、精神错乱的泥瓦匠，全然忘了正在建造的大厦屹立何方……

“出租车！”星期三下午的交通高峰期，我叫了一辆出租车，让司机尽快开到朱莉住处。刚才她在电话里的声音有些……但我进去时，她看上去一切正常。昨天她甚至外出了一趟，将一件蜡染作品（去年做的）送去裱制，要一周的时间。当我向她借那本女权主义的过期杂志时——我在地板上的一堆旧报纸底下发现的，她再三提醒我必须尽快归还。我答应下周一过来。朱莉延续生命常有的细微迹象，打消了我的疑虑，我准备起身告辞。可她让我多待一会儿，哪怕几分钟也好，这意味着有些变化；她想倾诉她的痛苦。就在那几分钟内，我像一个老练的杂耍演员，照例施展了一番我那套世俗伦理的法术。它们似乎有点作用。她答应试试。

**我究竟在做什么？**

我经常离开这座城市。但又总是回来。

我让莱尔把那部小说——当然，这是他惟一的手稿——给我，我知道，虽然他有承诺，但如果把手稿还给他，他会烧了它，就像他十五岁以来，把所有自己写的东西付之一炬一样。

我把手稿交给了一位我认识的编辑。

我规劝过，也干涉过。我失去了耐心。看在上帝的分上，生活并没有那样艰难。我的一个忠告是：不要为将来痛苦。

不管别人是否留意到我的忠言，至少我从中获益匪浅。我确实给了自己一条相当不错的忠告。

上周三的下午，我对朱莉说，如果她想自杀，那有多么愚蠢。她同意我的看法。我还以为自己很有说服力呢。两天后，朱莉再次离开公寓，以自杀向我表明，她并不介意做点蠢事。

而我是介意的。甚至当我向朋友宣布自己要做一件蠢事时，我并不真正认为它是愚蠢的。

我想拯救我的灵魂，那孱弱之风。

有些晚上，我梦见朱莉往河里跳时，我紧紧地抓住了她的长发，把她拖了回来。或是梦到她已经在河里，我站在房顶上，面向新泽西州；我朝下望去，看见朱莉漂浮而过，我从房顶上纵身跳下，宛如一只鸟，一半像是坠落，一半像是猛禽扑向河面，抓住她的头发，把她拖出水面。

朱莉，亲爱的朱莉，你不该把身子更深地探进那口井——不该拒绝那些好心靠近你、拯救你、对你表示善意的人。至少你该安静地长眠于温馨的暖床——四周围绕着爱你的，内疚而笨拙的人们，让他们灰心丧气，留给他们一辈子对你的怨恨。

我不愿去想你被人们发现之前，那气势汹汹、污染严重的哈得孙河，怎样侵蚀了你的身体。

朱莉，你那塑料般的脸庞在蜡色的棺材里，怎么看上去还是那个样子！你还是那个二十三岁的女孩，在温第拿图书馆的阶梯上，和我刚刚开始荒诞不经、书生意气的谈话——当时你是那么苗条，那么漂亮，那么令人激动，又那么茫然，看上去比我年轻许多，其实我还比你小四岁，那时的我已是倦容满面，成天惹人恼火，忙个不停。我真想打击你。

我在友情的重负下那样呻吟。但你的死比这更沉重。

为什么你死了，别人活得同样空虚，却活了下来，对我来说，这是一个不解之谜。

假如我们都沉睡不醒。我们愿意醒来吗？

如果我醒了，而你们当中的大部分还在酣梦之中，这是否公平呢？公平！你冷笑一声。这与公平有什么关系？是每个灵魂自己的事情。可是没有你，我不愿醒来。

你已化作那流淌不息的泪，而我还没有。你在为我哭泣，我也将为你而哭。帮帮我吧，我不想为自己哭泣。我还没有彻底放弃。

我是西西弗斯。我紧紧托住我的石头，你不必缠住我。闪开！我把石头推上去，上去……我们又跌了下来。我知道会这样。看，我又站起来了。看，我又开始往上推。不要劝阻我。没有什么能把我从这块石头上扯开。

（周　颖 译）

# 我们现在的生活方式

麦克斯对艾兰说，一开始他只是体重下降，只觉得有点儿病了；克里格说，而且他并没有去看医生，因为他还想或多或少地保持同样的工作节奏；可是坦娅指出，他的确戒了烟，这暗示他害怕了，也暗示他比他意识到的更希望健康，或者说，希望更健康一些；奥森说，也许说不定他只是想恢复几磅体重而已；坦娅还说，他对她说过，他期望去爬墙（人们不是都这样说吗？），然后惊喜地发现他一点儿也不留恋香烟，而且为多少年来肺部第一次不再感到疼痛而洋洋得意。可是斯蒂芬想知道他的医生好不好，既然他从赫尔辛基开会回来就不再有压力了，那么不去做体检简直就是发疯，即使他感觉挺好的。他对弗兰克说他要去体检，即使他确实感到恐惧，就像他对珍承认的那样，可现如今谁又不感到恐惧呢？虽然这有些古怪，可他对昆廷发誓说，他直到最近才开始感到不安，只是最近这六个月以来，他在嘴里感觉到那种金属味道后才恐慌，因为生重病过去只是发生在别人身上的事儿。他对波罗分析说，这是正常的错觉，如果一个人三十八岁了却从来没有生过重病的话；珍肯定地说，他不是一个得了患病多疑症的人。当然了，不担心是很难的，人人都担心；可是慌也没用。就像麦克斯对昆廷说的那样，除了等待和期望，再没有别的什么可做的；等待，并且开始小心谨慎地期望着。即使有人确实病了，也不应该放弃希望他们已经有了新疗法，保证会抑制住疾病不可抗拒的进程，研究在进展。好像每个人每星期都会和所有其他的人联系几次，了解情况；斯蒂芬对凯蒂说，我从来不会一次讲好几个小时的电话，可是当我接了两三个告诉我最新情况的电话，同时也搞得我疲惫不堪之后，我并没有关掉电话机让自己喘口气儿，反而会拨打另一个朋友或者熟人的电话号码，把消息传下去。艾兰说，我不知道我是不是有体力对这事儿想这么多，而且我也怀疑我自己的动机。我现在正在习惯并感到兴奋的事情里有某种可怕的成分，这一定就是伦敦人在德军袭击时的感觉。爱琳说，就我所知，我没有危险，可是谁也说不准的。弗兰克说，这种事绝对是前所未有的。但斯蒂芬坚持说，你们不认为他应当去看医生吗。奥森说，听着，你不能强迫别人照顾自己，你认为最糟糕的事情，在他可能只是累着了而已，人们现在仍然会得普通的病，还有重病，凭什么你就以为是那种病呢。斯蒂芬说，我不过是想搞清楚他是否明白有数种可能的选择，因为多数人并不明白，正因为如此，他们才不愿意去看医生或者做检查，他们认为人对这种病是无能为力的。（据克里格说，）他对坦娅说过，难道对此人们还能做什么吗，我的意思是如果我去看医生，如果我真的病了，我会很快发现的，据说他这样说过。

而据唐尼说，当他进了医院，他的精神似乎就轻松了。厄秀拉说，他仿佛比前几个月快乐了；据爱拉说，那个坏消息几乎像是一个解脱；据昆廷说，是一个实实在在的意外打击；可是你不能指望他对所有的朋友都说同样的话呀，因为他同爱拉的关系与他同昆廷的关系是非常不同的（据说昆廷对他们的友谊十分自豪），也许他认为昆廷看见他掉眼泪并不会沮丧；可爱拉坚持说，这不可能是他对别人就表现得非常不同的原因，可能是在他看见爱拉的时候，他不再感觉那么受到震撼了，正在聚集力量为生命而战吧；可是当昆廷拿着鲜花来访时，他被无助的情感所控制，昆廷对凯蒂说，鲜花的确让他的情绪坏起来，因为医院病房里被鲜花塞得满满的，你简直连一枝花也塞不进去了；凯蒂笑着说，你肯定在夸大其词，人人都喜欢鲜花的。是呀，昆廷尖刻地说，在这种时候谁又不夸大其词呢。你不觉得这本身就是夸大其词吗。凯蒂温柔地说，我当然也这么认为，我不过是开开玩笑，我的意思是我其实并没想开玩笑。昆廷眼里含着眼泪说，我知道；凯蒂拥抱了昆廷，说，好啦，我今晚去时就不带花儿了，他需要什么，据麦克斯说，昆廷说，他最喜欢巧克力。凯蒂问，还有什么别的东西，我是说像巧克力而又不是巧克力的东西。昆廷一边擦着鼻子一边说，甘草。也除了那个。昆廷笑着说，你现在是不是在夸大其词。凯蒂说没错儿，如果我想给他带去一大堆的东西，除了巧克力和甘草，还有什么。还有软糖豆儿，昆廷说。

据波罗说，他不愿意孤单一人，结果第一周去了好多人；

那个牙买加护士说，那个楼层的其他病人会很乐意得到那些多余的鲜花，而且大家不怕去看他了，凯蒂对爱琳说，这不是像过去似的吗，希尔达注意到，医院现在甚至也不再隔离他们了，他的病房门上也没有任何字眼警告来访者有传染的可能，像几年前那样；事实上他是在一间双人病房里；他还告诉奥森，那个在布帘另一侧的老人（斯蒂芬说，那人显然快不行了）根本就没得那种病，凯蒂接着说，所以你真应该去看看他，他见到你会高兴的，他喜欢有人去看他；你不去是因为你害怕，对吧。爱琳说当然不是，可是我不知道该说什么，我想我会感到难堪，而他肯定会注意到的，这会让他感觉更坏。所以我不会给他带去任何好处，不是吗；凯蒂一边拍着爱琳的手一边说，可他什么也不会注意到的，不是那样的，不是你想的那样的，他不会审视别人或者怀疑人们的动机的，他看到朋友只会高兴的。爱琳说，可是我从来也不曾真的是他的朋友啊，你们是朋友，他一向喜欢你，你还告诉过我，他和你还谈论过诺拉。我知道他喜欢我，我甚至还挺吸引他，可是他尊重你，不过威斯利说，爱琳不肯常去探视的实际原因是，她从来也没有独自一人和他待过，总是已经有人到了，或者这些人走了，别的人又来了；她爱他已经有好些年了，唐尼说，我能理解；如果有个女性朋友跟他经常上床，一个他真正爱过的，爱琳肯定会感到怨恨；维克多在那些年头里和他相知，他说天哪，他曾对诺拉那么着迷，他们是多么伤心的一对儿，两个乖戾的天使，那就不可能是她了。

当一些朋友，那些每天都来的，在走廊里拦住医生询问时，斯蒂芬问了最懂行的问题，他不仅一直跟踪《时代》周刊上每期刊登数次的报道，（克里格承认说他实在受不了了，已经不再读这些报道了，）他还一直跟踪这里和英、法两国出版的医学杂志上的文章，他还和一位巴黎的主治医师有交往，关于这位医生对这种病的研究还有不少的宣传呢；可是他的医生并没有说什么，不过说肺炎并不威胁生命，体温正在退烧，他当然还很虚弱，可是抗生素对他很有效，还说他必须在医院里住满日子，包括最少静脉注射二十一天，然后她才能给他用新药，她对把他列到实验观察的名单上挺乐观的；当维克多说，如果他吃饭太困难的话，（当大家劝他吃点儿医院的饭时，他对谁都会说，饭的味道不对，他的嘴里有一种奇怪的金属味儿）朋友们给他带去那么多的巧克力并不好；医生笑了笑说，对于这类病人来说，士气也是重要的因素，如果巧克力能让他感觉好些，她倒认为没什么坏处；斯蒂芬后来对唐尼说，这却令他感到不安，因为他们宁肯相信当今高科技医药的承诺和禁忌；但是眼前这位说话简短却令人信服的银发专家，报纸经常提到的此病专家，却像一个守旧的农村全科医生，告诉家里人加了蜂蜜的茶和鸡汤对病人的作用和青霉素一样好；这就像麦克斯说的，意思可能是他们正在治疗的过程当中，他们说不准还能做什么，或者像扎维尔突然插话说的那样，他们压根儿就不知道他们在做什么，希尔达一边给扑克牌加赌注一边说，事实上，真正的事实是，他们那些个医生，根本就没抱希望。

可别，刘易斯说，我可受不了这个，等一等，我无法相信，你敢肯定吗，我是说他们肯定已经做了所有的检查吗。现在的情况是，电话铃响的时候我都害怕接电话，因为我觉得会有人告诉我又有什么人病了；不过刘易斯当真是直到昨天才真正知道的吗，罗伯特气恼地说，我简直没法儿相信，人人都在谈论这事儿，可就是没有人告诉刘易斯，真是不可思议；也许刘易斯早就知道了，可是由于某种原因，他假装不知道，因为，珍回忆说，刘易斯在几个月以前不就对克里格说过吗，而且不单单是对克里格，说他看上去气色不好，体重下降，还为他而感到不安，还希望他去看医生，所以这消息不可能让他感到十分意外。不过，贝西说，现如今人人都在为别人感到不安，这似乎成了我们的生活方式，我们现在的生活方式。再说，他们过去毕竟相当亲密，刘易斯现在不是还有他的公寓钥匙吗，你知道有人分手以后还让另一方拿着钥匙的情形吧，只有很小一部分的原因是你希望那人某天深夜酒醉或兴奋时，可能会信步而至，主要原因则是有几把钥匙分散在城里各处是明智之举，假如你独自一人住在一个从前的商用大厦的顶楼，尽管房子样子体面，却从来不会请看门人甚至公寓管理员，如果某天深夜你发现丢了钥匙或者是把自己反锁在了外面，你就能找人要钥匙。坦娅询问道，还有谁有钥匙呢，我在想明天有人在到医院前可以顺路去一趟，带来点儿宝贝，因为那天爱拉说，他在抱怨医院的房间是多么地让人郁闷，就好像被锁在一间汽车旅馆的房间里，结果所有的人都开始讲他们知道的关于汽车旅馆房间的趣事，在厄秀拉讲有关斯克内克塔迪市那家豪华芭基旅馆的故事时，维克多回忆说，他的病床四周爆发出一阵阵的大笑，而他却默默地看着他们，眼睛因发烧而闪闪发亮，自始至终，狼吞虎咽地吃那些该死的巧克力。不过，刘易斯的钥匙使珍有机会去了他那个漂亮的单身汉巢穴，打算带个艺术品去安慰他，使医院的病房轻松愉快些。可是，珍说，他床头墙上的那幅拜占庭的圣像已经不在了，这件事一直是个谜，直到奥森回忆起他曾详细讲述过这件事，而且当时看上去并没有显得不安（这种说法遭到克里格的反驳），他说圣像是他最近刚刚摆脱掉的那个男孩子偷走的，还偷走了四个日本漆盒儿，好像这类东西也能像电视机和立体音响一样，随便在大街上就卖掉似的。可他一向都非常慷慨大方，凯蒂轻声地说，尽管他喜欢精美的东西，可他并不依恋它们，不贪恋东西，奥森说道，如弗兰克所说，这在收藏家来说可不寻常，这时凯蒂突然颤抖起来，泪水涌出她的双眼，奥森不安地问是不是他说错了什么话，凯蒂便指出，他们开始用回顾的方式谈论他了，总结他一向如何，以及什么使他们喜欢他啦，就好像他已经完蛋了，彻底地成为过去的一部分。

罗伯特说，他也许开始嫌访客太多了，这使艾兰不得不说，罗伯特实际是一个星期只来两次的那种人，很可能是在为他不能常来找理由，据厄秀拉说，毫无疑问他的情绪低落了，虽然并不是医生那儿有什么消息令人沮丧，而且他现在似乎白天宁愿一个人待上几个小时；他还对唐尼说，他还这辈子头一次开始写日记了，因为他想把他对事态的这一惊人变化的心理反应过程记录下来，做一些类似医生们做的事情，那些医生每天早上都来查房，站在床前讨论他的身体，他还说也许他在日记中写的东西并不那么重要，他讥讽地对昆廷说，不过写写因这事竟然发生在他身上，竟也发生在他身上，而生的恐惧与惊愕，说到底，几乎和通常的老生常谈没什么太多的不同，还有对过去生活、对他那些可以原谅的浅薄的常有的充满悔恨的评价，最后加上要更好地活下去的决心，更深入，更密切了解维系工作和朋友们，对人们对他的看法不过分在意或感情用事，其中还夹杂着些他对自己的劝告，即在这种情形下，他的生存意志比什么都更重要，如果他真想活下去，并且相信生命，爱惜自己（歇了吧，塔那托斯[①]老魔头！），他就会活下去的，他会成为一个例外；昆廷打电话给凯蒂时思忖道，也许关键不在这儿，关键是他每天记日记就能够积累下来一些东西，有一天他可以重读它们，从而狡猾地保留了他对未来的权利，在将来的时间里那日记可以成为一个物品，一件遗物，他也不一定真的去读它，因为他那时候会想把这磨难留在过去，但是日记本会在他那张巨大的马乔艾风格写字台[②]的抽屉里面，而且他在一个阳光灿烂的午后，的的确确对昆廷说过，他已经看到他自己坐在顶楼的家中，十月的太阳穿过那一扇扇明亮的窗户，而不是这扇带条纹的窗户，泻入房间，而那本日记，那本伤感的日记，稳稳当当地躺在抽屉里。

---

① 塔那托斯（Thanatos），古希腊神话中的死神；在弗洛伊德心理学说中也指人的“死欲”，即趋向死亡的本能。

② 以 20 世纪初期法国新艺术派设计师马乔艾的风格出名的、外形讲究而美观的写字台。

斯蒂芬（和麦克斯谈话时）说，治疗的副作用并不重要，我不明白你为什么对此如此不安，每一种强化治疗都有一些危险的副作用，这是无法避免的，希尔达插话说，你是说否则治疗就不会有效；总而言之，斯蒂芬固执地继续说，存在副作用并不意味着对他一定会产生副作用，或者产生所有的副作用，每一种，或者其中的几种。这不过是一系列的不好的可能性而已，因为医生要保护他们自己，所以他们要做出最坏的打算，坦娅插话说，可他并没有发生这些情况啊，其他很多人也没有啊，最坏的打算，人们无法想象的灾难，那太残酷了，爱拉嘲讽地说，什么不是副作用，就连我们也都是副作用，可我们不是坏的副作用，弗兰克说，他喜欢有朋友在他身边，而且我们也是在互相帮助；因为他的病就像胶水把我们都粘在了一起，扎维尔沉思地说，不论过去有什么嫉妒和抱怨使我们互相之间变得彼此戒备或暴躁偏执，当这种事情发生了（天塌了，天塌了！）你就明白什么事是真正重要的了。我同意，嫩小鸡儿[1]，据说他曾经这样说过。昆廷对麦克斯分析说，你不认为我们这些和他这么密切的人每天都抽出时间去医院，也是试图在用一种坚决的不可更改的方式去界定我们自己吗，认定我们是健康者，是将来也不会生病的人，仿佛发生在他身上的事情不会发生在我们身上似的，可事实上用不了多久，我们当中的某一个就会落到和他一样的境地，很可能当他春天那会儿和别人成群结队去看望萨克时，也就是这么想的（你从来没有见过

① 美国一则流行童话故事中的角色，它误以为天要塌了，一路边跑边喊“天塌了”，引起所有动物的恐慌。

萨克，是不是？），不过，萨克死后，他的妻子克莱丽丝曾说，他并不经常去，他还说过他讨厌医院，觉得他帮不了萨克什么，而且萨克能从他的脸上看出来他有多么不自在。噢，爱琳说，他属于那类人。胆小鬼一个。就像我。

当他从医院被送回家之后，昆廷主动搬过去住，为他做饭，接电话，还要把他的情况及时告知他在密西西比的母亲，哎，主要是阻止她飞到纽约来把她的痛苦发泄到儿子身上，还要用她那些令人压抑的照顾方式扰乱家里的正常生活，他不坚持非要出去吃饭或看电影时，每天可以在书房里工作一两个钟头，出门会使他很累。凯蒂认为他看上去蛮乐观的，他的胃口也不错，据奥森说，他还说他赞同斯蒂芬的意见，认为他现在主要的事情是保持良好的状态，他是一名斗士，对吧，假如不是，他就不再是他了，斯蒂芬还用反语发问（麦克斯这样告诉唐尼），他是否已经准备好打一场大仗，而他说那当然，斯蒂芬又补充说情况可能会糟得多，你可能两年前就传染上了这种病，而现在有这么多的科学家在对付它，有美国的团队和法国的团队，大家都在全力以赴地争取在几年之内获得那个诺贝尔奖，所以你要做的就是保持身体健康，一年，两年，然后就有好的治疗了，真正的治疗，斯蒂芬说，他说是的，我赶上好时候了。贝西，那个迷上了长寿保健饮食法并且断断续续折腾了十年的那个贝西，她那天带来一个日本专家，想让他见一面，谢天谢地，据唐尼说，他还有足够的理性拒绝了，可他同意见了维克多的视觉治疗专家，希尔达说，所谓视觉化的要义是要看见作为实体的病灶，有轮廓，有边缘，在此处或者在彼处，是有局限的，寄居在你的身体里，就是说，你还可以把病给请出去，而当这种病如此遍及全身时，还能用视觉观看出什么名堂呢；或者说可能将遍及全身，麦克斯说。但是，克里格说，主要问题是要保证他不要采用长寿保健饮食法，那对丰满的贝西可能无害，可对他就只能是摧毁性的，他一向消瘦，这么些年他一直吸烟，还有其他那些压抑食欲的化学成分，他全都来者不拒；如斯蒂芬指出，现在根本就不是时候去操心并纠正他的习惯，消除那些我们都在无忧无虑或者并不是无忧无虑地大肆享受的成瘾品和污染物，无忧无虑是因为我们健康，健康得不能再健康；爱拉说，迄今为止而已。厄秀拉沉思地说，如果看到他吃肉和土豆，我会高兴。克里格补充说，还有空心粉和蚌酱汁。还有浓浓的富含胆固醇的煎蛋卷夹意大利熏干酪，伊芳建议说，她是利用周末从伦敦飞来看他的。弗兰克说，巧克力蛋糕。厄秀拉说，巧克力蛋糕可能不行，他已经吃了太多的巧克力了。

结果没多久，三个星期之后，他就被纳入那种新药的治疗草案当中，为了这件事，花了很多时间去和医生进行幕后的私下商讨，据唐尼说，他对生病谈的也少了，凯蒂觉得这似乎是个好现象，说明他不再觉得自己是个牺牲品，不再觉得他有病，只是带病生活而已（这是个适用的老调儿，是不是？），珍说，是更友善的安排，一种共处，暗示了这不过是暂时现象，是可以被终止结束的；可是怎么结束呢，希尔达说，珍，当你说友善时，我听到的是医院。[1]斯蒂芬坚持说，这是令人鼓舞的，从一开始，起码从他终于听劝说给医生打电话那时起，他主动说出了病的名字，经常地并且轻松地读出那个词，仿佛它不过是一个普通的词，就像男孩儿、画廊，或者香烟、钱和交易一样，波罗插话说，就像没什么了不起，斯蒂芬接着说，因为说出那个病名是健康的迹象，说明一个人能够接受自己的现实，人不可能长生不死，永不生病，不能逃脱生老病死，总之自己不是例外，也说明他愿意，真的愿意为自己的生命去战斗。坦娅补充说，我们也必须说出那个病名，经常说，我们不能在诚实这方面落在他的后面，或者让他感到他已经为了诚实而努力过了，这件事他已经做完了，可以干别的什么了。威斯利回应说，我们的精神准备更充分了能更好地帮助他。从某种角度说，他是幸运的，伊芳说，她在纽约的一家商店处理好了一个问题，今晚就飞回伦敦，当然，挺幸运，威斯利说。伊芳继续说，没有任何人躲避他，没有人害怕和他拥抱，或者和他轻轻地在嘴唇上接吻，在伦敦我们还和从前一样害怕，和通常一样比你们落后好几年，我认识的人，那些甚至一点危险都没有的人，都吓坏了，可你们全都这么冷静，这么理性，真让我感动；昆廷问，你认为我们冷静吗。可是，我必须告诉你，据说他曾说，我真是吓坏了，我觉得自己无法读书（你们知道他有多么爱读书，克里格说；是呀，波罗说，对他来说书就是电视），也无法思考，不过我也并不歇斯底里。我

① 英文单词“hospitable”（友善）和“hospital”（医院）发音相近。

觉得歇斯底里，刘易斯对伊芳说。可是你们都能够为他做些什么，这有多棒啊，伊芳说，我真想多待几天.我禁不住想到你们因为他而形成的这种友谊的乌托邦是多么的美好（凯蒂说，这是可悲的乌托邦），伊芳总结说，如此，那种病就不再是外在的威胁了。对呀，坦娅说，你不觉得我们和他，和那种病在一起更自在了吗，因为想象中的疾病比现实中生病的他可怕得多，而且我们都爱他，以我们各自的方式。珍说，我知道对我来说，他的生病使这种病不再神秘，我也不像他生病以前时那么害怕，那么心惊胆战了。那时候只是听说过一些不太熟的人生病了，而且他们一生病，就再也见不到他们了。昆廷说，可你知道，你是不会受到这种疾病的影响的，对此艾兰替她回答说，问题不在这儿，而且这很可能也不对，我的妇科医生说人人都有危险，有性生活的人都有危险，因为性行为就是一条链，把我们大家，包括不认识的人，都一一联系到了一起，而现在，伟大的生命的链条已经变成了死亡之链。昆廷坚持说，这对你来说并不一样，这对你和对我，或者对刘易斯或弗兰克，或波罗，或麦克斯，是不一样的。我越来越恐惧，而且我完全有理由感到恐惧。希尔达说，我想的不是我是否有危险。我知道自己过去很怕熟人生这种病，害怕我会看到和感觉到的东西，所以第一天到医院之后，我感到如释重负。他看来和我们没什么不同，我再也不会像从前那么害怕了。他确实和我们没有什么不同，昆廷说。

据刘易斯说，他更爱谈论那些常去看他的人，贝西说，这很正常，我觉得他甚至还一直在就此做记录。那些每天去医院的和打电话的，那些所谓圈内的，他们得的分较高，他们中间还有进一步的竞争，这让贝西的神经有点儿受不了，她对珍表示过在危重病人的床边总是有这类庸俗的互相排挤，好像我们人人心里都充满了对他忠诚的美德（珍说，为你自己说话吧），以至于我们几乎每天都要挤出时间来，尽管像扎维尔指出的那样有些人在退出，起码我们从中得到的不也和他一样多吗。是吗，珍说。为了在探视时能够从他那里得到一个特别愉快的反应，我们彼此竞争，每个人都竭力讨得他的欢心，想成为最被需要的，真正的最亲密最贴心的，贝西接着说，因为他没有妻子和儿女或者正式的同居情人这类无法竞争的特殊关系，所以这种竞争是不可避免的；我们就是他所拥有的家庭，尽管我们并没有想要这样，也没有正式头衔或级别（昆廷粗声粗气地说，我们，我们）。有一点很清楚，虽然我们当中有几个人，如刘易斯、昆廷，还有坦娅和波罗等等是他过去的情人，可我们大家都或多或少比一般朋友更亲密，很难弄清在我们当中他更喜欢谁，维克多说（现在成了宾格的“我们”了，昆廷愤愤地说），有时候我觉得他更盼望能见到爱琳，而不是你或我，可她只来过三次，两次在医院，一次在他回家之后；据坦娅说，爱琳不来起初让他十分失望，后来他就生气了，可扎维尔说他并没有真的伤心，只是听天由命起来，将爱琳的缺席看作是他应得的报应，让人感动。刘易斯说，有人在他身边他就高兴；他还说没人陪伴时，他就特别孤僻，就会睡觉（据昆廷说），然而一有人来他就会振作起精神来，所以不让他感觉孤单非常重要。不过，维克多说，有一个人他一直没听到消息，比起我们当中的多数人，他很可能更乐意得到这个人的信儿；凯蒂说，可她并没有消失呀，即使在她刚刚同他分手之后也没有，他现在仍然确切地知道她现在住在哪里，他告诉我他去年圣诞节前夜还给她打过电话，而她说你打电话来真好，圣诞快乐，据奥森说，这让他心碎了，而且据艾兰说他又愤恨又不屑（威斯利说，你们指望她怎样，她已经筋疲力尽了），可凯蒂想知道，他是不是会在某个无眠的夜晚三更半夜时给诺拉打电话，两地的时差是多少呀，而昆廷则说不，我不这么看，我认为他并不想让她知道。

当他感觉好点儿了，体重也回升了几磅，回到住院前的水平——尽管电冰箱里开始塞满有机谷物胚芽面包以及柚子和脱脂牛奶（斯蒂芬悲叹说，他又为他的胆固醇指数发愁了），并且对昆廷说，现在他自己就能应付了，而且确实这么做了，这时他便开始询问所有去看他的人他的气色怎么样，而人人都说他看上去非常好，比起前几个星期大有起色，这可和从前人们告诉他的话并不一致；可是那时候已经很难说清楚他的气色如何了，当他们不和他在一起时，他们都力图诚实地回答这个问题，既为了诚实本身（唐尼想），也为了作最坏的准备，毕竟他的气色这样已经很久了，至少似乎很久了，就好像他从来都是这个样子似的，他从前是什么样子来的，可是这只不过就几个月而已，那些词儿，“苍白”呀、“病容”呀，还有“虚弱”什么的不都是适当的说法吗？一个星期四，艾兰在大楼门口遇见刘易斯，两个人一起乘电梯上楼时，艾兰问他到底怎么样？刘易斯尖刻地说，你也见到他怎么样了，他很好，他非常健康，艾兰当然明白刘易斯并不认为他非常健康，只是说没有恶化，这当然是实情，只是这么说话不是太无情了么。我倒觉得没什么，昆廷说，但是我理解你的意思，我记得有一次和弗兰克聊天，就是那个每星期在危机中心志愿工作五个小时的人（艾兰说我认识），弗兰克正说起一个人，是一年前被确诊的，如此这般，那人一直在电话上向弗兰克抱怨说有的医生漠不关心，接着就开始辱骂医生，弗兰克对他说没有理由如此不安，其中的暗示是，他，弗兰克，就不会表现得这么不讲理；而我几乎无法控制住我的不满，说道，可是弗兰克，弗兰克，他要死了呀，他有充分的理由感到不安，可是，昆廷说，弗兰克却说，噢，我不愿意这么去想这件事。

当时他还在家中恢复健康，每周还要治疗一次，但仍然不能做太多工作，并且为此而抱怨，不过按照昆廷的说法，多数时间他都在活动，每个星期都去办公室几次，这时传来了有关两个虽然认识但相当疏远的人的坏消息，一个在休斯敦，另一个在巴黎，消息被昆廷截住了，理由是这只能使他抑郁沮丧，可斯蒂芬争辩说对他说谎是错误的，让他活在真实中是极为重要的；他能够坦然面对，甚至乐意拿疾病开开玩笑，这本是他首要的胜利之一，但艾兰说，给他这种世界末日的感觉并无益处，生病的人太多了，生病仿佛正在成为所有人的命运，这会让人觉得，嗯，死亡，是再自然不过的事情，很可能会使他为生命而战的意志有所损耗。希尔达说，她个人既不认识休斯敦那个人，也不认识巴黎那个人，可她听说过巴黎那位，那是一位钢琴家，擅长二十世纪的捷克和波兰音乐，我有他的录音，是一个非常有价值的人，当凯蒂生气地用眼睛瞪她时，她辩解地说，我知道每一个生命都同样的神圣，但是这不过是一种想法，另一种想法而已，我的意思是，这些有价值的如今却无法正常地活到八十岁的人，他们将无人能够取代，这对于文化来说是多么大的损失。威斯利说，不过这种情形不会永远继续下去的，也不可能，他们肯定会找到某种方法（斯蒂芬喃喃道，他们，他们），克里格说，你们想过没有，假如有人没有死，我是说即使他们能使他们活下去（凯蒂喃喃道，他们，他们），他们仍然会是病毒携带者，而这意味着，如果你有良心，就永远不能再做爱，不能充分地做爱，像你从前习惯的那样——放纵地，艾拉说——做爱。那也比死强，弗兰克说。据昆廷说，他谈到未来的时候，当他允许自己怀有希望的时候，他也从来不提假如他不死、假如他非常幸运成为第一代这种疾病的幸存者的前景，凯蒂也肯定说，他从来也没提过，已经发生的事情都成为过去，那不过是他从前曾经有过的生活；但是据艾拉说，他的确想过这个问题，想过结束虚张声势的勇敢姿态，结束胡闹的生活，结束对生命的信赖，结束把拥有生命看成是理所当然以及像日本武士那样把生命当作一种自以为可以轻率而随意地扔弃的东西的方式；凯蒂还叹息地回忆起，两年前，她曾经和他们俩挤坐在先知者大楼楼上的条凳上，那是一个用铁灰色工业用毯包面的软座凳子，过一会儿他们还要去舞场狂跳一阵，所以先吸上几口大麻：她坚持要和他谈一谈，说话态度十分犹豫，因为，嗯，去告诫一位放荡王子应当悠着点儿，让人觉得挺傻，而且她并不感兴趣充当大姐的角色，对此希尔达认为，他激发很多女人萌生充当大姐之心，她说，亲爱的，你是不是加了小心，你明白我指的是什么。而他回答，凯蒂接着说，不，我不小心，听着，我不能，我就是不能，对我来说性太重要了，一向如此（据维克多说，自从诺拉离开他之后他就开始说这类话了），而且，如果我得了病，嗯，得了就得了吧。可现在他不会再那样说话了吧，他会吗，克里格说；贝西说，他现在肯定感到特别蠢，就像有的人一直吸烟，还说我没法儿戒烟，可是等糟糕的X光结果一出来，即使是最痴迷的尼古丁瘾君子也会立马戒烟。然而性和香烟不一样，不是吗，弗兰克说，刘易斯生气地说，难道记住他过去不够小心有什么好处吗，事情的可怕在于你只要有一次不走运就全完了，而且假如他三年前就停止了性行为却仍然得了病，他不是会感觉更糟吗，因为这种病最可怕的一个特点是你不知道你是什么时候传染上的，也可能是十年以前，因为这种病肯定已经存在了很多很多年，早在人们认识它、也就是给它命名之前。谁知道有多久（麦克斯说，我常常想这个问题），而且谁知道（我知道你要说什么，斯蒂芬插话说）会有多少人要得病。

据说每当有人问他他怎么样时，他总是回答说我感觉很好，而这几乎永远是人们问他的第一个问题。或者说，我感觉好多了，你好吗？不过他也说些别的。他还讲过我在一个人玩蛙跳游戏，据维克多说。还有：据说他曾经对凯蒂说过，一定会有办法从这种情势中得到一些积极的东西。波罗说，他真是美国味十足呀。贝西说，就是，知道那句古老的美国谚语吧，如果你得到一只柠檬，就做柠檬汁好了。珍说，他对她说过，有件事他肯定无法接受，那就是变得面目全非，不过斯蒂芬马上指出，这种病已经不像从前那样经常出现这种情况了，病的外观正在变异，还有，在和艾兰谈话时，冒出过这么一些词儿，比如脑血屏，珍说，我从来也没想到过还会有什么屏。艾兰说，但是他绝对不可以知道麦克斯的事儿，那会真的让他十分沮丧，请不要告诉他，昆廷阴沉地说，他应当知道，如果不告诉他，他会大发雷霆的。不过还有时间告诉的，等他们把麦克斯的呼吸器取下以后吧，艾兰说道；弗兰克说这难道不是太不可思议了吗，麦克斯本来很好，一点儿也没觉得有病，可是突然一天醒来就高烧到华氏 105 度，无法呼吸了，不过通常都是这样，斯蒂芬说，没有丝毫的警告，这种病有好多种发病方式。过了一个星期，他问昆廷麦克斯去哪儿了，昆廷说到巴哈马散心去了，他也没再追问，后来经常来访的人数一点点减少了，原因之一是，尽管在第一次住院和出院回家期间旧日的芥蒂被暂时搁置了，可是以后又重新冒了头，尽管凯蒂曾经竭尽全力从中调和，刘易斯和弗兰克之间一直存在的隐约敌意还是爆发了；另一个原因是他本人的某些行为也松懈了把朋友团结在他周围的爱的纽带，例如，仿佛朋友们做的一切都是应当应分的，仿佛这么多人为他挤出这么多的时间和精力，每隔几天就来看望他一次，互相之间还不停地打电话谈论他，都是再正常不过的；不过，据波罗说，这并不是因为他不像过去那么感激大家，而是因为他对探访本身习以为常了。随着时间的流逝，这已经变成寻寻常常的事情了，就像一场无止无休的晚会，先是在医院，后是在他家，即使他还不太能下床行走，罗伯特说，很显然我是在第二组的名单上；凯蒂说，这么讲太荒谬了，根本就没有名单；可维克多说，当然有，只不过不是他，而是昆廷在列名单。他想看到我们大伙儿，我们在帮助他，我们必须以他喜欢的方式行事，他昨天去卫生间时摔倒了，绝对不能告诉他麦克斯的事（可是据唐尼说，他已经知道了），情况越来越糟糕了。

据说他说过，他回家以后就害怕睡觉，每天晚上一睡着就有这种感觉，就好像我在跌入一个黑洞，睡觉就仿佛是向死亡让步，我每天晚上都开着灯睡觉；可是在这里，在医院里，我就不那么害怕。一天早上，他对昆廷说过，恐惧传遍我的身体，把我撕开；还对爱拉说，它压挤我，把我挤向我自己。恐惧使每样东西都带上它的色彩、它的快感。他对昆廷说，我有种感觉，我不知道该怎样表达，一种亢奋。不幸事件也会令人惊讶地陶醉兴奋。有时候我觉得特别好，特别有劲儿，仿佛我能从躯壳里跳出来。我这是疯了，还是怎么了？是不是因为大家对我的精心关怀与照料，就像一个孩子希望得到关爱的梦想成了真？还是因为药物？他不好意思地说，我知道这听来很傻气，但有的时候我觉得这种体验真是太棒了；不过嘴里仍然有那种坏味道，脑袋和颈部感觉有压力，还有红红的出血的牙龈，还有呼吸时疼痛不已、两耳通红，以及象牙色的苍白面孔，和白巧克力一个色儿。那些在电话上一听到他再次住院的消息就哭出来的人有凯蒂和斯蒂芬（给他们打电话的是昆廷），还有艾兰、维克多、爱琳和刘易斯（是凯蒂给他们打的电话），还有扎维尔和厄秀拉（是斯蒂芬给他们打的电话）。没哭的人有希尔达，她说她刚刚得到一个消息，她的老姑姑，七十五岁了，因为五年前做心脏双搭桥手术时曾经输过血，手术成功了，但却传染上了这种病，现在快要死了；没哭的还有弗兰克和唐尼以及贝西，可这并不意味着，据坦娅说，他们既不悲伤也不震惊，昆廷认为他们可能不会马上就去医院，但是会送礼物到他的病房，他这次住的是单间，里面放满了鲜花，绿色植物，还有书籍和录音带。前几周他在家时出现的那些几乎压抑不住的刻薄言词渐渐让位给了按部就班的医院探视，尽管仍然有人对昆廷负责管理探访记录册表示不满（不过记录册这个主意就是昆廷想出来的呀，刘易斯指出）；为了保证探视的人会源源不断，最好一次不超过两人（这是所有医院的通常规定，不过在这里，起码在他这层楼里，并没有实行，也许是出于慈善，也许是管理不严，这个谁也不知道），所以得事先给昆廷打电话安排上你的时间段，不能再随便说来就来了。还有，不能再阻止他的母亲坐飞机过来，并且就住在医院附近的旅馆里；不过昆廷说，他似乎并不像原先预料的那么介意她每天的探访；艾兰说，其实是我们介意，你觉得她会待很久吗。唐尼指出，去医院里看他大家更易互相宽容，不像他在家里时人人都留意不要单独和他待在一块儿；凯蒂说，到这里来，都是两个两个的，不必怀疑我们的角色是什么，我们应该怎样表现，团结一体，说笑逗乐，分散他的注意力，一无所求，轻轻松松，轻轻松松是很重要的，就像诗人说的，在所有的恐惧当中还有快乐，（刘易斯说，他的眼睛，闪闪发亮的眼睛。）他的眼睛看上去无神，失去了光泽，威斯利对扎维尔说，可贝西说他的脸，不单单是他的眼睛，显得深情而热忱；无论表情如何，凯蒂说，我从来也没有像现在这样注意他的眼睛；斯蒂芬说，我害怕我的眼睛会流露出什么，我看他的时候过于专注了；或者是一种假装出来的随便，维克多说。还有，和在家里不一样，不论什么时候去看他，他总是每天早上就刮了胡子，鬓发也总是梳理过了；可他抱怨说他上次住院时的护士被调走了，他不喜欢这种变化，他希望一切都和过去一样。病房里现在摆放了一些他的私人财物（用这个词来指称人们的东西有点儿怪，艾兰说），坦娅还带来了她九岁儿子画的画和一封信，她的儿子有诵读障碍，她给他买了一台电脑，他现在能写字了；唐尼带来了香槟酒和几个氦气球，气球就拴在他的床脚上；给我讲讲现在正在发生的事情，他说，他刚刚睡醒午觉，看到唐尼和凯蒂在他床边冲着他咧嘴微笑；唐尼说，他渴望地说，给我讲个故事吧，可唐尼却想不出讲什么；你就是故事，凯蒂说。扎维尔带来一个 18 世纪的危地马拉木雕，是圣塞巴斯蒂安像，他张着嘴巴，双眼朝上；坦娅问那是什么，是向昔日的爱神[1]的致敬吗，扎维尔说，在我的故乡人们把塞巴斯蒂安尊为瘟疫的防治者。用弓箭来象征瘟疫吗？是用弓箭来象征啊。人们所记得的就是一个青年的美好身躯被绑在大树上，身体被箭刺穿（坦娅插话说，他似乎根本没有注意到这个），扎维尔继续说，人们总是忘记故事并没有结束，当信仰基督教的妇女来埋葬这位殉道烈士时，发现他并没有死，于是照看他恢复了健康。据斯蒂芬讲，他说我以前不知道圣塞巴斯蒂安没有死。凯蒂在电话上对斯蒂芬说，死亡令人着迷，这是无法否认的，不是吗。这让我感到羞愧。希尔达说我们正在学习死亡，爱琳说我可没准备好学习死亡；还有刘易斯，他直接从另一家医院过来，麦克斯就住在那儿的特护病房里，他从十楼的电梯里走出来时正巧遇上了坦娅，两个人就沿着亮堂堂的走廊一起走，经过一间又一间敞开门的病房，两个人都避开不看那些躺在床上的病人，他们的鼻子上都插满了管子，电视机发出的蓝色光束照在他们的脸上，坦娅对刘易斯说，有件事我真不忍心去想，就是人死的时候电视机还在播放节目。

艾兰说，他现在有一种奇怪的、令人沮丧的冷漠，这让我不安，即使这样一来和他在一起时倒比较容易了。有时候他好拌嘴。据说他曾经说过，我受不了他们每天早上来我这儿抽血，他们拿这么多的血去干什么；可是珍想不明白而今他的愤怒哪儿去了。因为和他在一起时多数时间他都很可爱，总是会

---

① 这里原文为 eros，Eros 是古希腊神话中执弓箭的爱神；在弗洛伊德理论中也指（与“死欲”对立的）“爱欲”，也即生存本能。

问你好吗，你感觉怎样。爱琳说，他现在非常可爱，坦娅说，他非常可亲。（波罗呻吟道，可亲，可亲。）刚开始，他病得很重，可是他正在恢复，根据斯蒂芬得到的最可靠消息，这次根本不用担心他会不康复，医生也说如果再有十天一切正常，他就可以出院了，他的妈妈接受了劝告飞回密西西比州了，昆廷也把他的顶楼寓所收拾就绪，就等他回家了。他还一直在记日记，不给任何人看，不过有一次坦娅在一个冬天的上午第一个去看他，发现他在打瞌睡，悄悄地看了一眼，据克里格说，她吓了一大跳，倒不是被日记的内容吓着了，而是他的笔迹在一点点发生变化：近期写的字变得像蜘蛛，很难辨认，有几行字写得跑了行，或者斜到上面去了。厄秀拉对昆廷说，我在想，故事和绘画以及照片的区别就在于，你可以在故事里用文字写：他仍然活着。但是在绘画或照片里你无法表现“仍然”。你只能表现他“活着”。他仍然活着，斯蒂芬说。

（申慧辉 译）

**图书在版编目(CIP)数据**

心问：桑塔格短篇小说集/(美)桑塔格(Susan Sontag)著；徐天池等译.
—上海：上海译文出版社，2018.4（2023.11重印）
（苏珊·桑塔格全集）
书名原文：Debriefing：Collected Stories
ISBN 978-7-5327-7635-1

Ⅰ.①心… Ⅱ.①桑… ②徐… Ⅲ.①短篇小说—小说集—美国—现代 Ⅳ.①I712.45

中国版本图书馆CIP数据核字(2017)第218831号

Susan Sontag
**Debriefing：Collected Stories**


图字：09-2008-828号

**心问：桑塔格短篇小说集**
〔美〕苏珊·桑塔格/著 徐天池 申慧辉 宋 佥 王予霞 周 颖/译
总策划/冯 涛 责任编辑/冯 涛 装帧设计/张志全工作室

上海译文出版社有限公司出版、发行
网址：www.yiwen.com.cn
201101 上海市闵行区号景路159弄B座
南京爱德印刷有限公司印刷

开本 890×1240 1/32 印张 11.25 插页 6 字数 175,000
2018年4月第1版 2023年11月第3次印刷
印数：6,001—7,500册

ISBN 978-7-5327-7635-1/I·4679
定价：82.00元